Judka Strittmatter

Die Schwestern

aufbau

Judka Strittmatter

Die Schwestern

Roman

aufbau

Dies ist ein Roman.
Seine Figuren und seine Handlung sind erfunden,
aber (wie so oft) vom Leben inspiriert.

FSC
www.fsc.org
MIX
Papier aus verantwortungsvollen Quellen
FSC® C083411

ISBN 978-3-351-03382-8

Aufbau ist eine Marke der Aufbau Verlag GmbH & Co. KG

1. Auflage 2012

Einbandgestaltung hißmann, heilmann, hamburg
Satz Greiner & Reichel, Köln
Druck und Binden CPI – Clausen & Bosse, Leck
Printed in Germany

www.aufbau-verlag.de

Nicht weil es schwer ist,
wagen wir es nicht,
sondern weil wir es nicht wagen,
ist es schwer.

Seneca

I don't want to hate
but that's all you've left me with.
A bitter aftertaste and a fantasy
of how we all could live.

Robbie Williams

Für Alex, Irma und ihre Lieben

I.

Erwartet wie eine unangenehme Tante aus Kindertagen, der man nach vielen Jahren mit Nachsicht zu begegnen versucht, tauchte rechter Hand ihre Vergangenheit auf, entlang einer normalen, unverfänglichen Stadtautobahn, die sich so nichtssagend dahinzog wie tausend andere Stadtautobahnen auch und an deren Peripherie man hätte vieles erwarten können – nicht aber die weiß-braun gescheckten Außenfassaden einer Plattenbausiedlung, deren beste Jahre vorbei waren, wenn es sie denn je gegeben hatte. Schon eher die eines ausladenden Gewerbegebietes, wie sie den Brachen am ostdeutschen Stadtrand seit nunmehr zwanzig Jahren transplantiert worden waren und bei deren Anblick man sich die Trostlosigkeit des einst verwilderten Landstücks zurückwünschte.

Während das Ziel näher rückte und die Frage, was sie hier eigentlich taten, sich noch stellen würde, ragte ihnen nun auch der Zipfel ihres alten Hochhauses ins Sichtfeld, ein Anblick, der sich in gut zehn hier gelebten Jahren in ihre Netzhäute eingebrannt hatte und der in diesen Minuten dafür zuständig war, dass sowohl Anflüge von Freude als auch Furcht die Schwestern durchfuhren.

Dass es in ihrem Familienzusammenhang eine unbeschwerte Fahrt an die Ostsee ebenso wenig geben würde wie den Weltfrieden, verdrängten sie für den Moment und zugunsten einer mit dem Alter anschwellenden Sehnsucht nach Harmonie. Ein Clan wie ihrer, der nie den Mut zur offenen Schlacht und anschließenden Versöhnung, dafür aber die Gabe besessen hatte, all die unnützen Streite und überflüssigen Verletzungen über Jahrzehnte mit dem Gallert des oberflächlichen und einander ausweichenden Gesprächs zu überziehen – wie sollte der eine Begegnung mit der eigenen Vergangenheit bewältigen, in der nun wirklich einiges schiefgelaufen war? Sie würden tun, was sie immer getan hatten. Sie würden heillos übereinanderherfallen und gegenseitig auf dem rissigen Narbengewebe herumtrampeln.

Und so redeten Martha und Johanne Andruschat, seit gut zwei Stunden in einem altersschwachen Renault aus Berlin in Richtung Nordosten unterwegs, ganz im Sinne des Gallerts lieber über Unverfängliches, froh darüber, dass sich ihnen diese Möglichkeit bot. Reden, wenn auch nur über das Wetter, den Verfall der Sitten oder lustige Verfehlungen der eigenen Männer (böse wurden wegen des Gutdastehenwollens vermieden), war allemal besser als

Schweigen, Schweigen bedeutete Gefahr. Geschwiegen wurde in ihrer Sippe nicht aus Genuss oder weil man es konnte, geschwiegen wurde aus Beleidigtsein. Oder weil man züchtigen wollte, wie die Mutter, die das Schweigen noch verlängerte, je mehr das Kind an ihrem Rockzipfel um Ansprache flehte. Dieses Verhalten hatte bei den Schwestern die kräftezehrende Macke hinterlassen, sich umgehend schuldig zu fühlen, sobald jemand in ihrer Nähe in grimmige Wortlosigkeit verfiel.

Was die Verbreitung des Gallerts anging, war aus Marthas Sicht Johanne immer die Engagiertere gewesen, und so war sie es nun, die rief: »Guck mal, die Bäume, wie riesig!«

Sie hatte recht, eindeutig, die florale Dekoration ihres Wohnviertels, der mildernde Umstand für eine Betonwüste am Rande der Stadt, war rasant in die Höhe geschossen, in zwanzig vergangenen Jahren hatten sich spacke Jungbäume zu kerligen Stämmen aufgeschwungen. Vorbei die Zeit, da die Bezeichnung *Trabantenstadt* von nahezu erschreckender Gültigkeit war, weil kahle Modderlandschaften sich um nackte Neubaublöcke zogen und Areale ohne Aura erschufen. In weiteren zwanzig Jahren würde das jetzt schon potente Grün wahrscheinlich ganz die Führung übernommen und die Fassaden gänzlich verschlungen haben – ein endgültiger und längst überfälliger Beweis, dass Wohnghettos dieser Art –

wenn nicht ein Verbrechen – zumindest aber ein Vergehen an der Menschheit gewesen waren.

Martha hatte ab jenem September vor etlichen Jahren, da sie von der Polytechnischen an die Erweiterte Oberschule wechselte und auf nicht mehr nachvollziehbare Art eine Kurzhaarfrisur gegen den Willen ihrer Eltern durchzusetzen vermochte, jeden Wochentag auf der Brücke nahe des nun erwachsen gewordenen Birkenhains gestanden und im Morgengrauen der S-Bahn entgegengefröstelt. Als *Plattenkind*, wie sie sich seinerzeit selbst bezeichnete und damit eine gewisse Selbstabwertung vornahm, die sie im Laufe ihres Aufwachsens noch perfektionieren sollte, hatte sie ihre Mitschüler in den maroden Jahrhundertwendevillen im Stadtzentrum immer beneidet. Ihrer Meinung nach schätzten die ihren Standortvorteil viel zu wenig: Vom Zentrum aus war es nur ein Katzensprung zur Schule, und man war mittendrin im Geschehen, anstatt wie sie an dessen Rand.

Während Marthas Eltern nicht müde wurden, den Warmwasser- und Zentralheizungsvorteil ihrer Neubauwohnung zu preisen, nahm ihre Tochter diese nur als grobschlächtig und geheimnislos wahr. Wirklich *schöne* Behausungen hatten schon in ihren krakeligen Kindergartenzeichnungen anders ausgesehen und alle Anzeichen des Morbiden gehabt, windschiefe Dächer, morsche Fenster. Den zukünftigen Abstieg der Platte schon ahnend, hatte sich Martha immer von dort weggewünscht, hin zu den Villen der Innenstadt, die sich an der Umgehungsstraße zum Bahnhof aufreihten wie Cremetorten in einem Konditorregal und in deren Winkeln die stofflichen und unstofflichen Hinterlassenschaften vergangener Zeiten nisteten. Dort duftete es einen Duft, der sich aus den Aromen des Eingelagerten im Keller speiste, aus in Holzkisten gestapelten Äpfeln, erdkrustigen Kartoffeln, aus einer ganzen Phalanx von Essbarem und Eingewecktem, Rotkraut, Sauerkraut, Blut- und Leberwurst. Alles in Weckgläser und Tonbottiche abgefüllt und von Frauen gemacht, die mit dieser Vorratswirtschaft noch dem Mangel trotzten und nicht einer *manufactum*isch aufgeladenen Philosophie huldigten, der zufolge allem industriell Erzeugten zu entsagen und sich wieder auf Selbst- und Handgemachtes zu konzentrieren sei. Jedenfalls für eine immer mäkliger werdende Bio-Elite in den Großstädten, die sich mittlerweile nicht zu dumm war, selbst in als *BioBioBio!!!* deklarierten Läden das Verkaufspersonal in unerträglich lange und inquisitorische Dialoge über die Bestandteile eines einzelnen Vanillekipferls zu verwickeln, das sie zu kaufen beabsichtigte.

Neben dem Duft gehaltvoller Nahrung hatte Martha in den Kellern der Tortenhäuser auch immer das Bukett all der Dramen und Komödien gewittert, die sich über Dekaden hier zugetragen haben mussten und in dem Kommerzienräte und Kammerzofen genauso vorkamen wie nach ihnen Kriegsflüchtlinge oder später Konsumverkäuferinnen. Die typische Besetzungsliste eines DDR-Hauses eben, da konnte es noch so viel Villa sein, wie es wollte. In Zeiten, in denen noch keine Vorhängeschlösser, Schilder und drohende Ausrufezeichen privaten Grund auswiesen, weil alles allen gehörte oder niemandem richtig, war sie im Hause einer Schulfreundin auf dem Dachboden herumgestiegen, dabei immer wieder das klebrige Gespinst ungestört agierender Insekten streifend, das ihr, nach Rückkehr ins Licht, noch in den Haaren hing.

»Na, was hast du wieder entdeckt?«, pflegte der Vater ihrer Schulfreundin Vicky, ein schwerer, heiterer Mann mit Verständnis für ihr Faible, Martha nach solchen Touren zu fragen, damit zuverlässig die Verwandlung eines schüchternen Backfisches in eine übersprudelnde Jungendliche in Gang setzend. Einmal war es eine alte Truhe gewesen, einsam und verstaubt unter den Dachbalken. Martha gestand, an ihr herumgerüttelt, das Unterfangen aber wegen Erfolglosigkeit wieder gelassen zu haben.

Vickys Vater war daraufhin mit ihr gemeinsam auf den Dachboden des alten Hauses gestiegen, und schnell wurde klar, dass er sehr wohl wusste, was es mit der Truhe auf sich hatte. Und dass erst ein großes Dunkel zu durchgreifen war, bevor man an ihre Einlagerungen gelangte – alte Magazine. Wie über eine Schar flauschiger Welpen strich der Vater der Freundin über deren Titelseiten, und dem aufgeregten Mädchen an seiner Seite erzählte er, dass er die Hefte vor vielen Jahren, als junger Bursche, im noch offenen Westteil Berlins und bei einem seiner zahlreichen Kinobesuche dort gekauft hatte – mit abgezähltem Geld. Nie hatte er es fertiggebracht, sie wegzuwerfen. Um ein bisschen abzubekommen von dieser Freundlichkeit, die da ein sogenanntes Elternteil ausströmte, rückte Martha noch dichter an ihn heran. Auch er schien Gefallen daran zu finden, sich in alte Zeiten, noch älter als die, die er selbst erlebt hatte, zurückzuversetzen. Und wahrscheinlich würde auch er beim Auffinden eines alten Emailleschilds, das mit wilhelminischer Strenge *Betteln, Hausiren, Musicieren & Ausrufen* verbot, aufjuchzen. Derart schön-schaurige Accessoires der Vergangenheit bestaunend, ersann Martha in ausschweifenden Tagträumen romantische Geschichten, die in jedem Fall das tragische Nichtzueinanderkommen zweier Liebender beinhalten mussten, sollten sie Marthas dramatische Saite zum Klingen bringen. Graf und Zofe, Butler und höhere Tochter.

Mehr noch als ein lichterloher Sommer beflügelte sie die Dunkelheit des Winters zu solchen Schmachtereien, als würden Frost und Kälte ihre Phantasie besonders befeuern. Oder das Winterkind in ihr beleben, das sie war. Eines, das schon in den ersten Tagen seines Daseins von der Mutter im Kinderwagen vorm Haus abgestellt wurde und dort ohne Daueraufsicht derselben (wie es heute üblich war) verblieb. Weil erbärmliches Schreien nicht half, die Mutter zu erweichen und die Rückkehr ins Warme zu erzwingen, trotzte es der Kälte durch steinernen Schlaf – ein Gebaren, das es für immer versöhnen sollte mit klirrenden Wintern.

Mit gedrosselter Geschwindigkeit steuerte Martha den Renault an einer Anordnung von Neubauten vorbei, die nicht einsehbar war, weil eine Art Frontblock sie abriegelte und in Schach hielt. Ihre Platte, die den Namen *Neubau* nun wirklich nicht mehr verdiente, war früher noch eine der hübscheren hier gewesen, die Fassaden mit rostroten und braunen Keramikklinkern versehen und der klobige Gesamteindruck somit aufgelockert, den andere Neubauquartiere links und rechts der S-Bahn-Schienen verströmten.

Während Martha aus heutiger Sicht sicher war, nie mehr in einem solcher Klötze wohnen zu können, in denen noch immer Neonlicht von der Flurdecke gleißte und mehr denn je der anschwellende Frust im Lande hellhörige Hausflure erschütterte, ging es einigen ihrer Berliner Bekannten genau andersherum. Besonders denen, die in kleinen Käffern im Westen groß geworden und nun dem Sog der Hauptstadt erlegen waren. Mit Vorliebe bezogen sie den WBS 70, lobten ihn für seine *schräge Urbanität*, schälten die nackten Betonwände unter Tapetenschichten hervor und möblierten die Wohnraumwaben, die aus Ostzeiten nur das öde und ewig gleich ausgerichtete Ensemble von Couch und Schrankwand kannten, mit ihren *Retrosachen,* von denen viele heute aus angesagten Szeneläden stammten, viel früher aber aus genau diesen Osthaushalten, welche die Zuzügler nun beerbten. Nur eines musste die Platte sein, um das Interesse dieser Neubewohner zu erregen: zentral gelegen. In den sogenannten In-Bezirken. Dort, wo sich alle die zusammenrotteten und ihr Äußeres uniformierten, die besonders individuell und einzigartig sein wollten.

Über den Kindheitsort der Schwestern Andruschat düsterte an diesem Vormittag ein dramatischer Himmel hinweg, von Anmutung und Volumen her passte er nicht zur Jahreszeit – es war Mai, Ende Mai sogar, und bislang hatte es den Anschein gehabt, als ob es abermals früher als gewöhnlich warm werden würde. Nur mit Jeans und leichten Jacken bekleidet, fuhren die Schwestern an den Kulissen vergangener Tage vorbei, wohl wissend, wer jetzt von früher anfangen würde, von ihrer Vier-Zimmer-Wohnung im dritten Stock des Juri-Gagarin-Rings 27, der gäbe den Startschuss für eine Unterhaltung, die im Streit enden würde, denn keine von beiden ließ sich ihre Sicht auf die gemeinsame Kindheit nehmen, in der sie *zu machen hatten*, was *er* sagte, *solange sie die Füße unter seinen*

Tisch streckten. Nur dass Martha sich schon damals die Füße lieber abgehackt als sie unter den Tisch des Vaters geschoben hätte. Achtzehn Jahre lang hatte er Angst und Schrecken verbreitet, obwohl seine Töchter schon im Kleinkindalter zu extremer Schüchternheit abgerichtet waren. Von der Mutter war Beistand nicht zu erwarten gewesen, sie hatte es vorgezogen, ihren Mann zu körperlichen Bestrafungen noch anzustacheln. So einigte einen wenigstens der Groll, den man gegen den anderen und sich selbst hegte und der an den Kindern abzulassen so einfach war.

In der Schule hatte Martha nur geschuftet, um doch noch die Zuneigung ihrer Erziehungsberechtigten zu gewinnen, jede Eins, jede Auszeichnung – in Wahrheit ein Geschenk für sie. Allein, es half nichts. Auch eine Verschärfung in der sowieso fortwährenden Dauerkrise der Eltern, die beinahe zur Scheidung führte, brachte keine Linderung, und die heimliche Hoffnung Marthas, Johanne und sie könnten wenigstens ein Elternteil durch Trennung loswerden, verlief im Sande.

Nach außen hin waren sie eine normale Akademikerfamilie gewesen, der Vater als Ingenieur im Fischkombinat arbeitend, die Mutter als Lehrerin in einer POS. Gepflegte Leute für die Nachbarn, mit Wartburg und Westklamotten und einem Stück Ruhm, das nicht sie selbst, sondern ein Großonkel, der Bruder des Vater-Vaters, eingefahren hatte, das aber auch auf sie abstrahlte, weil sie denselben seltsamen Namen trugen.

»Sprechen dich die Leute heute eigentlich auch noch so oft auf Onkel Kurt an?«, fragte Martha Johanne in eine der von ihnen selten gewagten Schweigepausen hinein, in der Johanne in ihren Schoß stierte, wo ein French-Nail-verzierter Daumennagel (zum Glück einer der gemäßigten Art) über die Tastatur ihres Handys klackerte. Eine Mode, die Martha scheußlich fand, etwas für Friseusen und Sonnenstudio-Miezen, aber doch nicht für ihre Schwester, eine seriöse und tendenziell eher biedere Chemikerin mit Hang zu Seidenschal und Perlenohrringen. Zur Sprache hätte Martha die Fingernägel allerdings nie gebracht, weil generell nichts behandelt wurde, was Ärger heraufbeschwören konnte – und die kleinste Kleinigkeit war Anstoß dazu.

»Doch, schon«, beantwortete Johanne die Frage nach Onkel Kurt, »gar nicht mal so selten. Meistens, wenn gerade mal wieder ein Film mit ihm lief. Oder eben von Leuten, die sich auskennen mit unserer Kunstszene damals.«

Es war offensichtlich, dass sie der Empfänger der Kurzmitteilungen, die sie ohne Unterlass tippte und die ein rosiges Beben in ihrem hübschen Gesicht entfachten, mehr interessierte, als Onkel Kurt es je getan hatte. Wenigstens in ihrer Zurückhaltung ihm gegenüber waren sie sich immer einig gewesen. Sein

Leben lang hatte er beide vornehmlich ignoriert und nur halbherzig versucht, diese Unerträglichkeit bei den wenigen Malen ihres Aufeinandertreffens durch Alibifragen wettzumachen. Trotzdem ließen sie ihn gewähren, wenn er, einem Foto für die Nachwelt zuliebe, kurz den Arm um sie legte. Das ihnen vorgeschriebene Betragen verbot es ihnen, sich gegen solche Annährungen von Verwandten, zumal von Onkel Kurt, zu sträuben. Ein sehr beliebter Bühnen- und Filmschauspieler war er gewesen, der sich nicht nur Martha und Johanne, sondern seiner gesamten Familie mit eiserner Konsequenz entzog. Manchmal sickerte durch, sie alle seien ihm zu fad mit ihren Ingenieursberufen und ihren einfältigen Träumen vom Eigenheim oder Urlaub am Plattensee, doch niemand hatte ihn das je sagen hören. Als Darsteller von vor allem schweren und düsteren Charakteren, die er äußerst verstörend zu spielen verstand, war er in die Theater- und Filmannalen eingegangen und zeit seines Künstlerlebens vergöttert worden. Ein nur anteilig verdientes Glück, wie Martha fand, hätten seine Fans auch nur ansatzweise geahnt, dass er seinen eigenen Kindern, die mit der Mutter schon nach ein paar Ehejahren über alle Berge waren, ein Despot gewesen war.

Als Erwachsene hatte Martha keine Mördergrube mehr aus ihrem Herzen gemacht und Onkel Kurts Bewunderer, wenn diese allzu schmachtend daherkamen, mit der Wahrheit brüskiert. Eine Maßnahme, bei der sie all ihren Mut zusammennehmen musste und die sie sich selbst gegenüber mit der Tatsache legitimierte, dass es schließlich ihr Vater gewesen war, der ihr neben tausend Ängsten auch Ehrlichkeit eingebläut hatte. Bei den Onkel-Kurt-Bewunderern allerdings trübten sich die Blicke auf diese Unverblümtheit hin meist seltsam ein, so als sprächen sie nunmehr nicht mit einer Verwandten, sondern mit einer zweifelhaften Person. Den Mund süß-säuerlich verzogen, war offensichtlich, dass sie sich das Bild eines Mannes, der ihnen so hohe ästhetische Befriedigung verschaffte, nicht durch jemanden zerstören lassen wollten, der selbst ein Niemand war und sich *nur wichtig machen wollte*.

Martha konnte damit leben, dass noch Jahre nach seinem Tod Menschen auf sie zukamen (nachdem sie in ihr eine Großnichte ausgemacht hatten) und in Ermangelung Onkel Kurts sie auf seinen Autogrammkarten unterschreiben hießen. Sie ließ diese Momente zu, weil sie ihre eigene Sehnsucht nach Wertschätzung bedienten. Manchmal kam sie sich vor, als wäre sie diejenige gewesen, der über Jahre rote Rosen und stehende Ovationen zuteilgeworden waren. Wie musste es ihm gutgegangen sein, Onkel Kurt, *so* geliebt zu werden. Er musste sich groß- und einzigartig gefühlt haben. Und warum hatte ihn das nicht davon abgehalten, ein schlechter Vater zu sein? Wo hatte diese Härte, die sich in seiner Familie fortpflanzte wie in anderen Stämmen ein zu kleiner Wuchs oder der Hang zur Fettleibigkeit, einst ihren Ursprung gehabt? Wer auch immer von denen, die Onkel Kurt zu Füßen lagen, Mäuschen hätte spielen können, als Martha und Johanne (sie waren noch Kinder) einmal ein paar Tage bei ihm wohnten, sie hätten ihn vielleicht ein bisschen weniger hofiert. Aber wer wusste das schon.

Weil ihre Eltern für ein paar Tage auf einen Ehegatten-Betriebsausflug in den Spreewald fuhren, hatte Onkel Kurt – augenscheinlich widerwillig – die Ferienbeherbergung der Mädchen übernommen und sie am ersten Abend dieses Aufenthaltes zu einer Premierenvorstellung einbestellt. Brav erwarteten sie ihn im Foyer des Theaters, in dem er zweifellos ein Berühmter war, wenn die Raunerei in der Familie nicht trog. *Schon wieder in der Zeitung, Nationalpreis bekommen, Handschlag von Honecker.* Das waren nur einige der Satzfetzen, die am Rande aufgebrachter Familienplappereien zu Boden fielen, auch entging ihnen die Mischung aus stolz-hämischer Aufgeregtheit nicht, die über die Gesichter der Verwandtschaft huschte, wenn Onkel Kurt in Abwesenheit Thema war. Und das war er oft.

An diesem Abend im Theater beobachteten Martha und Johanne geduldig, dass er nach der Vorstellung, der sie in der letzten Reihe beiwohnen durften, eine geschlagene halbe Stunde brauchte, um eine

Dreißig-Stufen-Treppe herabzusteigen und zu ihnen vorzudringen. Das lag – um bei der Wahrheit zu bleiben – auch an einem schwarzen und heftig changierenden Pulk von Verehrern, der ihn umkreiste – so nah war dem abgeschminkten King Lear schließlich selten zu kommen. Onkel Kurt gab sich abwiegelnd, ganz sicher aber war sich Martha nicht, ob er es in Wahrheit nicht auskostete, so umschwärmt zu werden. Immerhin unterschrieb er, während ihn der Pulk verschluckt und auf der obersten Treppenstufe fixiert hatte, ausführlich Autogrammkarten, auf denen er in zerknirschter Pose und mit der obligatorischen Baskenmütze abgebildet war.

»Ihr habt ja gesehen, was los war, Kinder«, sagte er, als er endlich bei ihnen ankam und einen Schwall bekannten Wohlgeruchs von seinem bordeauxfarbenen Seidenschal (Duftpartikelchen seines Aftershaves) auf sie niederregnen ließ.

Dabei hatte er sich zu ihnen, den viel Kleineren, nicht herabgebeugt, sondern seinen Hals in Richtung Decke gestreckt, wo ein riesiger Lüster über seinem Kopf kreiste wie eine Königskrone.

Vielleicht waren es Attitüden wie diese, die Martha und Johanne dem Onkel gegenüber immer in eine Art Duldungsstarre verfallen ließen, weil sie sonst an keinem anderen Verwandten zu beobachten waren. Onkel Kurt war einfach anders als der Rest des Familienstranges, von denen hatte nie einer Baskenmütze getragen. Und im Gegensatz zu deren abgezirkeltem Leben, das um sieben Uhr morgens mit einem Marmeladenbrot begann, den oder die Beteiligte danach in ein vermieftes Büro und in noch vermieftere Parteileitungssitzungen spülte, mittags in der Betriebskantine mit verkochten Kartoffeln und roter Grütze aufwartete und abends mit »Der Staatsanwalt hat das Wort«, führte Onkel Kurt das Leben eines Künstlers. Er trug nicht nur Baskenmützen, sondern auch Westen und Hosenträger. Meist ging er erst abends zur Arbeit, kochte für seine Gäste »Coq au vin«, und seine Wohnung befand sich in eben so einer alten Villa, wie Martha sie liebte; sie war ein Märchenreich mit knarzenden Holzböden, verschachtelten Gängen und einem schweren Windfang aus Samt im Eingangsbereich, dem man – hatte man sich erst einmal in ihm verfangen – nur durch heftiges Rudern mit den Armen wieder entkam. Abgesehen davon, dass sich diese Wohnstatt dramatisch von der ihren in der Platte unterschied, seltsamerweise aber gar nicht dazu beitrug, dass eine Art Wohlgefühl in den Schwestern aufkam, schürte sie einen seltsamen Respekt gegenüber dem Onkel, der erst aufgehoben wurde, als ihnen nach dem Mauerfall Häuser und Wohnungen unterkamen, die die von Onkel Kurt in der Fähigkeit, ihnen den Atem zu rauben, weit übertrafen.

Am Theaterabend jedoch ließ die Verwirrung darüber, ihn einmal in seiner Welt besuchen zu können, die Mädchen wieder nur herumdrucksen und seine Order erwarten, die nach seinem Abstieg auch ohne Aufschub erging.

»Lasst uns gehen für heute«, sagte er, legte seine Schaufelhände auf ihre Schultern und schob sie – abermals nach links und rechts grüßend – in die winterliche Kälte vor seiner Wirkungsstätte. Gern wären sie noch geblieben, Martha eindeutig mehr als Johanne, und sei es nur als stumme und staunende Pagen eines Bühnenhelden, den andere nur von weitem, sie beide aber aus der Nähe betrachten konnten. Seine Wohnung, zu der es mit seinem Lada und durch schwammig beleuchtete Straßen ging, erschien Martha an diesem Tag wie die Verlängerung der Bühne, auf der er eben noch gestanden und gewütet hatte. Nachdem er die Tür aufgeschlossen und sie sich durch den Windfang gearbeitet hatten, der die eindringende Abendkühle wie eine Glucke ihre Küken unterm Gefieder hielt, verschwand Onkel Kurt in der Küche, wo er für ewig anmutende Minuten herumfluchte und in den Schränken kramte und von wo er mit einer Zigarre im Mund zurückkehrte – den Rauch ungehemmt in ihre Richtung paffend und verkündend, dass sie auf dem Sofa, in das er sich mit Karacho plumpsen ließ und das ein antikes Ungetüm war, schlafen müssten.

»Bettzeug ist im Schrank«, war eine der letzten Äußerungen, die er von sich gab, bevor er zu einer

Zeitschrift griff und sich ins Lesen vertiefte. Martha versuchte den Titel zu entziffern, aber nur das Wort »Sinn« erschloss sich ihr; sie ordnete diesen Eindruck der Aura zu, die Onkel Kurt umgab. Trotz dieser wagte sie noch einen kindlichen Vorstoß. »Kannst du uns noch eine Geschichte erzählen, Onkel Kurt«, hörte sie sich fragen, den Blick absichernd auf Johanne gerichtet, »du weißt schon, von früher, als du und Opa noch Kinder wart.«

Sein schweres Räuspern hielt sie in ihrer naiven Freudigkeit für einen Moment des Überlegens, aber es entpuppte sich als Missbilligung ihrer Bitte, denn diese würde sein angestrebtes Zubettgehen und Sichabsentieren von der aufgehalsten Nichtenschaft nur hinauszögern.

»Da gibt es nichts zu berichten«, raunzte Onkel Kurt, und seine buschigen Augenbrauen bäumten sich auf wie ein Stachelschweinrücken.

»Vater sagt, dass ihr viele Strafen bekommen habt«, traute sich Martha in einem seltenen Anflug von Hartnäckigkeit weiterzubohren, ganz in der Hoffnung, von ihm zu hören, dass auch er und vielleicht auch ihr Vater einmal ein Kind gewesen war – ein ängstliches, wie sie.

»Ja, aber das sind nun wahrlich keine schönen Geschichten«, entgegnete Onkel Kurt, »und demzufolge nicht der Stoff für Kinder vor dem Schlafengehen.«

»Bitte, Onkel Kurt, so klein sind wir doch gar nicht mehr. Ich hab schon Bruchrechnung in der Schule.« Aber auch die verhalten-kokette Mädchenart brachte sie nicht voran.

»Bruchrechnung, na sieh mal an, und da glaubst du, dass du die Brüche im Leben eines Menschen auch schon verstehst?«

Martha grinste, sie konnte ihm nicht folgen. Waren die Brüche, von denen er sprach, die gescheiterten Ehen, die ins Heim gesteckten Kinder und die Tanten, mit denen sie Karten spielten und die wie Freundinnen der Ehefrauen wirkten, in Wahrheit aber Geliebte waren? Sie schaute sich um. Von Johanne, die auf dem Boden saß und der lahmen und vorwürflich dreinschauenden Katze von Onkel Kurt den Latz kraulte, war eine Antwort nicht zu erwarten.

»Das Leben ist eben nicht einfach, was glaubst du denn? Und jetzt wird geschlafen bitte.«

Selbst mit dem Wörtchen *bitte* garniert, ließ dieser Satz keinen Zweifel daran, dass er eine Anweisung war, die klang, als hätte Marthas Vater sie ausgesprochen, und die genauso wenig Widerspruch duldete. Die Zigarrenschwaden, die der Onkel beim Hinausgehen nach sich zog und die sich vor den obersten Reihen seines überdimensionalen Bücherregals zu einer bedrohlichen Wolke verdichteten, erschienen ihr plötzlich wie die Emissionen eines bösen Geistes. Nun, da Martha und Johanne allein waren zwischen schweren Samtstores und vollgestopften Vitrinen, wollten sie nur noch, dass die Ferien zu Ende waren und sie in die quirlige und lichte Welt ihres Schulgebäudes zurückkehren und einer nicht näher erklärbaren Stimmung von Überlegenheit und Ablehnung entrinnen konnten.

Während Johanne sich früheren Zeiten gegenüber versöhnlich, beinahe beschönigend gab, trieb Martha ihre Vergangenheit immer noch um. Nicht nur einmal musste sie sich von guten Freunden und einer gestrengen Therapeutin die Frage gefallen lassen, ob sie wirklich bereit sei, den alten Mist über Bord zu werfen, oder ob alles Jammern, dass dies nicht klappen würde, nicht nur Makulatur und sie gar nicht willens sei, vom vertrauten Scheusal Schmerz zu lassen – einfach, weil es ihr fehlen würde. Eine These, die Martha einleuchtete, die aber wohl kaum auf sie zutraf, denn wenn sich jemand bemühte, genau der sonnige Mensch zu sein, den die Außenwelt von ihm kannte, dann doch sie! Nichts war ihr gruseliger, als eine dieser Frauen mittleren Alters zu werden, deren Gesicht zu einer einzigen Anklage geronnen war und die mit dauerleidvollem und galligem Blick ihrer Umwelt auf den Docht gingen, da mochten sie noch so flotte Designerkleider tragen und sich den Mund mit kirschrotem Lippenstift bemalen. Ein bitterer Mund blieb bitter, selbst mit einer Farbe, die das Gegenteil behauptete. Sie wollte keine von denen sein, die ihr Geld nonstop zu Wunderheilern trugen, von denen höchstens ein Drittel seinen Job gut machte, der Rest jedoch unfähig war oder sich ins Fäustchen darüber lachte, wie einfach sich mit dem wahren und eingebildeten Leid anderer Reibach machen ließ. Wenn es eine Zukunftsbranche gab, dann diese. Den nächstgrößeren Zulauf würde der Berufsstand der Osteopathen, Astrologen und Hypnotiseure spätestens dann verzeichnen, wenn die Nachfahren gegenwärtiger Bio-Bürgerlicher das Erwachsenenalter erreicht und sich als völlig untauglich für die Welt herausgestellt hatten. Die Prägung des wärmenden Wattebauschs, wo doch der Planet immer kälter und gnadenloser wurde und nur darauf wartete, Verwöhntheit oder Blauäugigkeit zu zermalmen.

Glücklich ist, wer vergisst, was nicht mehr zu ändern ist.

Ein Satz, der zu Marthas Lieblingsmantras geworden war und dessen Ursprung sie nicht mehr benennen konnte. Den emotionalen Trost, den diese in Lakonie getränkte Aussage ausstrahlte, hatte sie in weite Gegenden ihres zweifelnden Hirns transplantiert wie Ärzte einen Herzschrittmacher in die Nähe schwächelnder Kammern. Wann immer sie sich mit nutzlosen Wiedergutmachungsansprüchen an ihre Eltern herumschlug (und das tat sie mit dem Älterwerden wieder vermehrt) und ihre Dämonen – hungrig nach

Veitstanz – mit den Hufen scharrten, ließ sie sich den Geschmack dieses Satzes auf der Zunge zergehen und lullte sich ein in dessen tröstlichen Nachhall.

In ihren Zwanzigern war das anders gewesen, Kraft und Tatendrang hatten da überwogen, und froh war sie gewesen, weggekommen zu sein, gleich mit achtzehn. Über viele Jahre war sie fortgeblieben vom Elternhaus, verschollen und ohne ein Lebenszeichen, je weiter entfernt, desto besser. In diesem Lebensabschnitt focht sie das Ausbleiben elterlicher Sorge und Nachfrage nicht an. Allerdings blieb sie die Einzige, die pausenlos sezierte, warum alles so gekommen war, wie es jetzt hässlich und verkorkst vor ihnen lag. Aber wie sich selbst den großen Zusammenhang erklären, wenn alle nur das Maul hielten und dem Gallert den Vorzug gaben?

Schon früh war klar, dass Martha so schnell wie möglich für sich selbst sorgen würde, schon um der jahrelangen elterlichen Insinuation, sie würde es sowieso zu nichts bringen, entgegenzuwirken. Am Ende eines längeren Irrlaufs in der Arbeitswelt, der sie in ein Heimatmuseum in Dresden, in ein Meeresfrüchterestaurant in Hamburg und in die Redaktion eines Gesellschaftsmagazins mit Sitz in Berlin gespült hatte, versuchte sie sich als Texteabfasserin, die jeden und alles belieferte. Geschriebenes wurde schließlich immer gebraucht. Und solange ihr die Stadtillustrierte, die Tee-Company, die Stiftung für benachteiligte Kinder und andere Inhaber von Magazinen und Broschüren nicht von der Fahne gingen, würde sie überleben können. In früheren Jahren und noch voll im Saft stehend, hatte es Ansätze gegeben, eine Reporterin aus ihr zu machen, Spezialgebiet Soziales. Aber irgendwie war sie nicht drangeblieben respektive nicht selbstsicher genug gewesen. Für Martha keine unbedingt bedauernswerte Entwicklung, wurde auch die Welt des gedruckten Wortes nicht schöner und besser. Ihre Talente lagen vor allem im Umgang mit denen, die sich nicht von selbst in die Presse drängten, wenigstens damals noch nicht: Schlingernde, Strauchelnde, Gefallene.

»Frau Andruschat, Sie sind ein Menschenöffner«, hatte ein zufriedener Berliner Chef zu ihr gesagt, »da machen wir was draus.« Und Martha, süchtig nach Lob, wie es nur die Gedemütigten kennen, schleppte gute Geschichten heran wie früher Einsen für den Vater. Nur dass es in der Redaktion auch manchmal Anerkennung dafür gab. Und auch genau das Stück Despektierlichkeit, das ihr den Umgang mit Untergang und Verdammnis erträglicher machte. *Martha, unsere Frau fürs Grobe*, *Martha, unsere Sozialtante.* Solche Spötteleien waren wie geschaffen dafür, einer wie ihr die Schwere zu nehmen, sie zu bremsen in ihrem Impuls, die Welt retten zu wollen. Sie, die selbst dem Sog der Täler nicht immer entkommen war, fühlte sich denen, die darin versanken, verpflichtet. Auch wenn sie nichts aufhalten konnte mit ein paar Artikeln. Nicht den Selbsthass, nicht den Schnaps und schon gar nicht die in den Müll geworfenen Babys.

Im Renault war es immer noch still. Der Blick nach rechts und das Vorbeistreifen einer Zeit, die Martha rückblickend gern mit der gleichen Verklärung betrachtet hätte wie Pionierappelle, Maidemonstrationen und GOL-Sitzungen, wühlte sie auf. Würde sie Johanne bitten können, ans Steuer zu wechseln – kühnerweise auf dem Seitenstreifen? Wie aber die Schwester, die schon das Unterfrankieren eines Briefes zum Verbrechen erhob, für ein verbotenes Straßenmanöver gewinnen?

»Ich halte mal rechts.« Martha tastete aus dem Augenwinkel Johannes Gesicht nach einer Reaktion ab.

»Aber bitte mit Warnblinker, und lass uns im Auto bleiben, man sieht genug von hier.« Johanne schniefte und zog ihr *Gequältengesicht*, wie Martha es nannte, mit steiler Falte zwischen den Brauen und halb heruntergelassenen Lidern und Mundwinkeln. Sie mochte es nicht, dieses Gesicht, es war darauf angelegt, ihr ein schlechtes Gewissen zu machen, und das funktionierte immer noch gut. Zudem ließ es ihre ansonsten hübsche Schwester älter aussehen, als sie war. Genau wie die Haarfarbe, die ihr seit ihrer Jugend nicht auszureden war und die sie von vornherein als Ostfrau ausmachte – wenn man den Blick dafür hatte. Als hätte es schon früher eine geheime Absprache unter

Frauen zwischen Ahlbeck und Zittau gegeben, hatten diese ihr Haar mit einer grellen Kastanientönung gefärbt, nur, um inmitten eines gräulichen Alltags mit ein bisschen Extravaganz auftrumpfen zu können. Wenigstens war Johanne anzurechnen, dass sie sich für *Mähne* anstatt für *raspelkurz-asymmetrisch* entschieden hatte, zumal das Kastanienrot, das an seiner Oberfläche blau und stählern schimmerte, sie ziemlich blass um die Nase erscheinen ließ und dieser Anblick bei Martha das Gefühl auslöste, als beiße sie mit einem plombierten Backenzahn auf Alufolie.

Den Renault zum Stehen gebracht, schälte sie sich – ohne die mögliche Nachfrage der Schwester abzuwarten – hinterm Lenkrad hervor. Nur noch acht Kilometer bis ans Wasser. Johanne, im Innern des Autos, beobachtete die Schwester beim Beobachten, und ihr fiel auf, dass Martha abgenommen hatte. Zwischen dem prallen Hinterteil, das ihr zeit ihres Lebens hinterhergewippt war, und der zumeist sehr engen Jeans, die es umspannte, war ein Hohlraum entstanden, offensichtlich, weil raumgreifendes Fett zurückgewichen war.

Johanne, selbst eher der Kategorie schlank bis hager angehörend, konnte die zähen und lebenslangen Bemühungen der Schwester, die leise Fülligkeit ihres Körpers in eine schlanke Statur umzuwandeln, nur ahnen, darüber geredet hatte man nie. Über die Jahre waren immer wieder neue Sportgeräte an Martha aufgetaucht, Anfang der Neunziger ein Squash-Schläger, jüngst eine Yogamatte. Auch ihre Figur war etwas, das beide nicht nur immer unterschieden, sondern sie auch als Wetteifernde zueinander in Szene gesetzt hatte. Wobei Martha ausnahmslos unterlag. Nicht nur, dass sie ihn selber hasste, den Speck, der ihr an Po und Beinen saß, zu ihrer doppelten Pein brachte er ihr auch zusätzliche Attacken der Eltern ein, die bei verwandtschaftlichen Kaffeerunden für alle hörbar mahnten: »Martha, ein Stück Torte reicht!«

Derlei Blamagen katapultierten Martha in erneute Fressanfälle, und im Gegensatz zu den bulimischen Teenagern von heute war ihr die Methode des Finger-in-den-Hals-Steckens, um allzu schnell verschlungene Honigbrötchen und Kuchenstücke wieder loszuwerden, nicht bekannt. Lieber erlag sie der Phantasie, dass ein paar lange Blusen es schon richten würden. Nichts überfüllte in ihren Jugendjahren ihren Kleiderschrank mehr als Hemden und Hängerchen, die ihr bis weit über den Hintern gingen, nur um selbigen unsichtbar zu machen. Nur wenn ihre verkümmerten und schlecht funktionierenden Nieren sie wieder für Wochen ins Krankenhaus und an die Infusionsständer trieben, war sie mit einem Schlag fünf bis sechs Kilo los – und hinterher ein anderer Mensch.

Bloß hielten sie nie lang an, die dünnen Phasen, und alsbald johlten sie wieder auf, die Jungs aus ihrer

Klasse, wenn Martha im Sportunterricht Anlauf zum Pferdsprung nahm und ihre körpereigenen Massen in auf und ab schwingende Bewegungen versetzte. Man musste nicht fett, sondern nur mollig sein wie sie, damit diese Schwingungen unter *Gewabbel* fielen. Dass die johlenden Jungs trotz ein paar Pfunden zu viel ein Auge auf sie hatten, kam Martha nicht in den Sinn. Verbissen fahndete sie nach neuen Abnehmmethoden und malträtierte sich mit faden Knäckebrot-ohne–alles-Tagen. Aber alles Darben brachte nichts. Das Dickliche schien an ihr zu kleben wie Schwefel an der Pechmarie. Erst mit fünfzehn konnte sie einen Liebeskummer nutzen, um an Gewicht zu verlieren, diesmal ganz ohne Kraftanstrengungen. Für die Zukunft stellten sich Krankheit und Liebeskummer als einzig wirksame Schlankmacher heraus; doch dass sie danach trachtete, hätte Martha abgestritten, obwohl ihrem Unterbewusstsein da nicht über den Weg zu trauen war.

Nach der fettschmelzenden Wirkung ihres ersten Liebesschmerzes fand Martha sich erstmals schön in ihrem Leben. Eine Tatsache, die sie später – schon erwachsen – außerordentlich traurig machte, weil sie sie in eine Reihe stellte mit all den anderen törichten Mädchen und Frauen dieser Welt, die ihr Lebensglück von ihrer Kleidergröße abhängig machten und damit aus den Augen verloren, dass gute Kerle gern was in der Hand hatten. Damals, mit fünfzehn und nach Wochen mit Essensportionen in Erbsengröße, strich sie morgens, im Bett liegend, über ihren eingefallenen Bauch und die Beckenknochen, die unter ihrer Haut hervorgewachsen waren wie junge Maulwurfshügel. Endlich formte sich zwischen den Innenseiten ihrer Schenkel ein luftgefülltes Oval, endlich konnte keiner mehr ihren Hintern als ausladend bezeichnen, endlich waren ihre properen Oberarme, die sie mit Langarm-Shirts zu kaschieren versuchte, reif für Spaghettiträger. Kein Mensch ahnte, wie gut sie sich fühlte, weil nirgendwo mehr Ansammlungen von Fett unkontrolliert herumschwangen oder über ihre Gürtelschnalle ragten. Für einen kurzen Moment erwog sie, die langen Blusen in den *An- & Verkauf* zu bringen, weil aber die Klamottenlage (zum Glück bekamen sie immer genug von der Westverwandtschaft) desaströs war, verwarf sie diesen Gedanken wieder. Später, als die Dickheit zurückkam, verfluchte sie sich dafür, es nicht getan und keinen zusätzlichen Anreiz für das Schlanksein geschaffen zu haben.

Der Weg zum Dünnsein war ohnehin steinig und von Gefahr umlauert, allein durch die Existenz der Eltern. Denn auch wenn diese über vieles hinwegstiegen, was sie hätten sehen müssen, wurde ihnen eines Tages doch gewahr, dass ihre Tochter ordentlich abgerissen hatte und sie etwas Ätherisches umflorte. Anfangs schützte Martha Bauchschmerzen vor, um Essensportionen, die im Hause Andruschat immer stattlich und in Gänze zu verspeisen waren, abzuwehren. Mal kam das Unwohlsein aus Richtung Gedärm, mal aus der Etage darunter. Während eines Abendessens im März aber flog alles auf. Martha konnte sich deshalb so gut daran erinnern, weil ihr der aufbrechende Frühling vor dem Fenster in diesen Tagen mit seinen knallenden Knospen und seinen erdigen Gerüchen wie ein Komplize vorkam, der sich selbst und sie anfeuerte, weiterzumachen und auch dann nicht einzuknicken, wenn die Eltern drakonische Strafen androhten.

»Was ist los mit dir, hier wird ordentlich gegessen«, fuhr der Vater sie an, während er sein eigenes Wurstbrot auf die Höhe eines Leuchtturms anwachsen ließ. »Denkst du, ich sehe nicht, dass du klapperdürr geworden bist? Was soll der Quatsch, ich weiß schon, dass du dich nur interessant machen willst.«

Martha sah zur Mutter hinüber, die ihrem Blick nicht begegnete. »Alles schlackert an dir herum«, sagte die nur mit abgewandtem Gesicht, »guck dich doch an, wie du aussiehst!«

»Martha findet sich gut so, sie steht ständig vor dem Spiegel«, steuerte Johanne bei und klang schon so eisig wie die Erwachsenen.

Auch das eine unschöne Saat aus Händen der Eltern, die erfolgreich zwischen den Schwestern aufgegangen war: Nur solange die eine im Fokus mütterlicher oder väterlicher Strafaufmerksamkeit stand (und eine andere gab es nicht im Hause Andruschat), konnte die andere sich in Sicherheit wiegen. Hinzu kamen all die Situationen, in denen sie gegeneinander aufgehetzt und mit der Aussicht gequält wurden, dass eine allein vielleicht die Zuneigung der Eltern haben konnte – beide zusammen jedoch nie.

»Was soll ich denn machen, wenn ich keinen Hunger hab.« Eine Notlüge, die Martha aussprach in der Hoffnung, vielleicht einmal in Ruhe gelassen zu werden.

»So ein Quatsch, du hattest immer Hunger, gefuttert hast du wie ein Scheunendrescher«, dröhnte die Mutter und läutete damit den Moment höchster familiärer Anspannung ein. Ab diesem Moment war mit dem Schlimmsten zu rechnen. Mit aufspringenden und sich vergessenden Elternteilen, die erst wieder Ruhe geben würden, wenn ihre Wut sich entladen hatte – und zwar nicht an herumstehenden Tellern oder Vasen.

Manchmal hatte sich Martha gefragt, was Mutter und Vater getan hätten, wenn sie nur sich selbst und keine Kinder gehabt hätten. Würden die beiden, deren Liebesbriefe sie später, als sich die Familie längst atomisiert hatte, in einem Schränkchen der väterlichen Wohnung fand und die sich lasen wie die Korrespondenz zwischen Romeo und Julia, überhaupt noch leben? Oder wären sie sich längst gegenseitig an die Gurgel gegangen? Wie konnte es sein, dass zwei, die da Dinge wie *Ich will nicht mehr leben ohne dich* und *Du Stern meiner einsamen Nächte* geschrieben hatten, in einer solchen Verachtung zueinander endeten, dass alle einstige Liebe wie eine Lüge wirken musste? Auch, weil nicht die kleinsten Gesten der Zuneigung oder wenigstens der Abhängigkeit zwischen ihnen noch hin und her wechselten. Aber so war es generell bei den Andruschats: Alle hielten Verdrängung für *das* Allheilmittel und wunderten sich, dass sich reihenweise der Krebs durch ihre Leiber fraß.

Dennoch war Martha beim Lesen der elterlichen Liebesbriefe eine unsägliche Rührung die Kehle hochgekrochen. Selbst noch Kinder, hatten sie welche gemacht und den Vorwand der eigenen Kleinfamilie genutzt, um ihren Elternhäusern zu entkommen. Und doch sollte alles, das ganze *Ich kann ohne dich nicht leben*-Gefüge, grandios scheitern.

Den bürgerlichen Kleinfamilien von heute konnte man vieles vorwerfen, aber lieber trennten sie sich fröhlich immer wieder und bildeten Patchwork-Verbünde, als dass das Gift der Unzufriedenheit ihre Ehen zersetzte. Das festigte zwar mitnichten das Bindungsvermögen ihrer Nachfahren, aber ehe die zur Paarung ansetzten, hatte sich die Welt wahrscheinlich schon an ganz andere Dramen als den Zerfall der Familie gewöhnt. Vielleicht auch an die Tatsache, dass als Lebenspartner nun auch der Computer in Frage kam, weil Isolation und Technik den Segen ihrer beschwerdefreien Allianz erkannt hatten und sowieso nur noch die wenigsten daran dachten, sich zu vermehren. Und wenn doch, gab es Labore, die einem alles machten. Alles zusammenmixten, selektierten, reinigten, optimierten.

»So oder so, hier wird anständig gegessen, sonst lernst du mich kennen.« Das waren die letzten Worte, die der Vater brüllte, bevor er mit der Faust auf den Tisch schlug und alle Platzdeckchen, die unter ihren vier Tellern prangten und die die Mutter selbst genäht und mit Applikationen in Form von Kohlköpfen, Gurken oder Kartoffeln verziert hatte, kurzzeitig emporhüpften.

»Und, wie sieht's aus?«

Johanne hatte ihr Fenster heruntergekurbelt und sich herausgelehnt, mit der Rechten die Sonnenbrille in ihrem Rothaar nach adäquatem Sitz abtastend. Marthas Renault, ein alter dunkelblauer Zosse, wirkte ein bisschen zu schäbig als Rahmen für Johannes Höhere-Tochter-Gesicht, sie war eher der Typ, zu dem alte, scheckheftgepflegte Cabriolets gut passten.

»Auf jeden Fall steht es noch, das gute alte Arbeiterschließfach.« Immer mehr beschlich Martha das dumpfe Gefühl, dass das Ganze hier keine gute Idee war. Essen, Schlafen, Schwimmen und alles gemeinsam in den kommenden vier Tagen bedeutete eine Nähe, die sie beide gefühlt seit Hunderten von Jahren nicht mehr gehabt hatten, wenn überhaupt je. Martha selbst hatte die Nähe der Schwester nie gesucht, und obwohl sie die Letzte gewesen wäre, die sich – sollten diesem Ausflug unerwartete Herzlich- und Innigkeit erwachsen – widersetzt hätte, rechnete sie indes nicht damit. Zusammen wegzufahren, darauf waren sie nur gekommen, weil Johannes Mann Arndt wegen eines verknacksten Fußes für diesen lange gebuchten Kurzurlaub ausfiel, weitere Freundinnen der Schwester auch.

Nicht zu vergessen, dass sie auf Terrain spazierten, das jede am besten zu kennen glaubte und das viel zu vermint war, als dass man hätte unbefangen darauf herumlaufen können. Für ein neues Aufstellen ihrer Beziehung – oder wie immer man das nennen mochte – hätte sich eine Fahrt in die Fremde und in die Gefahr, wo sie hätten zusammenhalten müssen gegen Diebe und Preller, besser ausgenommen. Die Ostsee war aus vielerlei Gründen nicht optimal, um herauszufinden, warum der Kosmos der einen Lichtjahre von dem der anderen entfernt war. Während Johanne der von Martha viel zu zergrübelt erschien und sie dem Wohnen in einem nackten, rissigen Fabrikloft mit seltsamen Möbeln aus Stahl und Holz nichts abgewinnen konnte, sortierte Martha Johanne in die Schublade *beschränkt* ein – eine typische Vorstadtfrau, die sich für Statussymbole wie das *richtige* Auto oder die *richtige* Tischwäsche krummlegte.

Ihre Prag-Reise zu DDR-Zeiten, auf der sie heftig mit diversen Jungs geflirtet hatten, vornehmlich mit zwei Franzosen, Fremdenlegionären aus der Nähe von Lille, war der letzte gemeinsame Urlaub gewesen. Und auch dieser hatte bis zum Ende etwas Beschwerliches gehabt. Es mangelte beiden einfach an Empathie für die andere. Es ging ihnen ab, der anderen beizustehen, sich für sie verantwortlich zu fühlen, geschweige denn, sie retten zu wollen. Wurden hingegen andere Kreaturen, Tiere oder Menschen, in ihrem Beisein gequält oder erniedrigt, dann funktionierten sie wie ein eingefleischtes Robin-Hood-Geschwader, dann blitzte ihr tadellos funktionierender Gerechtigkeitssinn auf, und sie warfen sich in die Bresche für die Geknechteten. Nur selten hatten beide das Gefühl, dass tief unter ihrer raumgreifenden Rivalität auch ein Fünkchen Innigkeit schlummerte. Die hatte bislang immer nur kurz aufgeleuchtet, wie ein Weckglas im Kellerregal, das kurz in den Lichtkegel einer suchenden Taschenlampe gerät.

Einmal war in Prag schlechte Stimmung bei Johanne aufgekommen, weil Martha sich – angespitzt durch eine Freundin, die sie zufällig trafen – unbedingt in der Kunst des Klauens üben musste. Schon früh hatten sie sich an diesem Tag in den Kreislauf der Jugendherberge eingespeist, die etwas außerhalb des Prager Stadtzentrums lag und sich als Sammelplatz für Jungvolk aus Ost *und* West herumgesprochen hatte. Immer wieder waren Freunde der Schwestern von dort zurückgekehrt, jedes Mal beladen mit aufregenden Geschichten, die sie bei Kerzen und Cabernet bis ins kleinste Detail wiedergaben. Meist packten sie komische Zigarettenschachteln dabei aus und trugen eine seltsam verwegene Bräune zur Schau, die ihnen ein heimisches Ostseebad niemals hätte verpassen können.

Selbst nun an diesem Sehnsuchtsort und durch die Aussicht stimuliert, dass sie alsbald auf Jungs aus dem Westen treffen würden, waren Martha und Johanne voll überlodernder Vorfreude. Ein Herzklopfen, wie es ihnen heute kaum noch nachvollziehbar war, Aufregung tausend Prozent. In ihrer Sucht nach großer weiter Welt machte damals jeder Kerl etwas her, der eine Levi's trug und eine andere Sprache sprach und der von Pionierappellen und GST-Lagern noch nie etwas gehört hatte. Allein die Hoffnung, sich an die Brust eines solchen nach Westwaschmittel duftenden Jünglings schmiegen zu können, war groß und wurde immer größer, je länger die Zugreise ins vermeintliche Paradies dauerte. Über zwei Jahre hatte sich Marthas und Johannes Bettelzug bei den Eltern hingezogen, bei dem sie ihr Hauptvorhaben, die fremden Jungs, natürlich aussparten. Im Alter von fünfzehn und siebzehn war es endlich so weit, unter strengsten Auflagen, die das Anrufen bei Ein- und Ausreise, das Schreiben mehrerer Postkarten und das zuvorige

Vorlegen eines tadellosen Zeugnisses beinhalteten, durften sie los.

Nur ein paar Stunden später aßen sie bereits mit Israelis und Italienern Hot Dogs unter Sonnenschirmen. Und die Welt fühlte sich weit und wohlig an, wenn sie mit ihrem lausigen Schulenglisch so etwas wie ein *Gespräch* herstellen konnten.

Abgesehen von der Klau-Geschichte, die darin endete, dass der bestohlene Ladeninhaber Martha und ihrer Freundin hinterherrannte, das Diebesgut (zwei Bac-Sprays und eine Nivea-Cremedose) einforderte und beiden Mädchen zum Abschied eine knallte, hatte sich Martha am Abend darauf auch noch in einer Bar von zwei windigen Kerlen ansprechen lassen, die sich als Kanadier ausgaben und deren wahre Absichten zunächst nur Johanne durchschaute. Nachdem sie die Schwestern in ihren Mercedes gelotst hatten, schwante auch Martha, worum es bei dieser Sache gehen könnte, ließ sich aber durch die Aussicht auf ein paar weitere spendierte Drinks verführen und überstimmte Johanne.

Nur Johannes wiedererwachter Kühlheit war es am Ende zu verdanken, dass sie dem räudigen Zimmer, in das die Kerle sie drängten (schon Hand an sie legend), wieder entkamen. Tatsächlich unter dem Vorwand, sich noch etwas frisch machen zu wollen.

Die blauen Flecken hingegen, die die Flucht durch das viel zu enge Badezimmerfenster auf Marthas und

Johannes Unterarmen und Oberschenkeln hinterließ, verzieh die Ältere der Jüngeren nie.

Es war Martha, die Johanne fragte, ob es im alten Kiez wohl noch jemanden gebe, den sie von früher kannten.

»Schon möglich«, erwiderte diese und drückte, um der Frage, die die Schwester sicher gleich im Anschluss stellen würde, zu entkommen, den Knopf des Fensterhebers. Bestimmt würde Martha wollen, dass sie spontan vorbeifuhren, um zu schauen, wer von den alten Nachbarn noch dort lebte. Ihr aber war nach Ankommen zumute, sie wollte raus aus dem röhrenden Renault, endlich ins Hotel und vielleicht noch mit nackten Füßen die Wassertemperatur der Ostsee ausloten. Die alten Pfade, fand Johanne, könnte man später noch ablaufen. Bockig ließ sie das Autofenster auf ihrer Seite ins Futteral zurücksummen. Auch Martha ging zum Wagen zurück und schaufelte beim Einsteigen den Duft von aufbrechender Erdkrume und feuchten Pflanzentrieben in die Fahrerkabine. Der Frühling stand in voller Blüte, es konnte nicht mehr lange dauern, bis seine Energie auch in sie eindrang und die Schlacken des Winters – allzu viel Grübelei und allzu fettes Essen – hinwegspülte. Die Frage nach einem Besuch im alten Quartier stellte sie Johanne nicht.

Eingeschmiegt in die Sitzkuhlen des Wagens,

tauchte jede für sich noch einmal auf den Grund ihrer Kindertage. Während sich Johanne dabei lieber an endlose Murmelspiele im Hof oder launige RFT-Recorder-Feten im Trockenkeller erinnerte, saß Martha, wieder zehn Jahre alt, in der Küche vor einem elterlichen Tribunal und fühlte im Genick die alte Angst, die bis heute nicht gewichen war.

In den vergrübelten Schichten ihres Hirns wollte einfach kein Erlebnis aufglimmen, das Mutter oder Vater bei der Ausübung sogenannter Elternliebe zeigte, keine Schmuseszene, kein Tröstszenarium, kein Das-wird-schon-wieder-Singsang. Das Zusammensitzen beim Abendbrot, das nur stummes Dasitzen, keinesfalls aber aufgekratztes Geschnatter oder überbordende Fröhlichkeit erlaubte, dominierte der Vater mit seinen Launen. Schulnoten mussten rapportiert und Hausaufgabenhefte vorgelegt werden, tägliche Pflichten im Haushalt, darunter Staubsaugen, Einkaufen und Abwaschen, wurden der Abrechnung unterzogen. Erst dann verabschiedeten sich die Töchter mit einem mehr scheu als inniglich verabreichten Gutenachtkuss, und die elterlichen Sofastunden, eingeläutet vom Dingdong der Nachrichtensendungen aus Ost wie West, konnten beginnen. Das alles, fand Martha, hatte sich über Jahrhunderte abgespielt und nirgends, aber auch nirgends ein Schlupfloch zum Entkommen geboten. Wie oft hatte sie das Schokoladenmädchen von Liotard angefleht, sie doch zu befreien aus diesem Kerker, und oft hatte es wirklich so ausgesehen, als zwinkere die Schöne (ganz offensichtlich wohnte sie in einem Schloss) dem jungen Mädchen zu. Ausgeschnitten aus einem Kunstkalender und gerahmt in Gips, hing sie prominent in der häuslichen Bildergalerie. Die häubchentragende Mamsell und ihre Kakaotasse hatten immer eine beruhigende Wirkung auf Martha gehabt, auch als krankes Kind hatte sie sich immer gewünscht, sie möge herabsteigen und ihr – wenn es schon sonst keiner tat – die Wange streicheln und sie an ihren Busen drücken.

Die Bildergalerie hatte der Andruschat'schen Wohnung, in der sie zu viert auf sechzig Quadratmetern lebten, eine individuelle Note gegeben, wenn sie auch nicht die Einzigen waren, die sich irgendwie anders, nicht so uniform zu dekorieren versuchten. Andere Mieter, und nicht nur Akademiker, waren auch auf die Idee gekommen. Tieschkys zum Beispiel, aus dem Fünften. Die besaßen wenigstens ein paar wertvolle Antiquitäten, zumindest gaben sie diese als solche aus, einen Biedermeiertisch und – was Martha und Johanne damals besonders beeindruckte – eine Chaiselongue mit rotem Samtbezug, die in der Eintönigkeit der Standardräume wie eine Ballrobe unter Kittelschürzen erschien. Wann immer ihre Mutter mit Frau Tieschky bei einer Kanne Kaffee in der Küche saß, räkelten sich die Mädchen auf der Chaiselongue und spielten Filmstar, so leise, dass die Frauen in der Küche davon nichts mitbekamen. Dabei galt es, sich gekonnt über die Seitenlehnen zu ergießen, einen Schmollmund zu ziehen und so zu tun, als trage man ein Charlestonkleid und rauche Spitze. Und zwar so, dass die andere es schwer haben würde, einen draufzulegen.

Es gab Tage, Glückstage für Martha, in denen sie nach Hause kam und die Andruschat'sche Wohnung ein oder zwei Stunden für sich allein hatte, weil Johanne noch eine Turn-AG besuchte und die Eltern auf ihren Planstellen festsaßen. Später, als Erwachsene, hatte sie sich oft gefragt, warum sie das Alleinsein dennoch nicht schätzen konnte und erst mühsam überwundene Single-Jahre sie auf den Trichter brachten, dass ein Stück Einsamkeit ab und an gar nicht schlecht war: keiner, der einem reinredete, und keine Rücksicht, die man selbst immer beflissener, der Rest der Menschheit aber immer weniger nahm.

Im Juri-Gagarin-Ring hatte Martha die familienlose Zeit mit dem Plattenspieler und Tschaikowskis »Schwanensee« oder »Nussknacker« ausgekostet, hatte getanzt in ihren Strumpfhosen aus minderwertigem Strick, so wie sie glaubte, eine Ballerina zu tanzen hat – auf und ab, mit Pirouetten und Sprüngen. Erhitzt und errötet, erschien ihr am Ende jede Sekunde dieser abgezwackten Freiheit wie das wahre Leben. Früh genug würde der Zeitpunkt kommen, an dem die anderen wieder die Macht übernahmen.

Der Renault jaulte jetzt auf. Martha würde die Geräusche, die er seit einiger Zeit von sich gab, nicht länger ignorieren können. Genauso wenig wie die eigene zerstörerische Sehnsucht, die sie immer wieder an Plätze und in Erinnerungen trieb, die ihr bleibende Pein verschafft hatten. Da war sie nun. Und musste an den umwerfenden Satz ihrer Irrenärztin denken, die es nun schon seit vielen Jahren gut mit ihr meinte: *Sie werden immer den Glanz im Auge ihrer Mutter suchen.* Das Wort *vergeblich* hatte sie dabei lieber unter den Tisch fallen lassen. Aber Martha verstand auch so.

Vielleicht war es das Beste, das Radio anzudrehen und ein bisschen Einheimischen-Gequassel auf sich niedergehen zu lassen. Auf der Meck-Pomm-Welle schnatterte ein aufgedrehter Moderator etwas von einer heißen Bikini-Modenschau am Wochenende, die dem Strandabschnitt vier offensichtlich ungeahnten Zulauf bescheren würde, so wie jüngst, als sich ein Finnwal in ihr Hafenbecken verirrt und den Einsatz eines Krans erforderlich gemacht hatte. Im Anschluss ließ der Mann im Radio noch ein paar halblustige Witze vom Stapel, machte aber alles in allem nicht den allerschlimmsten Eindruck, wie es für einen Sender eines solchen Namens erwartbar gewesen wäre.

»Eigentlich möchte ich nur wissen, ob es die Babypuppe von Regina Schupran noch gibt«, sagte Johanne. Das war ihr Ansatz, sich – wenn überhaupt – der alten Nachbarschaft zu nähern.

Regina Schupran war die Hauskumpeline der Schwestern im Juri-Gagarin-Ring gewesen, zwei Etagen unter ihnen. Den Gummimund ihrer Lieblingspuppe hatte sie seinerzeit mit einer Fingernagelschere geöffnet, wobei Teile von Ober- und Unterlippe draufgegangen waren. Doch nur so konnte sie die mit Milch gefüllte Nuckelflasche in die Puppenschnute schieben und den Eindruck echten Fütterns erwecken.

»Ist dir eigentlich klar, dass Regina die Milch immer nur hineingekippt hat in dieses Vieh, wie hieß es noch … Tamara. Ich denke nicht, dass sie das Monster je ausgewaschen hat, deshalb auch dieser ständige Gestank nach vergorener Milch.« Martha überkam ein Schütteln.

Johanne grummelte Zustimmung und kramte aus der Kühltasche zu ihren Füßen einen Apfel hervor. Laut krachend verschwand er zur Hälfte zwischen ihren perfekten Zahnreihen. Dem Apfel folgte ein Butterbrot, aus dem eine Käsescheibe hervorlugte.

»Stimmt, diese blöde Puppe hat immer gestunken wie, wie …«

»Dein Käsebrot jetzt«, sagte Martha und versuchte ein Lachen. »Tilsiter?«

»Hm. Wenn schon die alte Heimat, dann auch der alte Käse.«

Wenigstens hatten sie dann und wann den gleichen Humor.

Tilsiter hatte der Vater immer verlangt, der Scharfes und Fieses besonders mochte, genauso wie heiße Suppen oder fettes Fleisch. All das schlang er am Küchentisch herunter, als gebe es kein Morgen. Bis heute schauderte es Martha, die Löffelränder an seine Zähne knallen zu hören, ihn so gierig zu sehen, den Kopf tief über den Teller gebeugt, die Augen flackernd, die Stirn mit Schweißperlen übersät. Später, mit den Abgründen menschlichen Verhaltens besser vertraut, ordnete sie diese Art zu schlingen seiner Kriegskindvergangenheit zu – und lag richtig damit. Auch an ihm, dem erwachsenen und furchteinflößenden Mann, klebten immer noch Kindheitsängste, und sei es nur die, nicht genug in den Magen zu kriegen.

»Unsere Puppenmutter selbst hat diese Schweinerei aber nicht gerochen, weißt du noch?« Johanne kaute auf ihrem Proviant herum und sah zu Martha herüber.

»Allerdings. Einmal hat sie mir dieses müffelnde Ungetüm sogar in den Arm gedrückt, zum Schunkeln und Schmusen, und gar nicht gemerkt, dass ich es partout nicht wollte.«

»Und du hast mitgemacht, weil du ihr den Spaß nicht verderben wolltest.« Johanne zog eine Grimasse, als würde Puppe Tamara auf ihrem Schoß gerade bröckchenweise saure Milch erbrechen. »Aber Regina war immer sehr behutsam und ernsthaft mit diesem Gummiding, als wäre es ein Kind aus Fleisch und Blut«, sagte sie dann.

»Stimmt, auch wie sie sie immer im Puppenwagen verstaute, die Decke genau auf Unterkante Kinn hingezupft, als ob so ein Biest frieren könnte.«

»Wer weiß, das waren eben ihre Mutter-Qualitäten«, sagte Johanne, »und wir hätten uns lieber ein Scheibchen davon abschneiden sollen, anstatt sie heimlich zu belächeln.«

»Na ja.« Martha blieb unentschlossen. Ebenso konnte es sein, dass auch Regina Schupran zu einer dieser Hartz-Vier-Gebärmaschinen geworden war, die ihrer Brut nur minderwertiges Toastbrot ohne alles in die hungrigen Mäuler stopfte.

Aber Johannes Einwurf sollte wohl eher auf ihre eigene Kinderlosigkeit anspielen. Zwar konnten beider Beziehungen als solide und stabil bezeichnet werden, aber keine der Schwestern hatte das Schwangerwerden forciert. Als Martha einmal durchzählte, hatte sie mit Verwunderung festgestellt, dass beinahe die Hälfte ihres Freundeskreises ohne Nachwuchs geblieben war, und sie fragte sich, ob man sich instinktiv danach ausgesucht hatte oder ob alles nur Zufall war. Wie die Gefühlslage, dieses Thema betreffend, zum Zeitpunkt ihres Ausfluges bei den Schwestern war, konnte keine wirklich sagen, auch hier tänzelten sie auf einem Feld herum, das mit Betreten-verboten-Schildern gespickt war. Martha war sich sicher, dass es beide noch nicht abgehakt hatten, sondern es nur vor sich herschoben. Vielleicht so lange, bis nichts mehr ging – weit weg davon waren sie nicht mehr. Und sie rechnete damit, dass Johanne sie auf den letzten Metern noch mit der Nachricht über ihre Vermehrung überraschen würde – vielleicht schon auf dieser Fahrt.

Im Renault nahm die Meck-Pomm-Welle die Aufmerksamkeit der Schwestern wieder in Beschlag. Eine Frau zeterte über die bevorstehende Schließung eines regional bekannten Puppenspieltheaters und drohte im Namen ihres Ensembles sogar mit Hungerstreik. Auch im Sender schien sich etwas zusammenzubrauen, eine seltsame Ruppigkeit lag auf einmal über dem Mix aus Ansagen, O-Tönen und Jingles. Freilich eine unschöne Sache, die Kürzung, aber der Hungerstreik – eine zu martialische Geste für den Menschenschlag hier oben. Entweder die Chefin der Bühne war eine Zugewanderte, oder sie war der Komplettverblödung, von der sie ihren schönen Küstenstreifen okkupiert sah, schon selbst anheimgefallen. Den Einheimischen warf sie vor, schon jetzt mehr Zeit vor der Glotze und dem PC zu verbringen als an dem zu ihrem Ort gehörenden Strand oder in ihren hübschen, mit Steuergeldern hergerichteten historischen Stadtkernen und deren Kultureinrichtungen. Warum es ihr und ihrer Truppe nicht mehr gelang, sie in ihre Vorstellungen zu locken, darauf ging sie nicht ein.

Doch es war ohnehin etwas anderes, das die Küste im Osten wirklich schüttelte. Sogar den Sprechmodus des flapsigen Moderators sollte diese Nachricht auf seltsame Art und Weise verändern. Er sprach jetzt, als hätte ihm jemand einen Gewehrlauf in den Nacken gedrückt.

»Heinrich Winkler, Chef des Hotels Sandbank, ist der MfS-Mitarbeit überführt worden«, stanzte er heraus. »Verdachtsmomente gegen Winkler alias IM Düne hatte es schon seit fast zwei Jahrzehnten gegeben, sie konnten aber aufgrund unauffindbarer Akten nicht erhärtet werden.«

Selbst an den Jüngeren klebte bisweilen noch der DDR-Behörden-Sprech, den ihre Eltern einst aus Schulen, Bereichsleitungen und Komitees nach Hause eingeschleppt hatten. War sie, Martha, eigentlich die Einzige, die so etwas noch registrierte und sich, wenn auch nur heimlich, um nicht des Nachtrauerns verdächtigt zu werden, fragte, ob einer Wessi oder Ossi war? Sie selbst hatte ein gewisses Minderwertigkeitsgefühl in dieser Angelegenheit nie ganz abstreifen können, da half auch die Tatsache nicht, dass *sie* es schließlich gewesen waren, die eine friedliche Revolution hingekriegt und von heute auf morgen ein völlig neues Leben angefangen hatten. Was jetzt gebraucht wurde – wollte man wahrgenommen werden (und Martha wollte) –, war ein gut gepflegtes Ego. Sie aber hatte keines im Angebot, und es würde ihr auch nicht nachgeliefert werden. Es war dumm, sich noch immer darüber aufzuregen, dass die anderen ihre Vorteilskonten auch nutzten und ihre Haltungen und Gesinnungen veräußerten, wie es ihnen passte. Gorbatschow machte heute Werbung für Louis-Vuitton-Taschen. Die Welt würde nicht besser werden, nur weil Martha Andruschat es sich wünschte.

Ob solche Dinge auch einem Winkler vom Sandbank durch den Kopf gingen, der zeit seines Lebens beide Welten im Spagat genommen hatte? Der ein Genosse im Westpelz gewesen war? Welche Schmach musste er, einer der wenigen ostdeutschen Global Player des Kalten Krieges, empfinden, dass ihm jetzt, auf letztem Meter, noch ein kleiner, akribischer Aktenaufarbeiter (so konnte man die förmlich vorgebrachten News des Ansagers getrost deuten) nach langen Jahren doch auf den Stasi-Trichter gekommen war?

Der Gewehrlauf im Genick des Radiomannes schien jetzt halsabwärts gerutscht zu sein und seinen kalten, unheilvollen Druck direkt durch den Hals in Richtung Gurgel zu senden; er sprach noch stockender und überließ die Deutung des Skandals den Winkler-Kennern und involvierten Ermittlern. Deren Kommentare und Analysen malten das Bild einer schillernden Persönlichkeit, die besonderen

Schlag beim mittelständischen und Hartz-IV-gefährdeten Volk hatte. Hinterherrecherchiert hatte man Winkler auch, weil er nicht irgendeine kleine Nummer war, nicht der Chef irgendeiner verranzten Pension, sondern *eine Person öffentlichen Interesses*, wie man heute sagte. Nicht nur war er eine eingefleischte Golfgröße und saß der Schlaganfall-Liga vor, er war auch Tonangeber und Bestimmer in der regionalen Tourismusbehörde, die über die Jahre in den Rang einer mächtigen Geheimorganisation aufgestiegen war, weil sie den Ostseebädern mittels geschickter Vermarktung einen Haufen Arbeitsplätze beschafft hatte. Seine erwachsenen Kinder gehörten der örtlichen Schickeria an: Die Tochter hatte es an die Seite eines der reichsten Männer am Orte, den Sohn in den Vorstand eines renommierten Fischverarbeitungsunternehmens gespült.

Zuallerst aber war Winkler der einzige und bis heute amtierende Chef des Sandbank, des einst größten Devisenhotels im Lande. Mit der Hilfe einflussreicher Freunde, die zugleich internationale Geschäftemacher waren, hatte er sich – seit dreißig Jahren ein Gefälligkeitsnetz über den halben Kontinent spinnend – hervorragend in Marktwirtschaftszeiten hinübergerettet. Dass seine Geschäftsbeziehungen wahrscheinlich auch bis in den semimafiösen Bereich hineinreichten, glaubte eigentlich jeder, der Ein- oder Anwohner des Sandbank gewesen war.

Martha, immer ein Ohr am zitternden Hals des Moderators, war sich nicht sicher, was von dem Ganzen zu halten war. »Mist, unser Hotel, ausgerechnet«, raunte sie in Richtung Johanne. War schon alles zu Ende, bevor es richtig angefangen hatte, der Schwesternurlaub, das Aufeinanderhocken? Sie hätte sich freuen können, war aber weit entfernt davon. Andererseits hatte es aus dem Radio auch nicht geheißen, dass der Hotelbetrieb gefährdet war, weil der Chef sich als Spion entpuppt hatte. Eigentlich doch ein genialer Werbeeffekt in Zeiten, in denen die Leute es immer härter brauchten, um das Haus zu verlassen. Wahrscheinlich würden es die meisten noch *spannend* finden, dass jetzt die Hölle los war im Hotel und Reporter unter die Gästebetten krochen, um weitere Anhaltspunkte für oder wider Winkler aufzuspüren.

Draußen zogen noch immer vertraute, wenn auch stark veränderte Bilder der alten Wohnstatt an den Schwestern vorbei. Als blätterten sie in einem vergilbten Bildband aus den Siebzigern, dessen Fotos verblasst und deshalb absichtslos schön im Sinne avantgardistischer Fotoästhetik waren. Sie hätten gut in einer der vielen neuen Galerien in Berlin-Mitte hängen und Hütchen oder Bart tragende Galeristen das *Lob der uniformen Urbanität* singen lassen können.

Es war nicht so, dass der Fall Winkler nicht auch

an ihre Familiengeschichte rührte. Auch Andruschats waren früher oft die paar Kilometer aus ihrer Platte herüber ins Sandbank gekommen und hatten im hauseigenen Eiscafé, Intershop oder in der Disco (die sich damals noch mit »k« schrieb) herumgelungert. Mehr war nicht drin gewesen, in die Zimmer mit Meerblick durften nur Westler und Hundertprozentige auf Auszeichnungsreise.

In der Disco hatten Martha und ihre Truppenteile, jung und aufgehübscht, aufregende Abende verlebt und sich von Burschen aus Malmö oder Hamburg einladen und charmieren lassen, vorausgesetzt, der Einlasser hatte sie nach stundenlangem Schlangestehen in Eis und Kälte nicht kurz vor dem Ziel aussortiert. So manches Mädel hatte – dem Lockruf der Freiheit und des Luxus folgend (und Luxus waren damals schon ein paar Kleinstohrringe vom Kaufhof) – die Augen zugemacht, sich dem letzten Hässling an den Hals geworfen und unter Aufgebot aller Verführungskünste die Ehe mit ihm angebahnt. Nur um rauszukommen, auch wenn keine wusste, wo genau sie ankommen würden. Eine Schande war es, wie leicht zu beeindrucken sie allesamt gewesen waren.

Den Geruch des Intershops hatte Martha unter *guter Kindheit* abgespeichert, zuverlässig hatte er sich als Quell fein abgemischter Kaffee- und Seifenaromen erwiesen, die zu atmen jedes Mal ein Fest für sie, die dufttechnisch Unterversorgten, war. Eine Erinnerung, die sich längst abgeschliffen hatte in Anbetracht der Tatsache, dass sich mittlerweile viel zu viele Menschen mit schlechten Parfüms übergossen und Martha sich als Nasenmensch wieder in geruchsneutrale Areale zurückwünschte, in denen die Flimmerhärchen zur Ruhe kamen. Nur noch ein Duft konnte es mit dem des Intershops aufnehmen, und das war – zog sie den eines dörflichen Sommerweges im Brandenburgischen und den des Nackens ihres Geliebten Toto einmal ab – der von Großvater Fritz' Werkzeugschuppen, der ihr an heißen Feriensommertagen, in denen der Asphalt auf den Straßen zu einem warm-weichen Teig zerschmolz, als Zuflucht diente und in dem sie der wohlige Dunst ölverschmierter Zangen, Beitel und Hämmer umfing.

Das Sandbank – für sie alle, die es nur umschleichen und partiell eindringen konnten, war es immer ein Geheimnis geblieben. Keines, das sie um den Schlaf brachte, eher eines, von dem sie träumten, es bezwingen zu können. Immerhin war es nur ein Haus und seine Einlasser und Portiers nur Menschen, die sich sicherlich überlisten ließen. Wie ein singulär aufragender Schneidezahn hatte es schon damals inmitten einer Reihe putzblättriger Villen gestanden, die ihn, den Verbesonderten, wie Mahlstumpen umringten. Spöttisch hatte es auf eine Welt hinabgesehen, die kleiner und piefiger war als die, die sich in ihm selbst abspielte. Eine Manieriertheit, die heute, da ihm der

Nimbus des Solitärs genommen war und es sich einreihte in die Masse Tausender Vier-Sterne-Hotels, nicht mehr angemessen, dessen Verlust ihm aber sicherlich nicht einerlei war.

In besagtem Intershop des Hotels hatten die Andruschats über Jahre die kleineren Brocken Westgeld eingelöst, das der Lübecker Verwandtschaft zu verdanken war und an einem für die Schwestern geheimen Ort in der Wohnung am Juri-Gagarin-Ring lagerte. Wie unfassbar teure Pretiosen wurden die Scheine angefasst und auch nur für Wertvolles wie Creme 21, Irischer Frühling oder Ariel ausgegeben. All diese Produkte gab die Mutter erst dann zum Gebrauch frei, wenn sie Handtücher und Bettlaken im Wäscheschrank ausreichend beduftet hatten.

»Wusstest du, dass sie diesen Winkler auf dem Kieker hatten«, fragte Johanne, »ich meine, *du* liest doch ständig Zeitung!«

So wie ihre Beziehung gestrickt war, wollte Martha diesen Einwurf als Angriff verstehen. Nur weil das Interesse ihrer Schwester an Politischem gegen null tendierte und diese sich höchstens über die »schwebende« Handtasche der Kanzlerin in Bayreuth und vielleicht noch über die freche Okkupation Berliner Gehwege durch radfahrende Mütter oder adrenalinpralle Kuriere echauffieren mochte, sollte Martha sich schuldig fühlen, weil für sie das Große und Ganze eine Rolle spielte?

»Nee, wusste ich nicht«, erwiderte sie, »aber es überrascht mich nicht, sagen wir so. Ist doch schon zu unserer Zeit gemunkelt worden, dass Horch & Guck im Hotel vertreten war. Warum sollte dieser Winkler also nichts damit zu tun haben? Aber dass es so lange dauert, um Beweise gegen ihn zu finden, schon seltsam. Hört sich jedenfalls nach einem Krimi an. Fahren wir trotzdem hin?«

Johanne deutete ein Nicken an, Ablehnung sah anders aus.

Den Renault mit Tempo 30 durch den Badeort manövrierend, dessen propere Weißvillen in der frühen Abendsonne glänzten wie appetitliche Sahnebaisers, hatten Martha und Johanne sich zwischenzeitlich – wie um die Querelen rund um das Sandbank etwas zu vergessen – über Jugendaffären, die ihnen wieder eingefallen waren, ausgetauscht. Weil sie ein Leben lang Rivalinnen geblieben waren, ging die Aufzählung diverser Techtelmechtel nicht ohne subtil aufblitzende Spitzen gegen die andere vonstatten.

Das war ihre Art, miteinander umzugehen: Jede holte ihre Wahrheit heraus, warf sie in den Raum und vermied es, direkt anzugreifen – an irgendeinem Stück gezückter Meinung würde die andere sich schon stoßen und verhaken, so dass man – selbst wenn es um eine Lappalie ging – seinerseits zum Hieb ausholen und sich den angestauten Frust von der Seele fauchen konnte. Verteidigung war den Schwestern der beste Angriff. Und in Bezug auf Männer wollte jede gleich gut, also nicht weniger begehrenswert als die andere dastehen.

»O Gott, da drüben, Hannes Winter, dem musste ich es schriftlich geben, dass es vorbei ist.« Johanne verschränkte die Arme, als müsse sie den Liebhaber von einst immer noch abwehren.

»Ich erinnere mich«, erwiderte Martha, »mir tat er ein bisschen leid, der arme Kerl.«

»Also, ich weiß nicht, außer dass er ziemlich gut breakdancen konnte, war er doch eigentlich 'ne Lusche. Und zu klein.« Weil sie Letzteres nicht anzüglich verstanden wissen wollte, da eher Unsicherheit als Arroganz sie trieb, so wenig nachsichtig über ihre Ex-Männer zu reden, setzte sie nach: »Von der Körpergröße her.«

Martha hätte Johanne gern gefragt, warum sie nicht mit Milde auf einen armen verzweifelten Kerl zurückblicken konnte, der ritterlich um sie geworben hatte und heute womöglich einer der begehrenswerteren Männer seines Alters war. Aber was wussten sie schon über die Beziehungen der anderen! Alles nur angerissene Tüten und halboffene Dosen, nirgendwo etwas, was halbwegs gut einsehbar war. Nur was erfolgreich verlief, wurde gezeigt, vermittelt und durfte gern auch Neid erzeugen. Alles andere war so lange tabu, bis es sich nicht mehr verheimlichen ließ.

Johanne öffnete nun auch die Thermoskanne, die sie am Morgen in ihrer Berliner Küche mit Milchkaffee befüllt hatte und deren entweichende Schwaden nun die Beifahrerfenster beschlugen. Sie goss einen Schluck in die Verschlusskappe und hielt sie Martha hin, ganz der Familienmaxime folgend, wonach der Fahrer langer Strecken besonders pfleglich zu behandeln sei. Martha, den Blick auf die Straße haltend, griff zu und musste an den Vater denken, der bei solchen Gelegenheiten von ihnen gefordert hatte, ihm den Nacken zu kraulen oder etwas vorzusingen, damit er bei Laune und wach blieb. Ihm das zu versagen, hätte sich keine von ihnen getraut.

Im Radio wiederholten sie die Nachricht über den Sandbank-Chef Winkler jetzt halbstündlich, jedes Mal angereichert mit neuen Ungeheuerlichkeiten und Stimmen sich aufspulender Behördenmenschen. Von heimlicher Aktenverschiebung war die Rede, von Winklers äußerst guten Verbindungen zu westdeutschen Regierungspolitikern, von einem Seilschaftendickicht, so verfilzt wie die Haarmatte eines Rastamannes. Die Lage ähnelte einem Plot, wie sie moderne amerikanische Mystery-Thriller neuerdings auffuhren, die Politisches und Metaphysisches so raffiniert und schwierig miteinander verwoben, dass nur noch gewiefte Kombinierer mitkamen.

Seltsam, dass diese Sache gerade jetzt passiert war. Ein weiterer Fingerzeig, dass es keine gute Idee gewesen war, mit Johanne hierherzufahren? Ein Vorbote schlechter Chemie, der, je näher sie der Ostsee kamen, wellenartig über sie beide hereinbrechen würde? Martha spielte alle Szenarien durch und spürte auf ihrer Zunge den Geschmackspartikeln des Milchkaffees nach.

Vielleicht würde die Winkler-Sache im besten Fall auch Aufmerksamkeit von ihnen selbst abziehen, war es nicht überhaupt die beste Idee, sich dieses Vorfalls gleich anzunehmen? Als Schreiberin war Martha doch geradezu verpflichtet, den Block zu zücken. Winkler, das Sandbank – das würde, als Geschichte aufgeschrieben, selbst Johanne nicht kaltlassen, wenn sie es in irgendeiner Illustrierten in der Arztpraxis lesen würde.

Martha schaute auf die Straße. Die Menschen, die sie passierten, gingen unaufgeregt über Gehwege und Ampelkreuzungen. Niemand schien geschockt oder erschüttert, nirgendwo klumpten sich Grüppchen zusammen und entrollten »Winkler weg«-Banderolen, keiner schien es eilig zu haben, nach Hause zu kommen und die Nachricht des Tages mit seinen Angehörigen diskutieren zu wollen.

»Also mir soll's recht sein, wenn im Hotel nichts zu merken ist von der ganzen Aufregung«, sagte Johanne. Ihre French Nails, eine Art Krone auf ihren Fingerspitzen bildend, umfassten die Thermoskanne wie etwas, das ihr Halt und Sicherheit gab.

»Da bin ich nicht sicher, die Presse wuselt bestimmt auch inkognito durchs Haus, und ein paar Gaffer hast du auch immer bei so was.«

»Ach ja? Und wen interessiert das noch, ob einer vor zwanzig Jahren ein paar Infos weitergegeben hat?«

»Infos weitergegeben?« Martha traute ihren Ohren nicht. »Also ich finde, wir reden hier über Verrat. Ich möchte nicht wissen, wem wir heute noch in die Arme fallen, ohne zu wissen, dass er oder sie einst mitgeschnüffelt hat. Schrecklich, diese Vorstellung. Und da ist es auch egal, ob der eine oder andere gezwungen wurde, die Masse wurde es nicht.«

Es wurde bleiern im Renault. Aus der Thermoskanne zwischen Johannes Schenkeln stieg weiterer Nebel auf, der ihr direkt ins Gesicht und in die Nasenlöcher kroch. Marthas Antwort musste sie zuerst noch verdauen, das war offensichtlich. »Trotzdem gibt es längst Baustellen, die ich viel schlimmer finde. Allein die Tatsache, dass sich diese ganze schöne Demokratie, die uns als *das* Allheilmittel verkauft worden ist, inzwischen auch nur als korrupt, betrügerisch und bespitzelnd herausgestellt hat. Manchmal kommt man sich vor, als würde man in einem dieser gruseligen Lehrbücher leben, die wir seinerzeit in Geschichte hatten, du weißt schon, Manchesterkapitalismus und so. Da quollen Gier und Habsucht auch immerzu aus allen Buchseiten, ein schwarzes, böses Riesenvieh. Und jetzt ist es tatsächlich so, wie dort beschrieben. Nur noch Banker, die über Leichen gehen, Politiker, die korrupt sind und denen die Steuer auf den Fersen ist und die dann auch noch so blöd sind, sich mit Nutten erwischen zu lassen. Und wenn sie sonst keine Probleme haben, fälschen sie ihre Doktorarbeiten und geben es hinterher als Versehen aus. Und unsereins macht sich schon ins Hemd, wenn er die drei Euro, die ihm der unfreundliche Gemüsemann zu viel rausgegeben hat, nicht zurückgibt. Alles verkommen, sage ich. Aber wir Ostler müssen ja dankbar sein, der bösen *Tä-Tä-Rä* entkommen zu sein. Ist ja richtig, aber mir kommt's vor wie vom Regen in die Traufe.«

»Ja, du hast recht, aber früher wären solche Sachen gar nicht erst rausgekommen. Und der Typ, der Winkler dingfest gemacht hat, ist ein Ossi, nicht vergessen. Haben sie gerade im Radio gesagt.«

»Umso schlimmer, auf diese Art und Weise auch noch Stimmung unter den Ostlern zu machen.«

Martha ließ Frischluft ein, sie wollte sich nicht kriegen lassen, egal, ob Johanne es darauf anlegte oder nicht. Aber ihre Verblüffung war perfekt. Weder war ihre Schwester zu den Wendeverlierern zu zählen, noch hatte sie je Anlass zu der Vermutung gegeben, sie könnte angesäuert sein, dass doch nicht alles Gold war, so wie sie es einst – naiv und abgeschottet – vom Westen gedacht hatten. Jetzt, im Auto, wirkte Johanne mit den Perlenohrringen und den teuren Reiterstiefeln wie eine indignierte Isestraßen-Hamburgerin, die damit drohte, *Die Linke* zu wählen. Und zwar mit Erst- und Zweitstimme. Und zwar sofort.

Aber Martha hielt sich zurück, der Schwester den altbekannten Widerstand entgegenzusetzen und den ewigen Kreislauf von *Du sagst was, ich fühle mich angegriffen* in Gang zu setzen. Wenn sie ehrlich zu sich war, wurde auch sie seit ein paar Jahren das Gefühl nicht los, dass sie im Wahn, ihrer Familie und ihrem Land zu entrinnen, einige entscheidende Dinge übersehen hatte, Dinge, die mit Moral, Anstand und Mitgefühl zu tun hatten und die entweder noch nie existiert hatten im gelobten Land oder erst in den letzten Jahren abhandengekommen waren.

Nur gut, dass vor der Kühlerhaube jetzt ein alter Bekannter auftauchte.

»Das Hansaviertel, da!« Erleichtert, dass sich Ablenkung bot, schaltete Johanne in den Gallert-Modus zurück, und Martha – irgendwie erleichtert – fügte sich.

Vor ihnen erhoben sich jene Backsteinhäuser, die den massiven Weißvillenkern des Badeortes schon immer hartnäckig abgeschirmt hatten. Eine Siedlung aus den Dreißigern, die Häuser mit zu kleinen, weiß gerahmten Fenstern und die Vorgärten mit gestutzten Buchsbäumen versehen. Schon früher hatte sich Martha gefragt, warum hier alles aus einem

Guss und von einer Spießigkeit war, die sie mit den Bewohnern nicht in Einklang bringen konnte. Sie hatte Schulfreunde hier gehabt, deren Eltern sie heraushielten aus Vergatterungszirkeln wie den Jungen Pionieren oder der FDJ. Martha, in all diesen Gremien vertreten, schon weil ihre Eltern nichts anderes zugelassen hätten, fühlte sich angezogen von der Verweigerung der anderen, die zumeist auch Junge-Gemeinde-Mitglieder waren. Martha besuchte sie dort, packte Pakete für Mutter Teresa, sang zur Gitarre und betete sogar das Vaterunser. Alles heimlich und Treffen mit Freundinnen vorschützend, weil ihr Vater, ein strammer Parteigenosse, es nie erlaubt hätte. Er hatte es ihr sogar verboten, *mit Kirchens*, wie er sagte, zusammen zu sein. Erst mit der Enttäuschung, dass diejenigen, denen er politisch nachgerannt war, alles in den Sand gesetzt hatten, löste sich bei ihm die starre Haltung gegenüber Religiösem. Und er rückte ohne Anflug eines schlechten Gewissens Martha gegenüber eines Tages damit heraus, dass er nun selbst dann und wann die Kirche seiner Kleinstadt besuchte. Zu Weihnachten oder zu Konzerten. Nicht, dass er nicht weiterhin einen skeptischen Blick auf all das Gottgelobe warf, aber den zuständigen Pastor pries er als klugen und weltgewandten Mann, der eher von Anstand und Hilfsbereitschaft sprach als vom Herrn und Erlöser. Zwischen beiden Männern war ein gutes Verhältnis entstanden, das durch ein gemeinsames Hobby, die Kaninchenzucht, noch an Tiefe gewann.

Die Backsteinhäuser, die Straßenbahnschienen, das gemauerte Wartehäuschen rechts an dem abzweigenden Trampelpfad – die Schwestern passierten jetzt eine Ecke, die auf wundersame Weise erhalten geblieben war im großen Restaurierungsakt der letzten zwanzig Jahre. Martha musste an Friedemann denken, einen Großen mit Kräuselhaar, der aus seiner Lederjacke und dem Arafattuch nicht herauszukriegen war. Dass es diese Tücher nun bei H&M gab, war nur einer von vielen skurrilen Twists, die das Leben aus dem Ärmel zog.

Auch Friedemann stammte aus der Backsteinsiedlung, mit ihm hatte Martha Anfang der Achtziger ihre erste sexuelle Testphase erlebt, in einem wunderbaren Sommer hatten sie die Abende mit besonders schöner Dämmerung dazu genutzt, sich in öffentlichen Grünanlagen herumzuwälzen und sich zu befummeln, meist unter dem Schutz ausladender Sträucher und Büsche. Nie hatte sie jemand erwischt und auf die Unschicklichkeit ihres Treibens hingewiesen, geschweige denn ein Verbot ausgesprochen oder damit gedroht, die Polizei zu rufen. Zum Vollzug war es dennoch nie gekommen.

Auch Johanne erinnerte sich noch an Friedemann, als Martha dessen Namen ins Spiel brachte. »Aber den hast *du* verlassen«, sagte sie und ließ für Marthas

Geschmack dabei außer Betracht, dass sich nach diesem Sommer auch eine Menge Gründe angesammelt hatten, Schluss zu machen. Martha und Friedemann hatten sich zunehmend auseinanderdividiert, nachdem es immer offensichtlicher geworden war, dass sie füreinander als Entjungferer nicht in Frage kamen. Weil es aber beide drängte, das *Erste Mal* zu erleben, erschien es Martha nur mehr als erwachsen, sie beide von dieser Beziehung zu befreien und jeweils eine neue anzustreben.

Draußen klebte die Wolkenfront, die ihnen von der Platte aus gefolgt war, immer noch am Ostseehimmel, und ab und an schossen heftige Böen um das Chassis des Renaults, der ansonsten wacker durchgehalten hatte.

»Lass uns auf jeden Fall noch was essen gehen, wenn wir angekommen sind, ich weiß eine gute Fischkneipe«, sagte Johanne und begann abermals die Tastatur ihres Handys zu beackern. »Ein uriges Teil, alteingesessen, kein Tourinepp.«

Martha, noch umflort vom wohligen Nachhall, den die Erinnerung an erste staksige Jugendlieben erzeugt hatte, begab sich auf die Zielgerade zum Sandbank.

Kurz vor acht an ihrem Küchentisch und über gestapelten Frühstückstellern, auf denen Kleckse von Erdbeermarmelade bereits einzutrocknen begannen, entschloss sich Esther Dankwitz, die soeben angefangene Zigarette wieder auszudrücken, zu schnell kam sie neuerdings aus der Puste. Nur die zwei Treppen zu ihrer Wohnung – und sie schnaubte schon wie ein alter Zirkusgaul. Vor allem aber betrübte sie, dass Ole, ihr neunjähriger Sohn, zuverlässig einschnappte, sobald sie nach einem ihrer Tabakstängel griff. Da nutzte es auch nicht viel, dass sie sich zur Ausübung ihrer Sucht weit aus dem Fenster lehnte – ihr Sohn wandte sich demonstrativ ab. Aber noch mehr Abwendung konnte sie dieser Tage nicht gebrauchen.

Esther selbst betrachtete es als eine Schande, dass sie den Stimmen in ihrem Kopf, die ihr flüsterten, wie sehr das Nikotin ihr Leben kontaminiere, noch nicht nachgegeben und die Kippen einfach gelassen hatte. Wo nur waren diese verdammten Stimmen gewesen, als Winne, ihr Mann, vor einem halben Jahr ihre gutgehende Ehe ohne Voranmeldung aufgekündigt hatte? Wenn sich dieses Desaster doch nur angedeutet, Vorahnungen heraufbeschworen oder Emissäre ausgesandt hätte! Wie konnte sie, Esther, der Freunde und Bekannte immer gute Antennen bescheinigt hatten, zu einem solchen ahnungslosen, tumben Weibchen mutieren?

Es war ja nicht so, dass sie nicht selbst jedes Jahr ein bisschen tiefer in dieser Agoniewanne versank, in die Langverheiratete tauchten, wenn anfängliche Verlustangst gewichen war. Sie musste übersehen haben, dass Winne schon auf den Grund dieser Wanne abgesunken war. Aber deshalb das ganze solide Paket ihrer Gemeinschaft aufkündigen? Fünfzehn Jahre tilgen wie ein unbenutztes Bankkonto? Nie wäre das für sie in Frage gekommen, schon ihrer christlichen Werte wegen, die trotz anhaltender Nichtfütterung seit vielen Jahren nicht auszurotten waren. Im Gegenteil, sie schienen jetzt, mit zunehmendem Alter, wiederzuerstarken. Winne hatte solche Probleme nicht, er war Atheist bis ins Mark und – wie sich jetzt herausgestellt hatte – auch Hedonist und Egoist, und zwar ohne Rücksicht auf Verluste.

Auf einem Klassentreffen in Greifswald war er, der Steuerberater mit Schwerpunkt Mahnverfahren und Forderungseinzug, seiner Jugendliebe wiederbegegnet, und beide hatten – die kommende Lebenswende vielleicht schon ahnend – dem Wodka über Gebühr zugesprochen und sich nach ungestümen Sexualkontakten auf seinem Hotelbett die Neuauflage ihrer dereinstigen Liaison geschworen.

Das alles sowie unaufgeforderte Beschreibungen, von welch sanfter und zurückhaltender Art die Neue in seinem Leben war, hatte Esther schon am Tag seiner Rückkehr von Winne eingeschenkt bekommen. Ein Vorgang, der sie einfach nur erstarren ließ; sie hatte nicht wirklich Wert darauf gelegt, zu erfahren, dass sie ihm mittlerweile mehr Last als Lust bedeutete. Weder empfand sie ihr beider Geschlechtsleben als öde, noch hatte sie eindeutigen Überdruss an ihm ausgemacht. Noch im letzten Provence-Urlaub hatten sie die Umstände »schlafender Sohn« und »lauschige Sommernacht« genutzt, um es auf der Terrasse ihrer Minivilla zwischen Pflanzkübeln (waren es Oliven- oder Feigenbäume?) und Liegestühlen zu treiben. Natürlich war auch ein kühler und anstachelnder Pinot mit von der Partie gewesen, aber ihn als alleinigen Entfacher ihrer Wolllust auszumachen, wäre Esther nicht eingefallen. Nie hatte sie sich zimperlich angestellt, wenn Winne seinen Hang zu Sex im Freien ausleben wollte, nicht mal seine Vorstöße ins Anale hatte sie je abgewiesen, obwohl sie nie groß darauf gestanden hatte. Sie bezweifelte, dass seine so feinfühlige Geliebte sich zu Derbheiten dieser Art hinreißen ließ, aber vielleicht war es auch ein Fehler, bei der Ursachenforschung ihr Sexleben allzu sehr zu verdächtigen. Das Übel konnte ganz anderer Herkunft sein. Und alles Nachdenken würde nichts daran ändern: Winne war weg und machte keine Anstalten, dies zu ändern. Mit *Dora, Lora* oder *Cora* – Esther weigerte sich, diesen Namen zu behalten – hatte er sich ins nachbarliche Schleswig-Holstein absentiert, um von dort aus kaltherzige Botschaften zu simsen, die das schnellstmögliche Auseinanderbringen ihres Hausstandes verlangten. *Was ist mit der Geschirrspülmaschine?* war nur eine von vielen Niederträchtigkeiten, mit denen Esther sich geschmäht sah, während sie noch mittendrin saß im Schmerz dieser ungewollten Lebenswende und keine Antworten auf wirklich wichtige Fragen bekam. Die plötzliche Eisigkeit, die ihren Mann umfing, schauderte sie mehr und mehr, ihr Winne, zu dem sie sonst mit jeder lächerlichen Kleinigkeit durchdringen konnte, schien sich komplett in Luft aufgelöst zu haben. Wenigstens schien es Ole, den sie mit ihrer Raucherei enttäuschte, nach anfänglichen Wein- und Wutattacken wieder besserzugehen, auch wenn er es vermied, den Namen seines Vaters in den Mund zu nehmen.

Wie sollte alles nur wieder in angemessenen Lauf kommen, wenn über der gemeinsamen Wohnung noch die erdrückende Aura einer langen und auf der Basis des Eheversprechens existierenden Menschenvereinigung mit all ihren Sicherheit versprechenden Ritualen lag, die Esthers Bemühungen um einen Neubeginn garantiert torpedieren würden? Was anfangen jetzt mit der gehassliebten Routine, die ein willkommenes Vehikel in unsicheren Zeiten gewesen war? Das tägliche Abendbrot um sieben, Chorsingen montags, Hockeyclub und Business-Englisch (Esther) dienstags, Verwandten- und Kinobesuche samstags und sonntags.

Der Zusammenbruch dieses Gefüges drohte ihre Karriere im Hotel einzureißen, denn die Weinkrämpfe ließen nicht nach, und langsam gingen ihr die Vorwände aus, mit denen sie sich bei ansteigender Tränenflut aus Meetings und Mittagessen zurückzog. Schon deshalb würde sie Winne nicht verzeihen können. Das galt auch für die Zigaretten, die seit seinem übereilten Abgang wieder in ihrem Leben aufgetaucht waren und die sie, anders als früher, nun schon morgens brauchte.

Die morgendliche Grübelei noch auf der Stirn herumtragend, stand Esther vom Küchentisch auf und strebte in Richtung Fenster und Radio. Trotz anhaftender Erinnerungen hatte sich der kleine silbrige Kasten in den Tagen seit Winnes Abgang als angenehmer Wegplapperer blöder Stimmungen erwiesen. Das lag natürlich auch an Dschosch, dem Mann von der Meck-Pomm-Welle, für den sowohl Esther als auch Ole ein Faible besaßen – allerdings aus verschiedenen Gründen. Während Ole sich kringelte, wenn Dschosch Eisbären oder Pinguine nachäffte, erfreute sich seine Mutter an der dunklen Stimme des Moderators und seiner Sicht auf die Frauenwelt, der er besonders zugetan schien. Ein Knopfdruck, und sie hörte zuverlässig sein Timbre, Dschosch schien vierundzwanzig Stunden auf Sendung zu sein.

Auch jetzt war er direkt zur Stelle und schaffte es, ihr ein Lächeln abzuringen, als habe er geahnt, dass sie genau *das* jetzt brauchte: Einen charmanten Radiomann, der einen auf sie zukommenden Nordwestwind ankündigte wie eine Schauspieldiva, die gemeinhin als Zicke verschrien war, aber in jeder ihrer Filmszenen wunderbare Schmachtmomente hervorrief. Sie würde das Meer bürsten, durch den Fahrstuhlschacht des Hotels jaulen und die Couperose auf Esthers Wangen zum Glühen bringen.

»Ja-ha, wir Küstenkinder, wir kriegen den Frühling nicht geschenkt«, flapste Dschosch, nachdem er Windstärke und Wellengang in seiner unnachahmlichen Art, auch mit Ernsthaftigkeit Aufgeladenes fröhlich vorzutragen, hinterhergeschickt hatte.

Obwohl Fischkopp qua Geburt, schien ihm das verstockte und schwer aufzuweichende Naturell seiner Landsleute nicht gegeben, er wirkte wie ein Flummi unter Gipsmurmeln und passte demzufolge gut in ein Medium, dessen Protagonisten über die Jahre immer lauter und schriller geworden waren, als müssten sie gegen die Allmacht des Fernsehens ankämpfen, das sich mit seinen heuchlerischen Lebenshilfesendungen, in denen Gestrauchelte, Apathische und Delirierende für die Dauer einer Stunde einen neuen Job, neue Möbel oder die Illusion einer heilen Familie übergeholfen bekamen, als Zampano aufspielte. Als würde der einmalige Besuch einer Therapeutin, einer Dekorationstante oder eines Schuldnerberaters helfen, den Sumpf trockenzulegen, in dem die meisten seit Jahren strampelten. Oder sich sinken ließen – je nachdem.

Auch Esther war ein paar Mal vor diesen Sendungen hängengeblieben, hatte sich fremdgeschämt und die Leichthändigkeit nicht fassen können, mit der Menschen vor laufender Kamera auf ihre Kinder einschlugen. Irgendein Pressemensch, dem sie vor ein paar Monaten auf einem Bankett im Hotel begegnet und mit dem sie ins Plaudern gekommen war, hatte ihr nach zu viel Aquavit gesteckt, dass die einfältigsten dieser Protagonisten von den Krawallsendern dazu genötigt würden, vor laufender Kamera noch ein bisschen Drama draufzulegen – der Quote und des Geldes wegen, das man ihnen für die Abschaffung ihrer Probleme versprach.

Das Entsetzen darüber wollte sich lange nicht legen, in einem Anfall von Empörung hatte Esther einen Brief an den Sender geschrieben, in dem sich solche Formate häuften, das Schreiben aber bereut, weil es ihr im Nachhinein zu hasenfüßig erschien. Die Antwort der Redaktion, in professioneller Freundlichkeit abgefasst, hatte nicht lange auf sich warten lassen und beschied ihr in abgeklärtem Ton, dass man die ausgestellten Fälle *keineswegs im Sinne der Quote beeinflussen* würde, sie müsse einer Fehlinformation aufgesessen sein.

In einem gesprächigen Moment hatte Esther ihrer langjährigen Nachbarin und zeitweiligen Ole-Betreuerin, Frau Walter, von diesem unbefriedigenden Briefwechsel erzählt. Noch die Einkäufe des Tages in der Hand, waren beide Frauen auf der Treppe aneinander hängengeblieben und im Laufe ihrer Unterhaltung von der wachsenden Werbeflyer-Flut in ihren Briefkästen zur wachsenden Perfidie des Fernsehens getrieben. Bei dieser Gelegenheit hatte auch Frau Walter gestanden, derlei Sendungen hin und wieder anzuschauen. Meist heimlich und in ihrem Nähzimmer, um ihren Mann, einen Philologen im Ruhestand, der zur eigenen Erbauung nur noch Mozart und heimische Singvögel gelten ließ, nicht zu verärgern.

»Aber hätten Sie gedacht«, hatte Frau Walter gemurmelt und ihr Hildegard-Hamm-Brücher-Gesicht und den fein gefältelten Hals – beides meist von Seidentüchern umspielt – Esther entgegengereckt, »dass so ein Unsinn mal auf uns zukommen würde?« Dabei hatte sie so herzzerreißend geguckt, wie es nur liebe alte Damen tun, die sich trotz eines Lebens, in dem Krieg, schlimmer Hunger, viel Arbeit und ein anstrengender Ehemann vorgekommen waren, nie beklagten.

»Auch wenn wir froh waren«, war die kleine Frau

Walter insistierend fortgefahren, als Esther noch immer nicht geantwortet hatte, »dass es vorbei war mit dem Osten.«

»Auf jeden Fall …«, hatte Esther geantwortet. »Aber ich habe auch gedacht, dass die Freiheit einen besseren Menschen hervorbringen würde.«

Frau Walter, offensichtlich irritiert, hatte sich daraufhin zum Gehen angeschickt, nicht ohne ihre Sehnsucht kundzutun, öfter mit der jungen, sympathischen Esther zu tun haben zu wollen.

»Kommen Sie doch mal wieder längs auf einen Plausch und einen Portwein, Sie wissen, wir freuen uns immer über Besuch!« Dabei hatte sie der jüngeren Nachbarin zugezwinkert wie einer Komplizin und Esther daran erinnert, dass der alte Herr Walter in früheren Jahren ein veritabler Weiberheld in seinem Institut gewesen war. Gern hatte er sich anhimmeln lassen von seinen hübschen Studentinnen und erwartete diese Huldigung – ungeachtet seines fortgeschrittenen Alters – nach wie vor von jungen gebildeten Frauen. Esther, ungefähr alle sechs Wochen in der Walter'schen Wohnstube zugegen, tat ihm diesen Gefallen, jedes Mal.

Wie es Dschosch im Radio gelang, jeden Tag etwas Mitreißendes auszustrahlen, war Esther schon immer ein Rätsel gewesen, auch deshalb genoss er bei ihren Freundinnen den Status eines platonischen Geliebten (wobei die Vorstellungen, so viel hatte sie in ihren Weiberrunden schon erfahren, weit über Platon hinausgingen). Es war jetzt halb neun, Ole war längst zur Schule, aber Dschosch stand erst am Anfang seines Tages: »Für alle, die es weniger windschnittig lieben und denen das ewige Gezerre an ihrem Fassonschnitt nur auf die Nerven geht«, hob er an, »kommt jetzt ein kleiner Stimmungsaufheller, gefunden in den reichhaltigen Tiefen des Innnndddderneeeeeetz.«

So war er – und konnte nicht anders, dachte Esther zwischen Spülmaschine und Küchentisch. Irgendeinen Quietscher und Juchzer musste Dschosch immer einbauen, einen ganzen Geräuschefundus schien er in seinem Studio zu unterhalten, in den er zu Beginn seiner Schicht hineinpickte wie aufgeregte Kinder in eine Lostrommel.

Esther malte sich aus, wie in den Küchen an der Küste und in den Autokapseln auf mecklenburgischen Fernstraßen Frauen ihre Männer anzischten, Ruhe zu geben, wenn Dschoschs Stimme im Radio aufbrandete. Sie malte sich Dschosch als einen attraktiven Mann und echten Gentleman aus, vielleicht sogar einen Clooney-Verschnitt, auf alle Fälle war er ganz sicher einer der letzten Tür- und Mantelaufhalter seiner Generation. Oft hatte sie sich gefragt, ob er sich seiner Wirkung auf Frauen überhaupt bewusst war, sie jedenfalls würde ihn auch dann noch lieben, wenn er sich als schwul outen würde.

Dschosch, fernab der Spekulationen, die seine weibliche Fangemeinde über ihn anstellte, schien das egal, er wollte jetzt seinen Witz platzieren.

»Ein Maler«, begann er, »bekannt für seine Landschaften mit sturmgepeitschtem Meer, stellt in einer Galerie aus. Eine Freundin kommt vorbei, betrachtet die Bilder kritisch und sagt: Schade, dass du immer so ein Pech mit dem Wetter hast.«

Anstatt unmittelbar nach der Pointe loszuwiehern, wie es sich andere Tölpel seines Metiers erdreisteten, blendete Dschosch eine dieser Lachsalven aus der Konserve ein, die amerikanische Sitcoms nach Europa eingeschleppt hatten. Wirklich originell war das nicht, aber für Originalität wurde Dschosch auch nicht geliebt. Abgesehen von Winkler, ihrem Chef, war Dschosch der Einzige, der Esther dieser Tage zum Lachen bringen konnte, auch wenn er so Ungemütliches wie den Nordwestwind verkündete. Aber selbst ein Orkan oder gebrochene Beine hätten sie nicht davon abhalten können, sich allmorgendlich den Trench überzustreifen und sich in Richtung Hotel aufzumachen – zu lange hatte sie sich in eine irgendwie geartete Verantwortung zurückgewünscht, an einen Schreibtisch, von dem aus sie agieren und die Welt mit Nützlichem versorgen konnte.

Die Stelle als Marketingchefin des Sandbank gab ihr nach vielen Jahren des Herumdriftens zwischen befristeten, unterbezahlten, drangsalierenden und gar nicht erst vorhandenen Anstellungen endlich die Genugtuung, dass sie zu mehr in der Lage war, als sich von selbstherrlichen Chefs ausnutzen zu lassen, nur weil sie die Kunst des Neinsagens nicht beherrschte. Alle Versuche, schneller wahrgenommen zu werden, waren an Esthers leiser, wenngleich dunkler Stimme und an ihrer Körpersprache gescheitert, die nie in ihrem Leben *Ich! Ich! Ich!* geschrien hatte, vor allem aber nicht: *Ich zuerst!*

Auch ihr Äußeres hatte sie, die studierte Germanistin, nie in die Waagschale geworfen, obgleich sie eine dieser Naturblondinen war, die erst mit vierzig in schönster Blüte standen, da fielen auch erste Verwitterungsareale um Augen- und Mundpartie nicht weiter ins Gewicht. Besonders bei jüngeren Männern kam sie gut an. Verängstigt und verstört vom Chaos auf dem modernen Liebesmarkt, hofften diese bei einer Frau wie Esther auf genau das Stück Abgeklärtheit, das vieles leichter machte. Aufgeheizt von einer Umwelt, in der selbst Hämorrhoiden-Salbe von reizvoll drapierten Nackten angepriesen wurde (alles andere sowieso), ließen sich ihre Vorstellungen von schmutzigem Sex anscheinend eher mit einer reifen Frau durchsetzen als mit einer ihres Alters, die im Bett oft nur eines im Auge hatte: in allen Lagen gut auszusehen.

Auch Esther kannte über das Hotel und in ihrem Bekanntenkreis gleichaltrige Frauen, die einen zehn bis fünfzehn Jahre jüngeren Freund hatten. Nur wenige dieser Beziehungen waren von Oberflächlichkeit geprägt, manchmal befanden sich schwer erkämpfte Lieben darunter, weil die Eltern des jungen Mannes intervenierten oder die Spießerumwelt Gift und Galle spuckte.

Esther befremdete die Häufung von *ältere Frau mit jüngerem Mann* nicht die Bohne, zumal nicht in Zeiten, in denen alle jünger wirken konnten, als sie waren, wenn sie sich Mühe gaben oder das Geld dafür aufbrachten. Und einer Frau – wollte sie der Tendenz immer schneller zerbröselnder Ehen entgegenwirken und in der Lage sein, auch in Zukunft jemanden zu finden – blieb gar nichts anders übrig, als die eigene Ansehnlichkeit so lange wie möglich zu erhalten.

Auch Esther war seit ihrem vierzigsten Geburtstag (und seit Winnes Hinschmeißen erst recht) dazu übergegangen, ihre Sportambitionen (Hockey) zu vertiefen, wohingegen andere Vertiefungen ihr keine Freude bereiteten. In einer heimlichen Abendaktion war sie bei Freundin und Hautärztin Tilda nach Praxisschluss auf die Behandlungsliege gekrochen und hatte sich die Zornesfalte auf der Stirn (aber nur die!) mit Botox wegspritzen lassen. Dabei handelte es sich um eine Ampulle, die eine wohlhabende Kundin Tilda gnädig mit den Worten überlassen hatte: *Vielleicht kennen Sie ja noch eine, die es nötiger braucht als ich.* Die kannte Tilda nicht, wollte aber Esther etwas Gutes tun; sie wusste um die aufmunternde Wirkung sich glättender Gesichtsgräben. Esther selbst beschämte das eigene schnelle Einknicken in Sachen Schönheits-Spritzen nur für ein paar Stunden, aber Winnes Flucht wegen brauchte sie schnelle Erfolgserlebnisse. Sowieso ging es ihr weniger darum, jünger, sondern nicht verbiestert auszusehen, und eine verschwundene Zornesfalte nahm eine Menge an Verbiesterung.

Warum ihr angenehmes Äußeres und ihre feine Intelligenz Esthers Karriere lange nicht befeuert hatten, war allen, die sie kannten und mochten, immer ein Rätsel geblieben. Sicherlich lag es auch daran, dass sich immer weniger Unternehmer und Arbeitgeber die Zeit nahmen, Talente und förderungswürdiges Personal aufzuspüren. Ängstlich auf härtere Marktbandagen starrend, suchte jeder nur noch gut funktionierende Arbeitshammel, Geduld war keine Option mehr. Die ganze Welt eine einzige Zuspitzung auf Stromlinie, wo man auch hinsah.

So war es kein Wunder, dass Esther die Zusicherung des Postens im Hotel Sandbank eher als unverdiente Gnade denn als längst überfällige Wertschätzung ihres Könnens empfand. So oder so – der neue Job war ein Glücksgriff gewesen, gut erträglich auch die Mitarbeiter, die dreiköpfige Marketingtruppe im fünften Stock, mit harmonierenden, wenn auch nicht mehr, wie früher, eng befreundeten Kollegen. Auch wenn sie bei weitem nicht so *bossy* war, wie Winkler es sich wünschte und wie er es ihr neulich wieder bei einem Schnack auf dem Gang und mit einem angedeuteten Knuffen in die Seite nahegelegt hatte, fühlte sie sich ernstgenommen und konnte selbst mit unausrottbaren DDR-Allüren, wie sie bei der Kollegin Malwine Hermann ab und zu aufblitzten, umgehen. Motzte Frau Hermann, weil Überstunden anfielen, dann glättete Esther die Wogen, indem sie die Meuternde darauf hinwies, dass einem zu viel Arbeit am Ende sicher ein besseres Gefühl beschere als gar keine. *Oder, Frau Hermann?*

Ansonsten aber war sie auf einer Insel der Seligen gelandet, auch wenn diese Seligen eine nicht nachlassende und diffuse Angst umspülte, eines Tages doch noch die Papiere zu bekommen und sich einzureihen in die Phalanx der arbeitslosen Schwager, Cousinen und Nichten, die man schon zur Genüge hatte und von denen einige nach anfänglichem Tatendrang, ihr Leben auf neue Füße zu stellen, mehr und mehr in Agonie verfielen und schon mittags RTL anstellten.

Der nie erlebte Wettbewerb Mensch gegen Mensch, die nie gelernte Verkaufe der eigenen Person hemmten die Älteren im Haus, fast allesamt Einheimische, noch immer, auch deshalb klammerten sie sich an ihre Jobs und nahmen feinnervig alle atmosphärischen Strömungen auf, die ihren Rauswurf beinhalten konnten. In den drei Jahren ihres Hierseins war Esther bei ihren Rundgängen durchs Hotel immer wieder auf Grüppchen flüsternder Zimmerfrauen oder Kellnerinnen gestoßen, meistens dann, wenn Gerüchten zufolge wieder ein Besitzerwechsel im Hotel anstand, der meist nicht erfolgte. Näherte sich Esther – keineswegs unaufgeregt, weil sie sich diesen Frauen gegenüber niemals höherrangig fühlte –, dann stoben diese Grüppchen auffällig unauffällig auseinander, und ihr flog ein schnelles *Tach, Esther. Na?* zu.

Immer hallte diesem Gruß ein *Gibt's was Neues aus der Chefetage?* nach, aber wer etwas von Esther wissen wollte, der sollte sie fragen und ihr in die Augen schauen.

Sie hatte Verständnis für die Angst, wollte selbst aber lieber aufschließen, als den Rest ihres Lebens einem nicht erhaltenen Vorsprung nachzujammern.

Vor dem Fenster zerrten die Vorboten des sich heranschleichenden Nordwest an den Rhododendronbüschen im Gemeinschaftsvorgarten, andere opulente Hecken (von Herrn Walter in Form gehaltener Liguster) waren nur noch als grün-verzerrte Materie wahrnehmbar, die sekündlich eine andere Gestalt annahm – je nachdem, von wo der Wind angriff. Esther war froh, erst mittags im Sandbank auflaufen zu müssen, es würde sowieso eine Nachtschicht auf sie zukommen. Ein Plan für den anstehenden Kongress litauischer Urologen und das sich daraus ergebende Logistik-Machwerk von Vorträgen, Empfängen und Damenprogramm waren zu erstellen, Mitarbeiter waren zu mobilisieren, die Küche um Menüvorschläge zu bitten. Ihr Haus stand nicht nur mit seinen Fischgerichten gut da, die ihnen ein junger Bremer, den sie einem Sterne-Restaurant abgeworben hatten, kochte, es hob sich auch mit einer speziellen Algenkur hervor, deretwegen sie diverse Auszeichnungen eingeheimst hatten. Und deretwegen auch ein paar Promis kamen, wer auch immer heutzutage darunter fiel. Natürlich reisten diese Herrschaften mit Sonderwünschen an. Das Umhängen des Hafen-Aquarells vom Kopfende des Bettes über den Schreibtisch war da noch eine Kleinigkeit, manch einer machte sein jährliches Wiederkommen sogar vom Dasein seines angestammten Zimmermädchens abhängig. Leider und zu Esthers Ärger beschieden manche aus ihrer Crew derlei erträgliche Sonderwünsche oft noch mit einem dummen Kichern, eine Situation, die Esther durchaus »bossy« werden ließ. Dabei hieß es heutzutage, karierte Maiglöckchen zu finden, wenn der Gast es wünschte und man überleben wollte.

Im Radio übergab Dschosch jetzt erst mal wieder an die Musik, Esther konnte den Kasten getrost abschalten. Dschoschs Qualitäten in allen Ehren, aber mehr noch als seinen Unterhaltungswert schätzte sie an freien Vormittagen das Ausbleiben jedweder Kakophonie, besonders aber das nerviger Werbeblöcke. Die eintretende Stille würde zwar ihr gedankliches Räderwerk wieder in Schwung bringen, aber da musste sie durch, es ließ sich nicht ändern: Winne wollte verdrängt werden – unter allen Umständen. Esther drückte auf »Off« und blieb noch einen Moment am Fenster.

Doch die eintretende Stille war nur das Eine. Blieb immer noch ihr Handy, das nicht etwa, wie in entspannteren Lebenslagen, tief versenkt in ihrer beutelartigen Handtasche lag, sondern neben den Marmeladentellern auf dem Küchentisch. Es war in diesen Tagen der Inbegriff ihres heimlichen Hoffens auf Umkehr der privaten Niederlage. Auch wenn es nur neue Schmerznadeln sein würden, die Winne von seinem Liebesnest aus auf sie abfeuern würde – jede einzelne wollte sie eins zu eins und in der Zeit ihres Ankommens lesen, ihre Wut brauchte Nahrung. Sie stieß einen kleinen Schrei des Entsetzens aus, als das graue, abgewetzte Telefon plötzlich wirklich zu vibrieren begann. Rosa war dran, aus ihrem Büro.

»Esther, kann ich dich schon stören, ich weiß, du bist offiziell noch nicht im Dienst.« Sie fuhr fort, ohne eine Antwort abzuwarten. »Hier rufen ständig irgendwelche Leute an, die mehr über den Fall Winkler wissen wollen.«

»Was für ein *Fall Winkler?*«, fragte Esther zurück,

durch Rosas Ansage nun mindestens so aufgewühlt wie nach einer SMS von Winne.

»Sieht so aus, als hätten sie den Chef am Arsch«, ploppte es aus Rosa heraus, die erst zwanzig und aus dem Siegerland zu ihnen an die Küste gekommen war. Esther mochte Rosa, hinter ihrer unbefangenen Art, die Dinge ungeschönt herauszuplauzen, war sie ansonsten warmherzig genug, um sie gernhaben zu müssen.

»Was meinst du damit?« Esther musste die gefährlich klingende Formulierung *am Arsch* irgendwie eingrenzen.

»Irgend so ein Stasiding, eine aufgetauchte Akte, sie reden auch schon im Radio davon, auf der Meck-Pomm-Welle. Ist das nicht dein Sender?« Sie sagte das wie: »Ist das nicht *dein* Kind?«

»Im Moment nicht, ich wollte mal meine Ruhe.« Weil es mit der nun aber vorbei war, konnte Esther auch wieder den On-Knopf drücken. Dschosch war noch immer hinter der Musik verschwunden, für ihn schien es wichtigere Dinge zu geben als die Nachricht, dass der erfolgreichste Hotelier ihres Badeortes vor etlichen Jahren mal ein Böser gewesen war.

Esther machte sich Vorwürfe, Rosa nichts davon erzählt zu haben, dass das große, pompöse Sandbank schon Anfang der Neunziger als eine einzige große Wanze entlarvt worden war. Die komplette Führungsschicht, darunter enge Vertraute Winklers, hatte seinerzeit ihren Hut nehmen müssen, und die Barmannschaft, nachweislich immer mit einem Ohr am weinseligen Publikum, auch. Allen, die damals die Pressemeldungen verfolgt hatten, fiel es schwer zu glauben, dass diese Lauschangriffe am Chef vorbeigegangen sein sollten, wie er behauptete. Auch Esther erinnerte sich, die Augen gerollt zu haben, als sie davon erfuhr. Allerdings nur kurz, denn sie hatte genug zu tun mit den eigenen Lebensverwirbelungen, das Sandbank erschien ihr damals so fern wie Mikronesien. Und dass Rosa, als Fünfjährige im Siegerland, nichts von den Wellen mitbekommen hatte, die nur bei ihnen hier oben hochschlugen – auch klar.

»Zu blöd«, sagte Rosa, »ich hätte mich wohl schon eher mal für ein paar Betriebsinterna interessieren sollen. Tut mir leid, Esther.« Eine plötzliche Verstockung überzog ihre Stimme wie Raureif Schnapsgläser im Eisfach. Es war ihr auffällig unangenehm, dass sie nichtwissend war, was diese »Sache« betraf.

»O Gott, nein, Rosa, *ich* hätte *dich* informieren müssen«, erwiderte Esther, »ich frage mich gerade, warum ich es nicht getan habe. Es ist alles einfach schon so lange her, aber das kann natürlich keine Entschuldigung sein. Du weißt ja, dass wir mal ein Devisenhotel waren, und ja, in solchen Läden war die Staatssicherheit eben auch immer mit an Bord.«

Je länger sie Rosa von früher erzählte, umso klarer wurde ihr, dass diesmal Winkler der Böse war, ihr Chef. Den sie schätzte, auf den sie nichts kommen ließ, zumindest was das Hier und Heute betraf. Durch ihren Kopf schnellten üble Szenarien: seine Entlassung, ihre Entlassung, der Zusammenbruch eines Gefüges, das ihr endlich wieder Halt und einen Job gegeben hatte. Und das sie umso mehr brauchte, solange die Winne-Wunde noch frisch war.

Sie öffnete das Küchenfenster und ließ den Nordwest herein. Sollte er ruhig an ihr zerren und zotteln.

»Und was meinst du, muss Winkler jetzt auch gehen? Oder ist alles längst verjährt? Mein Gott, das scheint ja ’ne ziemlich heikle Kiste zu sein.«

»Keine Ahnung, weiß ich nicht, weiß ich wirklich nicht. Und deshalb, Rosa, wer auch immer anruft, verweise ihn bitte an mich, sag, du hättest keine Befugnis, dich zu äußern, ja? Wir müssen im übrigen auch nichts sagen, solange Winkler sich nicht geäußert hat. Ich versuche ihn zu erreichen, sobald ich da bin. Liegt sonst noch was an?«

»Nur das Übliche, zehn Neubuchungen im Juli und eine Anfrage von Frau Schätzing, wie jedes Jahr für August. Sie hätte ihre Anwendungen diesmal gern am Vormittag.«

Esther schnaufte kurz auf. Gut, dass es wenigstens überall sonst unaufgeregt zuging. Gut, dass es Leute gab, denen es wichtiger war, für die Hydrotherapie, die sie im Sandbank anboten und bei der einen

Tausende aggressiver Sauerstoffbläschen die Haut versengten, viel Geld auszugeben. Sie hoffte auf die Verfallszeit von Skandalen. Dem Sandbank jedenfalls hatte es noch nie geschadet, dass es einst vollgestopft mit Spionen war, die Ostler kamen dem medialen Ekel zum Trotz, die Westler, weil sie es *spannend* fanden, in einem Haus zu nächtigen, durch das ein Hauch von Agentenfilm wehte.

Esther wünschte sich, dass die ahnungslosen oder unbeeindruckten Anrufer, die ihr Haus wahrscheinlich auch in diesem Moment anwählten und die sich nach Quallen in der Ostsee, neuen Laufbändern in ihrer Fitnessetage oder der Cocktailliste für ihre monatliche Ladies' Night erkundigten, ein Zeichen dafür sein mochten, dass auch Winklers Angelegenheit bald im Rinnstein der Geschichte von dannen trieb.

Die Anfrage von Frau Schätzing stellte genau so ein Stück Alltäglichkeit dar, wie Esther es jetzt brauchte. Frau Schätzing war nicht nur eine Art Paradegast, treu, großzügig und angenehm im Umgang, sie hatte sich auch Esther, die mit Buchungen eigentlich nur am Rande zu tun hatte, als ihre Verbindungsfrau auserkoren, ganz offensichtlich aus Sympathie. Während einer Unterhaltung vor zwei Jahren an ihrem Foyer-Kamin hatten sich beide Frauen kennengelernt und festgestellt, dass sie eine große Schwäche für die morbiden Verse Wilhelm Buschs hegten und die Hysterie nicht verstanden, mit der junge Mütter diese herzerfrischende Lyrik heutzutage ihren Kindern mit der Begründung vorenthielten, Busch sei *zu brutal*. Um ihre exponierte Stellung in der Gesellschaft (und sie hatte wirklich eine im Vergleich zu all dem zweifelhaften Personal, das sich heute in einschlägigen Klatschblättern herumtrieb) hatte Frau Schätzing nie ein Aufheben gemacht, sie war eine Dame in den Sechzigern, deren Markenzeichen ein schweres, sattes, aber keineswegs albernes Parfüm war, das sie wie einen Schleier hinter sich herzog. Dieses Parfüm sowie ein einzelner, wenn auch unübersehbarer, weil klobiger Diamantring waren die einzigen Indizien dafür, dass Frau Schätzing schwerreich war. Eine Frau, die sich im Grunde ganz andere Hotels in der Welt leisten konnte als ihres hier. Auch sie kam wegen der Algenkur, meistens mit einer Freundin, beide Frauen blieben zehn Tage und waren höchstens am Strand, keineswegs aber hofhaltend in der Hotelbar zu entdecken. Auch das Personal liebte Frau Schätzing und drängte sich in ihr Blickfeld, natürlich auch, weil sie jeden Zuhilfekommenden zuverlässig mit einem fürstlichen Trinkgeld beschenkte, so fürstlich, dass die Beglückten zwar aufgeregt davon erzählten, um den Betrag aber ein Geheimnis machten. Nach dem Tod ihres Mannes, eines horoskopaffinen Medienmoguls, hatte sich Frau Schätzing als geschäftstüchtige Witwe erwiesen, die weit mehr draufhatte als Golfen und Charity und die alle, die ihr nichts zutrauten, mit einem mildtätigen Lächeln strafte. Im Hotel hüpfte sie wie alle anderen im Bademantel in den Aufzug, um in den Spa-Bereich zu gelangen. Kein Extra-Eingang, keine Abschottung, kein VIP-Getue. Esther hatte es selbst gesehen.

»Für Frau Schätzing tun wir alles«, sagte sie deshalb im Brustton der Überzeugung zu Rosa. Im Radio begann wieder der Nachrichtenblock, Winkler kam an zweiter Stelle, gleich nach zwei deutschen Entführungsopfern in Nigeria. Es war Gefahr in Verzug.

Doch was würde sie tun können? Oder würden ganz andere Leute zu einem Kommentar der Lage gebeten werden? Winklers Sekretärin vielleicht, oder Pommerencke, sein Stellvertreter. Was sollte sie, die Marketingchefin, erklären oder abwiegeln können? Was würde auf sie zukommen, wem gegenüber müsste sie sich erwehren? Auf jeden Fall würde sie einen Vorsprung herausholen müssen, der es ihr erlaubte, sich die nötigen Informationen anzueignen. Winkler – ein Spitzel? Doch? Zweifel an der Aufrichtigkeit ihres Chefs hatte sie immer verdrängt, verscheucht wie lästige Fliegen, die sich, anstatt auf den Mülleimern in der Küche, auf dem unschuldig glänzenden Apfelkuchen daneben niederließen.

Selbst wenn alles stimmte, die gefundene Akte echt war, würde es schwer werden, Winkler deswegen heute noch mit aller Kraft zu verabscheuen, wenn es überhaupt jemand von ihnen in Erwägung zog.

Nicht nur Esther, auch alle anderen Sandbank-Mitarbeiter hielten sich lieber an das, was sie ihm zu verdanken hatten, und das war in vielen Fällen nicht wenig. Stoffwindeln oder eine Datscha im Grünen hatte er ihnen besorgt in Zeiten des Mangels, Autobatterien und Ferienplätze in Bulgarien. Ihnen allen hatte er über viele Jahre hinweg das Gefühl gegeben, wichtiger und besser zu sein als all die *Werktätigen*, die zu Füßen und außerhalb des Sandbank-Turms ihr Leben fristeten. Natürlich hatte er selbst oberhalb aller Vorstellungen das komplette Westleben im Ostalltag geführt, mit Villa, VW und Rama zum Frühstück.

Und Esther hatte er in neuen Zeiten eine Chance gegeben, an die sie selbst nicht mehr geglaubt hatte.

»Und du erinnerst dich nicht, wer am Telefon war, Rosa?«, fragte Esther die junge Kollegin, während der Nordwest ihr kiebig durch die Haare fuhr.

Rosa überlegte hörbar. »Nein, in all der Aufregung hab ich Rind natürlich vergessen, mir die Namen zu notieren, sehr professionell, ich weiß. Der Ostsee-Kurier war jedenfalls nicht dabei, den Matschke kenn ich ja.«

»Gut, dann noch mal und für alle weiteren Anrufer: Ich bin ihr Ansprechpartner. Bis nachher.«

Esther eilte hinüber zum großen Spiegel im Flur, einem Teil, das sie und Winne in einer Phase Anfang der Neunziger erstanden hatten, in denen Wohnaccessoires dieser Kategorie alle irgendwie vergoldet waren und billige Gipsrepliken riesig hoher Barockspiegel Bau- und Einrichtungsmärkte überschwemmten. Jetzt, wo nicht mehr alles Gold und Winne weg war, würde Esther den Spiegel bei eBay einstellen, vielleicht würde noch jemand anderes Verwendung haben für ein Möbel, dessen Käufer am Tage des Erwerbs kaum an sich halten konnten in ihrer glühenden Verliebtheit. Heute glühte freilich nichts mehr im Hause Dankwitz außer Esthers Wille, auch allein mit Ole und dem Leben klarzukommen und die sich anbahnende Achterbahnfahrt im Hotel auszuhalten. Dazu würde auch grundsätzlich dazugehören, die Ruhe zu bewahren, auch heute. Sie würde natürlich schon jetzt ins Sandbank fahren, nicht erst nachmittags. Im Spiegel erblickte sie eine nicht mehr ganz junge Frau mit goldblonden Haaren und braunen Augen, die einen schlichten Morgenmantel aus altrosafarbenem Jersey trug. Die Frau war das, was man *apart* nannte. Nur ihr Blick wollte nicht ganz zu ihrer angenehmen Erscheinung passen – er irrte umher, haltsuchend, nach Beruhigung fahndend.

In der Halle des Hotels (Lobby sagte noch immer keiner der Angestellten) staute sich die mittlere Leitungsebene eines Armaturenherstellers aus dem Süddeutschen, ein Grüppchen grauer Anzüge und Kostüme, das, während es auf die Zuteilung der Zimmer wartete, schnatternd am Begrüßungstresen stand, einem schlichten Kirschholzungetüm, das es sich nicht nehmen ließ, etwas Schönes, Erhabenes zu sein, auch wenn seine Herstellung in die Amtszeit einer Riege wirklichkeitsfremder Bonzen fiel, die am Ende vom eigenen Volk verjagt wurden.

Trotz gesteigerter Angriffslust hatte der Nordwest Esther auf ihrem Rad gut vorankommen lassen, sie sogar von hinten angeschoben auf dem Zehn-Minuten-Weg ins Hotel. Es war eine Erleichterung, dass entgegen ihrer Annahme nichts los war vor dem Sandbank, keine Übertragungswagen, keine Journalistenrudel. Sie schlüpfte durch die Schiebetür, durchmaß mit strammen Schritten das Foyer, dabei sorgfältig die Stimmung aufnehmend. Wo ihr jemand entgegenkam, nickte sie ihm zu, Schröder, einen ihrer Langzeit-Portiers, grüßte sie im Vorbeigehen. Auch er machte nicht den Anschein, wegen irgendwas aus der Fassung geraten zu sein. Aber Schröder und Emotionen, das ging sowieso nicht zusammen. Wie seine ganze Erscheinung eher Mitleid, zumindest aber Rührung hervorrief. Ein dünnes Männchen war er, das in seiner dunkelblauen Dienstuniform mit Goldknöpfen und Epauletten zu versinken drohte. Schon einige Male hatten sie seine Kluft in einer Schneiderei anpassen und sie mit weiteren Biesen und Abnähern versehen lassen, aber es half alles nichts, Schröder wurde immer klappriger. Unglaublich, dass Esther vor einem wie ihm einst gezittert hatte, als sie – an den Klamotten als einheimische Jugendliche erkennbar – hier früher Einlass begehrte. Das war zwar selten vorgekommen, weil ihre religiösen und sich dem Staat verweigernden Eltern auch ihrer Tochter nahelegten, sich den Zwängen des Regimes – und sei es nur der eingeschränkten Begehbarkeit eines Devisenhotels – nicht unterzuordnen, aber ab und an passierte es eben doch. Schon weil Esther, wie sie selbst glaubte, diese Mutproben brauchte, um ihre Scheu zu bekämpfen. Sich an Schröder vorbeizumogeln und ein, zwei Minuten in der Hotelhalle herumzulungern war eine davon.

Heute war der Riese von einst ein leiser alter Mann, weit über siebzig und jemand, bei dem man sich kaum noch vorstellen konnte, dass auch ihm früher diese kujonierende Art zu eigen war, wie sie alle Bewacher und Verwalter in ihrem Land an den Tag gelegt hatten, einfach weil sie an ein Stück Macht geraten waren. Schröders Unfreundlichkeit hatte trotzdem immer aufgesetzt gewirkt, als würde es ihn anstrengen, seine Aufpasserstellung angemessen auszufüllen. Aber weil es früher nicht weit her war mit der Macht in seinem Leben – von der über seinen Hund einmal abgesehen, wie er Esther in einer schwachen Stunde erzählte –, hatte er sich redlich Mühe gegeben, böse zu wirken.

Dafür musste er sich heute von manchen Gästen wie ein Lakai behandeln lassen. Wortlos und ohne ihn eines Blickes zu würdigen, drückten sie ihm den Schlüssel ihres BMW in die Hand, als wisse er schon, was zu tun sei. Das wusste er auch, konnte sich aber beim Einparken des dicken Karrens in der Tiefgarage ein leises Fluchen über die »Scheißwessis« nicht verkneifen. Zweimal war ihm sein Pauschalurteil peinlicherweise gleich an der Rezeption widerlegt worden. Ein Großmaul mit Audi und Hamburger Kennzeichen stellte sich als geborener Mecklenburger heraus, ein anderer Verdächtiger als gebürtiger Hallenser. Schröders ewige Furcht, dass das Gnadenbrot für ihn im Hotel eines Tages aufgebraucht war und man ihm adieu sagte, führte dazu, dass er sich fortan auf die Zunge biss. Die Vorstellung, was erst sein würde, wenn es keinen Grund mehr gab, früh aufzustehen, bereitete ihm Alpträume. Schon der Verlust seiner Frau vor drei Jahren hatte ihn mehr an den Doppelkorn gefesselt, als gut war, noch ein Verlust war einer zu viel.

Am Empfangstresen waren es zwei Kolleginnen, die Esther in Beschlag nahmen und ihr aufgeregt flüsterten, was los war und dass der Chef noch nicht aufgetaucht sei.

Sonst doch gar nicht seine Art. Versteckt er sich etwa, Esther? Heißt das, die Vorwürfe stimmen?

Esther wäre lieber beruhigend und sortierend auf eine wuselige und den Tränen nahe Belegschaft eingegangen, hatte dafür aber nichts in der Hand.

Nach vornezu noch damit beschäftigt, erste Ordnungsstränge im Fall Winkler anzulegen (das Notieren aller Informationen, die sie bekommen konnte, das Aufspüren der Sekretärin von Winkler), fühlte sie im Rücken plötzlich den Umschlag der Raumtemperatur, das seltsame Herankriechen eines Missbehagens, das in Kürze all ihre Sinne fordern würde.

»Frau Dankwitz, hallo, wie geht es Ihnen, ich hoffe doch, bestens.«

Es war Matschke, da gab es kein Vertun. Sie drehte sich um.

»Danke, Tach, Herr Matschke.« Sie wollte freundlich wirken, trotzdem sollte er spüren, dass sie unter Strom stand.

»Nun, ist mir ja auch unangenehm, Sie damit zu belästigen, zumal ich, wie Sie ja wissen, Herrn Winkler sehr schätze für seine Verdienste, die er sich um unsere Küstenregion im Laufe der Jahre, und zu DDR-Zeiten besonders, erworben hat.«

Ein elender und devoter Schwätzer war er, dieser Matschke. Aber wenigstens stieg er gleich ins Thema ein. Trotzdem konnte Esther ihn nicht leiden, auch weil er eine wie sie – Theologenkind, FDJ-Verweigerin und Junge-Gemeinde-Mitglied – früher wahrscheinlich wie Abschaum behandelt hätte. Jetzt scharwenzelte er um sie herum, um ab und an auf einem Hotelfest vorgelassen zu werden, über das er dann in seinem Käseblatt berichten und bei seiner wendehalsigen Verwandtschaft damit angeben konnte. Wenn auch nicht heute, aber sie brauchte diesen Schmierfinken – leider. Wie alle in diesen Tagen die neue Währung Aufmerksamkeit brauchten, ob aus rein tragischen oder marktwirtschaftlichen Gründen.

Die Wende hatte Matschke in seinem Lokalblatt, das vor Ort leider auch das größte war, nur deshalb überlebt, weil man ihn vom Politischen ins Ratgeberressort gehievt hatte, wo er nun die Gartentipps verantwortete. Doch selbst da beschrieb er Setzlinge als »aufstrebende Massen« und Spaten als »Guillotinen für Schädlinge«. Dass man ihn jetzt wegen Winkler schickte, war seltsam.

»Die Sache mit der Akte, Frau Dankwitz, Sie meinen doch sicher auch, dass es sich dabei nur um ein Versehen handeln kann, oder?« Er nestelte am Reißverschluss seines verschossenen grauen Anoraks herum, der offensichtlich aus Zeiten stammte, in denen die Matschkes dieses Landes noch Oberwasser hatten. Als einziges Zugeständnis an eine schnellere und taffere, in seinen Augen sicher unwürdigere Welt tänzelte ein jugendlicher Outdoor-Rucksack auf seinem Endfünfziger-Rücken herum, dessen pralles Erscheinungsbild Rätsel aufgab. Hatte der Mann kein Zuhause? Oder was verbarg sich hinter den Beulen aus Nylon? Zu Matschkes Vorteil konnte man lediglich noch sein sehr dichtes und graumeliertes Bürstenhaar auslegen, aber ein wirklicher Sympathiefaktor war auch das nicht. Seine Art, sich jedes Mal auf Atemlänge an sie heranzuwanzen, konnte Esther auf den Tod nicht ausstehen.

»Irgendjemand von den neuen Stasi-Beauftragten, wahrscheinlich einer aus dem Westen, der sich nur aufspielen will, oder?«, setzte er seine Verschwörungsanmache fort. Obwohl Esthers Gefühl eher in die Richtung ging, Winkler verteidigen zu wollen, mochte sie nicht in Matschkes Horn blasen.

»Herr Matschke, ich kann Ihnen zu diesem Zeitpunkt noch gar nichts sagen, tut mir leid.« Absichtlich sprach sie mit ihm wie eine Pressesprecherin, sie wollte, dass er aufhörte mit seiner schleimigen Tümelei – nur weil sie beide Ossis waren. Aus taktischen Gründen durfte sie ihn aber auch nicht verprellen und musste ihm das Gefühl geben, dass er einer der Ersten sein würde, den sie ins Vertrauen zog. Privat verabscheute sie diese Art des Kreidefressens zwar, dienstlich aber kam sie nicht mehr drum herum.

Es konnte jetzt nur noch darum gehen, Matschke abzuhängen, in ihr Büro hochzufahren und mit der Entledigungsaktion Stasi-Akte anzufangen, auf dass ihr Arbeitskosmos alsbald wieder der alte sein und alles in friedlichen Bahnen laufen würde.

»Mir ist klar, dass Sie warten, Herr Matschke. Und dass Sie sich Ihren Lesern gegenüber dazu äußern müssen. Sobald ich etwas erfahre, rufe ich Sie an, ja?« Beim Ja drehte sie die linke Körperhälfte ein, alles sollte auf ihren bevorstehenden Abgang hindeuten.

»Na gut, so machen wir's«, sagte Matschke in seinem sächsisch eingefärbten Dialekt, der sich trotz vierzig Jahren Küstenexistenz nicht abgerieben hatte. »Dann habe ich vielmals zu danken, Frau Dankwitz!«

Er kicherte ob des Sprachwitzes, den diese Formulierung seiner Meinung nach darstellte. »Und grüßen Sie mir bitte recht herzlich den Herrn Winkler.«

Esther nickte. Einen Teufel würde sie tun.

II.

Der Blick vom Balkon aus ihrem Zimmer im dreizehnten Stock animierte Martha und Johanne zu Luftsprüngen. Menschen, Hunde und Strandkörbe waren von hier oben nur noch als bunt-schwarze Miniaturen wahrnehmbar, die sich des breiten Strandes bemächtigt hatten und in verschiedene Richtungen über ihn hinwegstrebten. Auf Höhe des ersten Stocks ragte das Terrassendach des Restaurants Luv un Lee aus dem Hotelkorpus heraus, es diente den Möwen als Balg- und Landeplatz. Hier fand sich immer ein Stück Brot oder Krusches, herabgeworfen von tierlieben Gästen oder herangeschleppt von den Vögeln selbst. Auch jetzt, da Martha sich über die Brüstung des Balkons lehnte, um die alte Gegend nach Veränderungen abzuscannen, fochten die Vögel mit ihren Schnäbeln den Sieg über etwas Helles, Zerfleddertes aus, der Beschaffenheit nach ein Brötchen. Im Hintergrund lag die Ostsee da wie ein großes graues Tuch, an dem Schiffe und Fähren wie weiße Broschen hefteten.

Was für ein Dreh in der Geschichte, dachte Martha, *wir hier oben*. Die Tatsache, dass es altbekannte Barrieren im Sandbank schon lange nicht mehr gab, stimmte sie beinahe traurig; wenigstens für ein paar Stunden, fand sie, hätte ihr das Hotel, so wie sie es kannte, noch einmal zugestanden. Doch so zu denken war natürlich müßig, sie musste sich mit dem Hier und Jetzt begnügen. Und mit dem, was sich daraus machen ließ. Geschichtentechnisch. Vorspannmäßig.

Früher ein Devisenhotel, das nicht nur westlichen Standard, sondern auch ein Geheimnis hatte, ist das Sandbank heute ein normales Vier-Sterne-Haus von solider Gemütlichkeit. Seit zwanzig Jahren dürfen nun auch Ostdeutsche ein Zimmer buchen.

Von unten, vom Strand her, kroch ihr der Duft offenen Feuers in die Nase, das Werk ein paar wildhaariger und windgegerbter Strandjungen, die ihr schon vor dem Hotel aufgefallen waren und die abseits des glatten und beräumten, aber mit Strandkörben zugepflasterten Hauptstrandes Äste und Scheite zusammengetragen und entzündet hatten. Die Burschen machten den Eindruck, Einheimische zu sein. Das, was andere nur aus dem Urlaub kannten, sahen sie als selbstverständlich an, den Strand reklamierten sie als Cliquentreffpunkt wie anderswo Teenager den Dorfanger, die Bushaltestelle oder ein stillgelegtes Gleis. Mit großer Wahrscheinlichkeit wohnten die meisten dieser Wildlinge sogar mit Blick auf diese Ostsee-Postkartenansicht und waren ihre Eltern Leute, die ausgehalten hatten – Zeiten der Sanierung und Verteuerung ihrer Bleibe ebenso wie deren erbärmlichen Zustand in Tagen, als sie nur ein morbides Abbild ihrer selbst waren, das Wasser von der Decke floss, das Klo sich auf halber Treppe mit den Nachbarn zu teilen war und Kohlenruß über dem ganzen verdammten Leben lag.

Auch Martha hatte sich viele Jahre zuvor hier mit ihren Leuten versammelt, auch sie hatten gekokelt, und mit Sicherheit war zu viel Wein geflossen, auch wenn sie zum Rausch eigentlich nur das andere Geschlecht brauchten. So wie heute Vierzehnjährige zusammenhockten, sich universell »Alter« nannten und alle Erregung unter der Decke hielten, weil es jeden Tag wichtiger wurde, *cool* zu sein – das hatte es bei ihnen nicht gegeben. Sie durften noch schüchtern und ungeschminkt sein. Immer hatte ein scheues Belauern über solchen Treffen gelegen, immer gab es das eindeutige Ziel, dem eigenen Schwarm näherzukommen. Vielleicht waren heutzutage entscheidende Botenstoffe ausgestorben, aber dass immer mehr Endzwanziger noch keine längeren Bindungen eingegangen waren, stimmte Martha besorgt. Zu diesem Zeitpunkt ihres Lebens hatte sie schon einen kleinen Berg von Beziehungen angehäuft, von denen ihr jede einzelne unglaublich existentiell erschienen war. Und auch ohne das Quäntchen Drama, das sie ihnen angedeihen lassen hatte, wären sie immer noch feuriger gewesen als all das Nebeneinanderhergetrotte, das sie heute unter den Geschlechtern wahrnahm.

Alles war so anders, so steif geworden zwischen Männern und Frauen, so auf Verstellung bedacht. Wann hatte sie das letzte Mal in ihrem Berliner Viertel ein knutschendes Pärchen gesehen, wann eines, das sich ungeachtet der Passanten auf der Straße anschrie und stritt? Auch die Paare ihres Alters, die Martha kannte, weil sie in ihrem Berufsgewässer, dem sogenannten kreativen, unterwegs waren – nichts als blutleere und gut durchgeplante Zugewinngemeinschaften, die einen zum Einschlafen nötigten mit ihrem Gequatsche, in dem ein Wort in keinem Satz fehlen durfte: *perfekt.* Perfekt, darunter machten sie es nicht. Zuhauf waren sie in Marthas Viertel gezogen, dem so jeder Stallgeruch abhandenkam. Keine kleinen, verwirrten Omas mehr, denen man über die Straße helfen konnte, keine verkrachten Existenzen in Hinterhauswohnungen, die einem in ihrer herrlichen Duchgeknalltheit die eigene Lebensschwere davonquasselten, keine Kohlenhändler und Milchfrauen, mit denen man sich zutraulich anfrotzelte. Nur noch genormte, ökobürgerliche Idylle, Durchschnittsalter fünfunddreißig. Und weil sich alle für die Allergrößten hielten: unerträgliche Arroganz und Egozentrik.

Ihre Offenheit hatte Martha längst zurückgefahren, zu oft war ihr wohlmeinendes und auf Erwiderung hoffendes Lächeln abgeprallt an versteinerten Fratzen, die eher Strafe androhten für die Unverschämtheit, sie mit Freundlichkeit zu behelligen.

Traf Martha diese Kälte an einem schwachen Tag, kamen ihr das Heulen und die Wut gegen *diese Schnösel.* Viele ihrer Freunde, darunter auch Hamburger und Dortmunder, die als Ureinwohner gelten konnten, weil sie seit Anfang der Neunziger in Marthas Kiez siedelten, strichen deswegen die Segel und flohen, nur weg von den *Stuttgarter Spätgebärenden*, die in den offenen Küchen ihrer neugebauten oder aus Gründerzeitware geformten Eigentumswohnungen Kekse aus der Plazenta ihrer Neugeborenen buken, um diese dann mit ihren weichlich proportionierten und Kinderwagen schiebenden Männern (im Dienst freilich kalt kalkulierende Kreativ- oder Sonst-was-Direktoren) zu sich zu nehmen.

Martha war froh, nicht mit einer solchen Ödnis gestraft zu sein, in der Absturz und Selbstzweifel nicht vorkommen durften. Sie war froh, nach vielen Jahren des singulären Herumtreibens, das sie, *die Männerfrau,* sich so nie gewünscht und das sie auf das Schlimmste erschüttert hatte, nun mit einem Mann zusammen zu sein, der zu den unverklemmten gehörte. Anstrengungslos gelang es ihm, einen menschlichen oder erotisch aufgeladenen Moment hervorzurufen, der nicht aufdringlich war, aber allen das Leben leichter machte. Mit Viktor war es jedenfalls so inniglich und lebendig und unperfekt, dass sie mindestens einmal im Jahr die Trennung erwogen, nur, um sich danach noch inniger in den Armen zu liegen.

Der Rauch des Lagerfeuers, um das die Strandjungs herumsprangen, zog in Richtung Westen ab, so dass aufbrechende Kleinfamilien sich nicht belästigt fühlen mussten vom Qualm, der in dünnen Schwaden und über grasstachlige Dünen zu ihnen herüberdrang. Martha empfand Zufriedenheit auf ihrer Balkonkanzel, sie verlor sich in Tagträumen, die vor dem Hintergrund des grauen Ostseetuches durcheinanderwirbelten wie zu viele Springer auf einem Trampolin. Zu ihrem Befremden grätschte irgendwann auch Winkler in diesen illustren Haufen, teilte die Menge und erschien wie eine Gralsfigur: ein weißhaariger, aber jung wirkender, gutaussehender Grandseigneur, dem die Weltläufigkeit aus jeder Pore drang und der sich dieser Ausstrahlung bewusst war. Nach dem Austeilen von ein paar Galanterien spazierte er wieder davon, und auf seinem Anzugrücken prangte das gepinselte und schwarz-verlaufene Wort »Stasi«. Dessen Anblick beamte Martha augenblicklich wieder zurück in die Wirklichkeit.

Ein seltsamer wie aufreizender Auftritt. Während Marthas Neugierde sich im Renault und als sie die Nachrichten hörten noch in Grenzen gehalten hatte – jetzt war sie hellwach. Sie würde sich umhören zu diesem Winkler, ja, das würde sie. Was ihr hier regelrecht zu Füßen lag, war schlichtweg eine *gute Geschichte*, die sich zudem noch gut einsammeln ließ. Sie musste nur in die Lobby hinunterfahren, das Treiben beobachten und sich an ein paar Servicekräfte heranmachen. Vielleicht die Kladde weglassen, weil intensives Kritzeln die Leute nur bremste beim Reden. Keiner wollte von anderen dabei gesehen werden, wie er einem Schreiberling etwas in den Block diktierte. Sie musste »zufällig« mit den Leuten reden, sich Gesagtes merken oder – nicht ganz koscher – den Aufnahmemodus ihres Handys in Gang setzen.

Besonders gut an dieser Idee gefiel Martha, neben dem Schwesternprogramm die Abwechslung eines kleinen Alleingangs zu haben. Johanne würde einsehen müssen, dass man so ein Material nicht links liegenlassen konnte, wenn man noch ein Fünkchen Reporterehre hatte. Es war auch *ihre* Geschichte, die hier passierte. Fast konnte man es als Fügung betrachten, dass sie das Leben ausgerechnet jetzt an diesen alten Platz gespült hatte.

Und wie mochte es der Belegschaft des Hauses damit gehen, ihren Chef vor solch eine Anschuldigung gestellt zu sehen? Mit an Sicherheit grenzender Wahrscheinlichkeit waren die Mitarbeiter diejenigen, denen am wenigsten daran gelegen war, ihren *Lotsen durch die Stürme der Gezeiten*, als den sie Winkler vermutlich sahen und wie es auch der Moderator auf dieser MeckPomm-Welle angedeutet hatte, wegen einer Sache zu verlieren, die für sie längst kalter Kaffee war.

Viel lieber, als noch auszugehen und sich zur Nacht hin mit gegrilltem Hering und Bratkartoffeln zu beschweren, wäre Martha im Zimmer geblieben, hätte den Fernseher angestellt und eines der Stullenpakete, die von der Fahrt übriggeblieben waren, geplündert. Die Stunden im Renault hatten sie ausgezehrt, eher wollte sie unangenehmes Schweigen aushalten, doch sie beließ es dabei: Sie und Johanne würden noch einmal losgehen und essen. So, wie abgemacht.

An der Mole schob sich eine dicke weiße Fähre gen offene See, ein kurioser Anblick, war doch das Wasser, auf dem sie vorwärtsdriftete, durch ein paar Häuserzeilen verdeckt. Beharrlich pflügte sich die Riesin durch die kleinteilige Architektur des Badeortes. Martha schlüpfte in das gelb leuchtende Hotelzimmer zurück, das ihr in der Ausstattung *zu neunziger* war, eine Zeit, in der der Osten wohnlich leider steckengeblieben war, warum auch immer. Die Möwen hatten die weiße Fleddrigkeit jetzt vertilgt und spazierten majestätisch schwer über das Flachdach des Restaurants Luv un Lee. Noch immer lagen Krümel herum, aber sie lockten die Tiere nicht mehr – sie waren träge und satt. Einer der Vögel knickte ein und begab sich in Kauerstellung, die anderen folgten ihm nach. Die sich zurechtruckelnden Möwenrücken, das zutrauliche Zueinanderkriechen der Tiere, die Ahnung des muffig-warmen Geruchs zwischen ihren Leibern – das alles machte Martha einig mit dem Moment. Durch Zusammenklumpung versuchte die kleine Schar da unten der steifen Brise zu trotzen, die ohne Ankündigung über ihre Köpfe hinwegfegte und ihr Gefieder gegen den Strich bürstete. War das alles, worauf es ankam, um der Unbill des Lebens zu trotzen? Auf Gedeih und Verderb bei der eigenen Sippe zu bleiben, egal, ob einen Liebe oder Hass verband?

Johanne hatte im Zimmer den Geräuschekanon der Ankommenden in Gang gesetzt. Ein Kofferreißverschluss schnurrte auf, im Bad fielen Fläschchen um, und während sie die Schrankfächer inspizierte, stieß sie Unmuts- und Begeisterungsschreie zugleich aus. Die Inbesitznahme unterbrach sie nur, weil ihr Handy klingelte.

Ganz schön hier ..., sind hoch oben ..., doch, doch, alles gut.

Ihre Sätze klangen gepresst, sie hatte sich auf das untere Ende des Doppelbettes gefläzt, das sie beide in den nächsten Tagen teilen würden. Ein Umstand, der Martha irgendwie unrecht vorkam. Sie hatte sich Einzelbetten in gehörigem Abstand erhofft, wie Paare sie sich nahmen, die der Innigkeit und Verschlungenheit verliebter Jahre entwachsen und eher auf der Flucht voreinander waren.

Nö, mal gucken …, werden ja sehen …

Johanne krümmte sich über ihr Handy wie eine Hundemutter über ihre Welpen, sie schien das Gesprochene nicht preisgeben zu wollen. Dabei spannte sich der schimmernde Seidenstoff ihres T-Shirts über ihrem Rücken und ließ eine ebenmäßige Perlenschnur von Wirbelknochen durchscheinen.

»Soll ich das Blümchenkleid anziehen oder den Hosenanzug«, fragte sie eine Minute später aus der linken Ecke des Zimmers heraus, das nicht groß, aber auf seltsame Weise verschachtelt war. Mit der Linken hielt sie etwas Buntes in die Höhe, mit der Rechten etwas Elegantes in Marineblau. Mehr als Martha war sie zeit ihres Lebens darauf bedacht gewesen, perfekt gekleidet zu sein – und sei es zum Müllruntertragen. Martha hingegen – wann immer sich der Druck in ihrem Leben erhöhte – nahm sich Lotterphasen heraus. Dann waren ihr eine verschossene Sporthose und ein ebensolches Sweatshirt mit Riesenkapuze gerade recht.

»Wir sind doch nur in einer Fischkneipe«, sagte Martha, »also ich mach keine Anstalten.«

»Aber was, wenn uns jemand von früher über den Weg läuft, willst du dann aussehen wie Schlumpi?«

Schlumpi. Ein Wort, das die Mutter immer benutzt und mit Verachtung ummantelt hatte, wenn sie schlechter Laune und deshalb schneller als sonst der

Meinung war, dass ihre Kinder alles, aber auch alles falsch machten.

»Glaubst du, die sehen besser aus als wir?«

Zweifellos war es etwas Besonderes, wenn man alte Bekannte wiedertraf, da wollte jeder gut dastehen. Sie alle waren gealtert, und *wie sehr* oder *wie wenig* – das löste Überraschung oder Bestürzung aus, je nachdem. Auch die Gerechtigkeit, dass es allen so erging, nahm der Tatsache nicht das Betrübliche.

Martha mochte ihn nicht, den Spiegel, den ihr solche Begegnungen vorhielten. In einer geheimen Verschwörung mit sich selbst hatte sie beschlossen, das Älterwerden aufzuhalten wie Oskar Matzerath das Wachsen. In manchen Momenten war sie zutiefst überzeugt davon, dass es möglich war. Wenn von einem auf den anderen Tag keine Veränderung wahrnehmbar war, wie dann in einer Woche, einem Monat, einem Jahr? Sie musste nur ihren Weinkonsum einschränken, die ewige Selbstzermürbung. Sie musste mehr Sport treiben und wieder mehr Leute sehen. Sie musste sich selbst im Auge behalten: Eine, die geliebt werden wollte, konnte sich das Verblühen nicht leisten.

Johanne hatte sich für den Hosenanzug entschieden. Sie war immer die Sportlichere gewesen, eine Eigenschaft, mit der sich auch bei den Eltern punkten ließ. An Ehrgeiz hatte es Martha auch nie gemangelt, nur stand ihr dieser regelmäßig im Weg und ließ besonders auf kurzen Sprintstrecken ihre Beine zu Zementtonnen mutieren. Nie würde sie das Gelächter von Mutter und Tante vergessen, als sie bei einem Cousinen-Ferien-Wettkampf im großelterlichen Garten als Einzige die Barriere – eine quer aufgestellte Luftmatratze – mit Karacho umschmiss; die Scham drang ihr bis ins Mark. Wie konnten sie lachen, während sie das Letzte gab?

Wie gern hätte Martha die Häme, die sie in ihrer Familie gegen sich empfand, mit jener genuinen Ignoranz gestraft, die Insichruhenden zur Verfügung stand, sie war nicht in der Lage dazu. Sie hörte nicht auf zu glauben, doch noch das bei ihr zu finden, was sie ihr von Anfang an versagt hatten: Zuspruch, Lob, Liebe und Aufmunterung. *Zum Bäcker gehen und Koteletts verlangen* hatte Marthas streng-lakonische Therapeutin diese erfolglosen Bemühungen Marthas am Ende einmal genannt und damit ins Schwarze getroffen. Ein Satz, so beiläufig nach vielen Jahren des Zusammensitzens ausgesprochen, dass Martha geradezu schockgefror: Auf einmal hatte sie die eigene Misere glasklar vor Augen. Natürlich gab es keine Koteletts beim Bäcker, sie musste verdammt noch mal damit aufhören, auf etwas zu hoffen, das nie existiert hatte.

Allein das Ausbleiben jedweder Nachfrage, als sie bei einem halbwegs erträglichen Kaffeetrinken den Eltern herzklopfend ihre Therapeutin gestand, keineswegs andeutend, dass sie, die Eltern, und ihre gemeinsame Geschichte der Grund dafür waren, hätte sie für immer wegtreiben sollen von ihnen.

An diesem Nachmittag flogen Wespen über den Kaffeetisch, die sich am aufsteigenden Duft der freigeschnittenen Kuchenstücke labten. Martha hatte den Käsekuchen selbst gebacken und wie immer umsonst auf ein Lob dafür gewartet. Ihre Freunde hatten ihre Backkünste immer zu schätzen gewusst, so dass sie sich eigentlich auf der sicheren Seite wissen konnte. Aber das Lob vieler wog nichts gegen das zweier Menschen, die sie im Akt eines schwärmerischen Sichaneinanderklammerns vor rund vierzig Jahren gemacht hatten. Wie konnten sie all die Jahre übersehen haben, welch reizendes Kind dabei herausgekommen war?

Was den Käsekuchen betraf, hätte sie wahrscheinlich Goldnuggets darin versenken müssen, um wenigstens eine leise Reaktion bei ihren Erzeugern loszutreten. Sie hasste sich dafür, ihnen immer noch hinterherzuhecheln, obwohl sie gleichermaßen Verachtung für ihre Einfältigkeit empfand. Es musste Schluss sein, dass die vor langer Zeit erlittenen Qualen sie noch immer umtrieben. Es musste aufhören, dass der Schmerz alter Demütigungen weiter in ihr Leben drang und sie phasenweise derart lähmte, dass sie die Wohnung für Tage nicht verließ, ihr Leben für sinnlos hielt und sich am Ende mit Marihuana betäubte, von dem ihr ein wohlmeinender Freund ab und zu einen Krümel auf dem Stubentisch zurückließ.

Wenigstens der Wespenpulk schien ihren Kuchen zu mögen, auffallend eifrig tänzelte er über der feucht-elastischen Quarkmasse und ließ sich auch durch eine Abdeckhaube nicht vertreiben.

Martha, mit Mutter und Vater in deren Garten am Rand einer Eigenheimsiedlung sitzend, fühlte sich so, wie sie sich immer gefühlt hatte in der Gegenwart der Eltern – unbehaglich. Auch das Drumherum, immerhin Gärten, heiterte sie nicht auf. Was sie sah – Carports, Gipsengel und Geranienampeln –, war nichts für ihr Auge. Die Bewohner hier führten die Philosophie der eigenen Scholle ad absurdum, indem sie so eng aufeinanderhockten, dass das Schollengefühl höchstens dem einer Gefängnisinselerfahrung gleichen konnte. Und allerorts mannshohe Hecken und Zäune, denen man schon von weitem ansah, dass sie Mahnmale der Abneigung und der Abgrenzung waren.

Im Eltern-Grundstück einen Hort der Spießigkeit auszumachen war nur allzu leicht, zugeknöpfte Gesellen wie Kirschlorbeer und Hirschzungenfarn hatten hier einen Platz in vorderster Reihe bekommen, während Malve und Hortensie sich nur hintendranquetschen durften. Wozu das Leben bejahen, wenn es auch Koniferen gab?

Der Versuch, einer durch Gartenmagazine und Ratgebersendungen provozierten Lockerheit nachzugeben, mündete darin, dass Mutter und Vater (wie die anderen Millionen Gartenbesitzer auch) ein Pavillonzelt aufgebaut hatten. Eine Idee, die jedoch grandios scheiterte, denn aufgestellt zwischen Komposthaufen und Mülltonnenansammlung, wirkte das Ding so deplatziert wie ein Witzbold unter Depressiven.

Hier also, im Bermudadreieck von Buchsbaum-, Thuja- und Eibenhecken, würden auch ihre Eltern in herzlicher Verachtung aneinander hängenbleiben, weil niemand anderes mehr dafür in Frage kam. Und obwohl ihre Kräfte schwanden, ihre Schrift ausfaserte und sich ihre Körper immer mehr verkrümmten, hatten ihre Attacken gegen die eigene Tochter an Boshaftigkeit nichts eingebüßt. Und Martha, der das Schrumpfen der kindlichen Angstfiguren hätte gefallen sollen, fühlte eher Verwirrung über diese Metamorphose.

Zwischen ihnen hatte es immer nur den unregelmäßigen Rhythmus von zwei Besuchen im Jahr gegeben, dieser Nachmittag war einer davon. Gereizt von Langeweile und dem Austausch von Belanglosigkeiten, dabei aber immer das Bild einer gutgelaunten und zuhörenden Tochter abgebend, startete Martha einen erneuten Versuch, Trost auf Seiten ihrer Eltern zu generieren. Sie sagte, dass es ihr nicht gutgehe, sparte die Gründe dafür allerdings aus, sie wollte danach gefragt werden. Weil das nicht geschah, schob sie schnell hinterher, dass es schon wieder werden würde. Sie selbst glaubte längst nicht daran.

Ein plötzlicher Heulanfall, den sie lieber vermieden hätte, trieb die Mutter in die Küche und den Vater in die Garage. Von dort kehrte er mit wildem Blick und einem Zerstäuber in der rechten Hand zurück, mit dem er dem angrenzenden Rosenbusch und dessen Blütendolden zu Leibe rückte. Ein Anblick, der nicht schöner wurde, je länger er dauerte. Martha beschloss, sich zu entziehen und ihren obligatorischen Gang zum Gartenteich zu unternehmen – ohne Zweifel das erträglichste Inventarstück auf diesem Gelände der Gefangenheit. Mehr Tümpel als Teich, war er ein durch die Jahre gegerbtes Wasseroval, an dessen Rand Pfeilkraut und Katzenminze schossen und auf dessen Seerosenblättern handgroße Libellen parkten. Martha hockte sich nieder und ließ die Hände durch das Wasser gleiten. Der Teich war lauschig, seine Friedlichkeit weich und warm, aber hier zu verweilen, das wusste sie nur zu gut, würde ihr keine Ruhe bringen. Nicht hier. Nicht *mit ihnen* im Hintergrund.

Zurück am Tisch, bei den Wespen, ihrem Kuchen und der ganzen vertrackten Situation, die sich niemals ändern würde, kündigte sie ohne Überleitung eine dienstliche Asienreise an, schon in ein paar Tagen würde es losgehen.

Alles, was die Eltern von ihr wussten, hatte Martha ihnen erzählt, sie selbst hatten nie gefragt, und Martha hätte schwören können, dass sie ihr noch nicht einmal richtig zuhörten, weil die nachschwingenden Wellen ihrer RTL-Dauer-Soaps sie noch immer gefangen nahmen.

»Zu den Fidschis also«, sagte die Mutter. In ihrem ganzen ostdeutschen und gesamtdeutschen Leben waren ihr vielleicht drei Vietnamesen untergekommen, möglicherweise hatte sie zweimal in deren Gemüseläden eingekauft. Und Martha wettete, dass sie dabei freundlich zu ihr gewesen waren. Aber sie sagte – wie immer – nichts. Wies nicht hin auf diese Abfälligkeit. Nicht wie eine knapp Vierzigjährige trat sie ihnen gegenüber auf, sondern wie eine Vierjährige.

»Asien? Da musste aufpassen wegen der Krankheiten«, brummte der Vater.

»Das geht schon, die Landminen sind gefährlicher.«

»Apropos Reise«, sagte die Mutter, »ich hab neulich gehört, dass die Steffi von nebenan ganz allein von München nach Hamburg gezogen ist, also was *daaaaa* dazugehört.«

Martha fasste es nicht. Warum löste so ein läppischer Umzug derlei Bewunderung bei der Mutter aus, warum erschien er ihr so viel mutiger und eindrucksvoller als die Reisen ihrer Tochter durch alle Welt, und zwar nicht nur in friedvolle und domestizierte

Touristengebiete? Immerhin würde sie in kambodschanischen Slums recherchieren und an Orten unterwegs sein, in denen bis vor kurzem noch geschossen wurde. Von ihren Umzügen zwischen München, Berlin und Frankfurt, zu denen die Eltern nicht einmal ihre Hilfe angeboten hatten, einmal abgesehen.

»Ich fahre nicht allein, ein Fotograf kommt mit«, sagte Martha und griff nach der Kaffeekanne.

»Aber der hat bestimmt Familie, oder? Also Frau und Kind?«

Es war Zeit, nach innen zu lächeln, der Funken über ihrem inneren Wuttopf durfte keine Zündung auslösen. Auch wenn es sicher mal wieder knapp wurde.

»Weiß ich gar nicht. Warum?«

»Na nur so. Wenn dem was passiert …«

»Mir könnte auch was passieren.«

»Ja, ja, aber du scheinst ja einen Schutzengel zu haben. Bis jetzt ist doch immer alles gutgegangen bei dir.« Mutter Andruschat knetete ihre Unterarme, während sie das sagte. Die liebliche Schönheit, mit der sie einst gesegnet war, war flächendeckender Bärbeißigkeit gewichen. Mit einem Blick, der keinen Zweifel daran aufkommen ließ, dass es ganz andere Herde des Unmuts für sie gab als die Tatsache, dass ein paar Unwägbarkeiten auf ihre Tochter zukamen, strich sie dem Vater ruppig ein paar Quarkkrümel vom Hemd.

»Ungefährlich war es trotzdem nie. In Kuwait haben mich ein paar Milizionäre in ihren Büroverschlag auf einem einsamen Ölfeld gedrängt, und in Mexiko war ich mal von ein paar Uzis umstellt.«

»Aber du bist davongekommen.«

»Ja, aber oft war es heikel.«

»Aber du bist.«

Johannes Tipp, die Fischkneipe betreffend, hatte sich als Erfolg erwiesen, nur ein paar Minuten gingen sie über die Strandpromenade, vorbei an properen Fassaden und Fenstern, die zuhauf mit maritimem *Tüddelkram*, wie die Leute hier selbst sagten, dekoriert waren. Marthas und Johannes Bild vom Ostseebad aus den Siebzigern und Achtzigern war verblasst, verlegt im Archiv ihrer Erinnerungen. Sie diskutierten die Überraschung, die es auslösen würde, wenn sich für ein paar Minuten die Bilder der alten über die der neuen Fassaden blenden würden, ein Moment, wahrscheinlich so herzzerreißend, als hielte ihnen jemand ein längst vergessenes Spielutensil aus Kindertagen unter die Nase: *Richtig, Teddy Mischka, dich gab es ja auch. Und stimmt, so hast du ausgesehen.*

Das Restaurant The Fisherman's war ein windschiefes Backsteinhäuschen, das man von Statur und Beleuchtung eher in einem englischen Ort wie Devonshire erwartet hätte, in dem Herren, gekleidet wie Sherlock Holmes, um die Ecke bogen. Es war eine holzgetäfelte Höhle, in der jederzeit vom Sturm Zersauste einfallen und nach Deftigem wie einem Grog und Matjes verlangen konnten.

Während Martha unter einem porösen Rettungsring Platz nahm und Johanne unter einem aufgerissenen Fischmaul, bemerkten sie in leicht abständiger Haltung zueinander, dass die Atmosphäre ausgelassen und deftig war, eher bayerisch als pommersch. *Urig* war das Wort, das wohl am ehesten dafür in Frage kam. Trotz später Stunde bestellte jede von ihnen noch einen ganzen Fisch, die eine Heilbutt, die andere Hering. Beiden Tellern lagen, als der Kellner sie brachte, Kartoffeln bei, die mit einem Schwapp geschmolzener Butter übergossen und mit Krümeln von Petersilie bestreut waren. Ein wohliger Duft stieg von ihnen auf.

Derart versöhnt von einer langen Fahrt, einem röchelnden Renault und der vagen Frage, in welches Fahrwasser sie beide sich begeben würden, hielten Martha und Johanne einen längeren und die Essenzeit überbrückenden Plausch über den Sinn und Unsinn regionaler Folklore und ob präparierte Fischleiber an den Wänden den Einheimischen genauso gefielen wie den Touristen.

Winkler und seine Akte kamen nicht noch einmal auf den Tisch, was vornehmlich dem Umstand zu verdanken war, dass Martha in der Sandbank-Empfangshalle nichts Außergewöhnliches aufgefallen war außer dem Ansteigen des eigenen Adrenalinspiegels, weil ihr Bekanntes aus alten Zeiten ins Blickfeld rückte: Türklinken, Blumenkübel und eine applizierte Weltkarte hinter dem Rezeptionstresen, die aus dünnem Kupferblech gearbeitet war.

Auf dem Nachhauseweg trudelten die Schwestern in eine Bar, weil es noch früh war und jede sich angestachelt fühlte, es weiterzutreiben mit dem Alkohol. Als bräuchten sie für die Nacht eine Art Schmiere oder Gleitmittel. Aber auch der gutaussehende Lulatsch, etliche Jahre jünger als sie, den sie schon durch die Fenster der Bar wahrnahmen und der sich gerade anschickte, eine Zitrone zu filetieren, befeuerte ihr Verbleiben außerhalb der Angstzone »gemeinsames Hotelzimmer«.

Was er den Damen denn anbieten könne, fragte er einen Tick zu steif und dämpfte damit Marthas aufkeimende Euphorie, dass er sich vielleicht auch auf einen Flirt einlassen würde.

»Sie fragen, als bräuchten wir einen Blasentee«, konterte sie. Aber so schnell gaben zwei Frauen, die von anderthalb Flaschen Riesling in den Kichermodus versetzt worden waren, nicht auf. Martha bestellte Negroni, Johanne White Russian.

Der Lulatsch schaute frech aus guten Augen und untersuchte die Etiketten der Flaschen, die vor ihm auf dem Tresen standen.

»Ja, also ...« Zögerlich verschob er seinen Bestand von links nach rechts. »Sieht nicht wirklich gut aus.«

»Wir nehmen auch einen Gin Tonic, oder?«, befreite ihn Martha und blickte fragend in Johannes Richtung, aus der ein zustimmendes Schulterzucken kam. Martha fragte den Burschen nach seinem Namen. Der sagte Eric und grinste, es schien also doch möglich, ihn aus seiner Förmlichkeit herauszulocken.

»Und Sie sind von hier? Gesehen habe ich Sie noch nicht, das wüsste ich.«

»Ursprünglich schon, aber das ist ewig her«, antwortete Johanne.

»Ich bin aus Husum rübergekommen, vor vier Jahren«, sagte Eric, krempelte sich die Ärmel hoch und legte ein Carpe-Diem-Tattoo in der linken Armbeuge frei. Das war Marthas Einsatz.

»Und, haben Sie diesen Tag genossen?«

»Pffff, also, ich habe ein ganzes Fass Bier verkauft, meine Mutter mal wieder angerufen, Lotto gespielt und zwei attraktive Frauen kurz vor Schluss noch mit einem Gin Tonic vertröstet, obwohl ihnen der Sinn nach Negrisi oder so stand.«

»Negroni«, sagte Martha. Er war ein Guter, es sah ganz danach aus. »Und wie gefällt's Ihnen hier oben an der Küste und bei den Ossis?« Die Frage sollte ihn eher freundlich zwicken, als ihm eine ehrliche Antwort abringen. Obwohl ihr beides am liebsten gewesen wäre.

»Ist mir egal, ob Ost oder West«, antwortete Eric,

»Hauptsache, okay. Ehrlich gesagt, geh ich auch lieber Volleyball spielen am Beach oder setz mich mit einem Buch auf die Mole, als mich mit solchen Fragen zu beschäftigen.«

Zwei Männer, die nach Martha und Johanne in die Bar gekommen waren, drängten nun ebenfalls an den Tresen.

»Ansonsten mach ich meinen Job, so gut ich kann, und träume von einem eigenen Laden. Bis dahin ist mir jeder nette Gast willkommen.«

Er baute die Gin Tonics vor Martha und Johanne auf, zwei Riesengläser, in denen es flirrte und knackte und aggressive Bläschen versunkene Zitronenscheiben attackierten. Dann verschwand er kurzzeitig zu den beiden Männern, die Bier bestellten und ihre Zigarettenschachteln hervorholten.

Als die Gin Tonics sich neigten und die Müdigkeit sie niederrang, musste Martha wieder an das Sandbank denken, an Winkler, die Turbulenzen und ihr Vorhaben, der Sache nachzugehen. Könnte Eric nicht einer sein, bei dem sie mit ihren Nachforschungen gleich anfangen konnte? Mit Sicherheit kannte er etliche Sandbank-Angestellte, vornehmlich weibliche, und würde – aber das müsste sie ihm noch klarmachen – nichts verraten, wenn er die Stimmung dieser Tage ein bisschen wiedergab. Fragte sich nur, ob es gut war, wenn Johanne das mitbekam.

»Sagen Sie, Eric, eine Frage.« Sie beugte sich zu

ihm über den Tresen. »Kennen Sie sich zufällig im Sandbank etwas aus? Ich meine, die Belegschaft, die derzeitige Lage? Haben Sie mitgekriegt, was passiert ist?«

»Sie meinen die Akte?«

»Richtig, die meine ich.«

Johanne hob ihre Augenbrauen in Richtung Haaransatz, natürlich hatte sie mitgehört. »Das muss doch jetzt nicht sein, ich dachte, du hast frei.«

»Geht ganz schnell.« Martha musste jetzt Durchhaltevermögen beweisen, wenigstens noch ein, zwei Fragen lang. »Könnten wir uns darüber mal unterhalten, ich würde noch mal rumkommen. Morgen Vormittag vielleicht?«

»Von mir aus, aber viel sagen kann ich Ihnen nicht. Beschränkt sich auf eine Kellnerin und einen Hilfskoch. Bis jetzt weiß ich sowieso nur, dass es alle nicht fassen können, weil er doch so eine Art Guru war.«

»Guru, aha …« Noch konnte Martha ihn nicht gehen lassen. »Und weiß man schon, wie es jetzt weitergeht, wird er bleiben können?«

»Und warum wollen *Sie* das alles wissen?« Mit einer Edelstahlzange griffelte Eric Eiswürfel aus einem Kühler.

»Weil ich … weil ich vielleicht etwas darüber schreiben will.«

»Eine Journalistin also.« Nun äugte auch die Bier-Fraktion herüber, und Martha konnte nur hoffen, dass Eric noch keine schlechten Erfahrungen mit der Presse gemacht hatte.

»Nicht direkt«, sagte Martha, »aber auch.« Sie nahm einen langen Schluck vom Gin Tonic.

Johanne neben ihr trappelte. »Ist das wirklich so wichtig mit diesem Winkler? Du wirst eh nichts an dieser Geschichte ändern können. Schon gar nicht in vier Tagen.«

»Aber diese Geschichte ändert vielleicht was.«

»Wer's glaubt …« Johanne war an der Reizschwelle, da gab es kein Vertun.

»Ich wusste gar nicht, dass du so abgehst auf das Thema und dafür den Strand opfern willst.«

»Ich stell doch nur ein paar Fragen, *ich* finde die Geschichte nun mal spannend.« *Spannend*, ein Wort, das sie ansonsten mied wie Mutter-Kind-Cafés in ihrem Viertel, es war zu inflationär im Einsatz für alles, was sich zwischen Yoga-Übungen und Guantanamo bewegte.

»Du kannst ja schon vorgehen, sind doch nur ein paar Schritte ins Hotel.«

Johanne zog das Gequältengesicht. »Aber ihr seid doch jetzt verabredet und könnt morgen weiterreden …«

Martha gab nach. Sie fühlte sich nicht stark genug für Diskussionen mit einer Schwester, die sehr schnellzüngig sein konnte. Es war dumm gewesen, in Johannes Gegenwart mit Eric über Winkler & Co.

zu reden, sie hatte die alte Lava zwischen ihnen außer Acht gelassen. Ein Ausbruch in diesem Moment hätte Schlimmstes nach sich ziehen können, eine solche Eruption gleich am Anfang ihrer Reise hätte auch Martha zugesetzt, und schnell wäre die alte Angst hochgekocht, dass sich mit Johanne die gesamte Familie wieder einmal gegen sie verschwören würde. Selbst in ihren Träumen tauchte dieses Motiv regelmäßig auf, unschöne Bilder voller Wut, Hass und Erniedrigung. Halbtot von solchen nächtlichen Schaukämpfen, taumelte sie am nächsten Tag an ihren Schreibtisch, und oft dauerte es Stunden, bis die Zerschlagenheit wieder von ihr wich.

Bevor sie gingen, hob Eric ungefragt zu einer Lobeshymne auf den Menschenschlag seiner Wahlheimat an. Wie leicht es für ihn gewesen sei, hier anzudocken, sich heimisch zu fühlen, Freunde zu finden, ein Volleyballteam. Als hätte ihn das Leben an genau diesem Platz gewollt und nicht in Husum. Das hörte sich fast schon esoterisch an, zumal für einen, dem dieser Begriff wahrscheinlich noch nie untergekommen war. Vielleicht wollte er auch einfach nur Boden gutmachen, weil ihm die Zusage an Martha, ihr vom Sandbank zu erzählen, übereilt vorkam. So oder – es war Zeit zu gehen, und zwar schnell. Die Bier-Fraktion wankte unter Absingen von Shantys zur Tür, und auch Martha und Johanne drängten nun dorthin. Wie schon im Fisherman's zuvor schnappte abermals das

Maul eines toten Fisches im Türrahmen nach Johanne, und es schien, als wollte dieses Bild etwas sagen. Der Beschreibung nach, die auf einem Holzplättchen stand, handelte es sich um einen Heringshai, der immerhin das unerhörte Alter von dreißig Jahren erreichen konnte. Sein aufgeklappter Rachen schwebte wie ein böses Omen über der Schwester, und Martha dachte darüber nach, wie es wohl wäre, wenn sich so ein Biest in einen Frauenhals verbeißen würde. Würden seine Hauer hindurchgleiten wie ein scharfes Messer durch weiche Butter? Oder wäre es selbst für ihn, die Miniversion des Weißen Hais, eine blutige Plackerei, eine menschliche Halswirbelsäule zu knacken?

»Und darf ich trotzdem noch einmal fragen, warum Sie das alles so umtreibt?« Kurz vor dem Abschied holte nun auch Eric ein bisschen Hartnäckigkeit hervor.

»Sie sind doch schon lange weg von hier, und ins Sandbank durften Sie früher doch sowieso nicht, soweit ich weiß.«

»Ja, aber genau das ist es doch, verstehen Sie? Eben weil wir nicht reindurften, was im übrigen nur zur Hälfte stimmt, interessiert es uns so«, erwiderte Martha.

»Interessiert es *dich* so.« Vorwurf zergrub Johannes Gesicht unter dem Haimaul.

»Sagen wir es mal so«, erwiderte Martha, »in erster

Linie wollten wir sehen, wie es der alten Heimat so geht.«

Das musste es sein für heute. Sie wollte vermeiden, dass ihr im Wein- und Gin-Tonic-Dschumm und unter dem Druck der hereinbrechenden Schlafsituation auf den letzten Metern der Satz entwischte, der ihr wirklich auf den Lippen lag: *In erster Linie wollten wir sehen, wie es uns Schwestern geht.*

Noch bevor Rosa auf sie einschnattern konnte, bat Esther die Kollegin um einen Kaffee, warf kurz in den Raum, dass sie sich jetzt hinter diese Sache mit dem Chef klemmen und deshalb auch ihre Tür schließen würde. Das tat sie sonst nie. Andererseits hatte es auch noch keinen Fall Winkler gegeben. Extreme Ausnahmesituation, absoluter Super-GAU. Es fiel Esther schwer, autoritär zu sein, eine geschlossene Tür sah für sie nach albernem Hierarchiegehabe aus und nach Heimlichkeiten, die im Job nicht angebracht waren – Telefonate mit der Frauenärztin, dem Ehemann (den es in ihrem Fall nicht mehr gab) oder sonst wem Privaten. Und war man nicht abgeklärt wie ein Boxstallmanager, benahm man sich dabei sowieso wie ein Idiot. Flüsterte, hauchte, äugte herum.

Doch Esther machte sich zu viele Gedanken: Rosa und Frau Hermann hatten die Brisanz der Lage längst erkannt – sie nickten verständnisvoll.

Esthers Büro, ein verwundener Trakt mit wenig Lichteinfall, der nicht, wie die Gästezimmer des Hotels, strandwärts ausgerichtet war, sondern sich auf der Rückseite des Hotels befand, hatte sie wie alle Tage empfangen. Von weitem stach ihr der ungelesene Stapel von Werbemappen ins Auge, den sie neben ihrem Schreibtisch angehäuft hatte, dahinter die offenen Pappkartons mit Bestechungsgeschenken für Journalisten, sogenannten *Giveaways*, und darüber die üppigen Brüste der afrikanischen Holzstatuette, die ihr der Chef eines kenianischen Menschenrechtskonsortiums, ein Herr Mnbouki, für »ßöne Treuung und Veküssigunn« geschenkt hatte. Drei Monate war das her. Der Einmeterneunzigmann hatte dabei das genialste rau-heisere Lachen herausgeholt, das sie je bei einem Mann gehört hatte, und eine Reihe unglaublich schöner Zähne freigelegt, die sie beeindruckten und blendeten zugleich.

Noch nie war sie einem schwarzen Mann so nahe gekommen, geschweige denn dem Gedanken, sich zu einem solchen hingezogen fühlen zu können. Schon beim ersten Begrüßungsgang durch das Hotel hatte seine Erscheinung eine Kette fahriger Reaktionen bei ihr ausgelöst. Seine Hände, die Ahnung eines griffigen Körpers unter seinem eng- und gutsitzenden Anzug, der sandelholzige Duft, der seine Halsgegend umwehte – das alles machte sie binnen Sekunden schwach.

Sich unsicher, ob es seinerseits auch Avancen waren, die sie da wahrnahm, hielt sich Esther zurück, doch seine Blicke in der Bar am darauffolgenden Abend, wo sie beide, über ein paar Meter getrennt, sich ihren Kollegen widmeten, waren mehr als eindeutig gewesen. Ein Brief auf Hotelpapier, in dem er um ein Abendessen bat, bestätigte diese Vermutung, die eher ein Hoffen gewesen war. Trotzdem fehlte Esther der Mut, und sie lehnte ab, nicht ohne es hinterher zu bereuen. Viel zu gern hätte sie sich haltlos in die Arme dieses Mannes gestürzt, aber sie scheute Verwicklungen und tratschende Mitarbeiter, auch wenn eine kurze Affäre – und mehr konnte es ja nicht werden mit Mnbouki – den Abgang ihres Mannes Winne sicher erträglicher gestaltet hätte. Und sie ein Paar gierige Männerhände auf ihrem Hintern und ihren Brüsten gut gebrauchen konnte. Aber gleich Mnboukis? Sie mit einem schwarzen Mann im Bett? Wie würde er sich anfassen, wie riechen, was würde sie zu erwarten haben?

Auch wegen der Phantasien, die Mnbouki ihr bescherte und die sie bei kurzen Strandspaziergängen in der Mittagspause aufrief, liebte Esther sein Präsent aus Ebenholz, so etwas hatte sie bislang nur in den ausladenden Parkettwohnungen einiger zugezogener und vielgereister Bildungsbürger und Wirtschaftsbosse gesehen, mit denen der Chef bekannt war und zu denen er sie manchmal mitnahm. Semidienstliche Abendessen waren das, um irgendwelchen Charity-Kram anzubahnen, Veranstaltungen, die im Mantel der Barmherzigkeit daherkamen, am Ende aber einfach nur blasiert und dekadent waren. Auch, weil die Damen, die sich der Wohltätigkeit verschrieben hatten, mit operierten Gesichtern und ausladenden Körbchengrößen auftraten.

Esther hätte gern gewusst, worunter ihr Chef solche Events, auf denen sie meist still neben ihm blieb, um ihm seine Bühne zu lassen, subsumierte. Wirklich nur unter *notwendiges Übel*?

Man konnte ihm gewiss vieles nachsagen, aber mit Dünkel und Arroganz hatte sie ihn sich noch nie gemeinmachen sehen. Und er war oft in Berührung damit gekommen. Viel zu sehr war er der ewige Fischersohn geblieben und mit Sicherheit der einzige Sterne-Hotel-Chef des Landes, den man eher in den verbrutzelten Katakomben seiner Hotelküche vorfand als antichambrierend auf den Champagnerempfängen der Wirtschaftselite.

Im Vorfeld zu solchen Veranstaltungen lud er Esther meist auf ein Glas Wein ins Luv un Lee ein, ihr Vorzeigerestaurant mit Vollblick auf Ostsee und Dünen, und ließ zur Lockerwerdung ein paar Anekdoten vom Stapel, mit denen er offene Türen bei ihr einrannte. Sie war längst auf seiner Seite. Und hatte ihn beobachtet vor den Kaminen der feinen Menschen. Sie kam zu der Ansicht, dass man Winkler – je nach Perspektive – unterschiedlich wahrnehmen musste. Da war zum einen der charmante Plauderer, mit dem man zwischen Botox und Bankenkrise hin und her wechseln konnte, zum anderen der geschickte Taktierer, der die Leute ihrem eitelsten Moment zuführte und sie dann melkte. Während es so schien, dass den einen daran lag, die Sattheit ihres Seins erträglicher zu gestalten, wollte Winkler sein Hotel nach wie vor in gutem Saft dastehen sehen. Immer hatte er darauf geachtet – und dies auch bei Esthers Einstellungsgespräch unumwunden formuliert –, Neuzugänge in seiner Mannschaft aus der Einheimischenfront zu rekrutieren, egal, ob der eine oder andere etwas Nachhilfe brauchte am Anfang. Oder Dampf, je nachdem. Die Wandlung derer mit anzusehen, die ihn anfänglich verfluchten, weil er sie wegen ihrer Hemdsärmeligkeit in Servicefragen schliff, die ihm später aber aus der Hand fraßen und ihn für den Größten hielten, beeindruckte Esther jedes Mal.

Also schlug er weiterhin, die Zukunft seiner Leute im Auge habend, Salti auf den Dielen der Wohlhabenden, und diese dankten es ihm mit Applaus. Womit noch, vermochte Esther nicht zu sagen, wollte aber beobachtet haben, dass den Gesprächen, die er mit den Gastgebern führte, auch etwas Verschwörerisches anhaftete, das jeden Herannahenden auf Abstand hielt.

Seine Auftritte unter Kronleuchtern versetzten besonders die Damen in Euphorie, laut lachend krümmten sie sich zu seinen Schäkereien und schwangen dabei ihre in Kaschmir oder Seide gehüllten Busen. Tief zu ihnen hinabgebeugt, hauchte er Frech-Frivoles in ihre vernachlässigten Nacken und wurde so zu ihrem Helden, den sie bis zum Ende des Abends umschwirrten. Dass er ihnen gefiel, lag auch daran, dass sie ihn als smarten und eloquenten Hotelier mit den richtigen Anzügen und den richtigen Manschettenknöpfen wahrnahmen und seine ostdeutsche Vergangenheit als Fischersohn, Politbüro-Intimus und Spaziergänger zwischen den Welten eher aufregend als abstoßend empfanden. Im Gegensatz zu anderen Einheimischen musste man ihm nicht erklären, wer Hermès oder was ein Tuxedo war. Routiniert öffnete er Austern, und natürlich legte er die Stoffserviette richtig herum auf seinen Schoß, wenn ein gesetztes Essen begann.

»Sehen Sie, so ein Wohltätigkeitstag auf dem Golfplatz, bestückt mit Köstlichkeiten aus unserer knackfrischen Ostseeküche (das »knack« dehnte er dabei küstentypisch zu einem knaaahhhaaaack aus), kommt nicht nur unseren Eliten zugute, sondern wirkt auf lange Sicht auch einer sozialen Verödung entgegen, die keiner von uns gutheißen kann, die aber nicht aufzuhalten zu sein scheint, daran ändern auch verschiedene Regierungen leider nichts. Aber so ist es nun mal in Meck-Pomm: viel schönes Land, viel wenig Arbeit.«

Seine Reisen überallhin hatten ihn in die niedrigsten und höchsten Etagen von Besitztum geführt und ihm schon vor vielen Jahren die Augen geöffnet, dass die Idee von Gerechtigkeit einfach nur kindisch und naiv war. Auch deshalb hatte er sich nach außen hin den Bedingungen (und er hatte die besten) immer angepasst und sich die Ungerechtigkeit der Welt mit der Raubtiernatur des Menschen schöngeredet. Das alles hatte Esther aus diversen Gesprächen mit ihm herausgefiltert und für sich selbst zusammengepuzzelt. Was sie nicht wusste, weil er es für sich behielt, war seine eher diebische denn dankbare Freude, dass er selbst die sonnige Seite des Lebens erwischt hatte.

Einmal, nach einem besonders intensiven Abend und dem Agieren auf edlem Parkett, hatte Winkler nach Verlassen der Strandvillen ein süffisantes Gesicht aufgesetzt, das Esther darum bat, nicht alles so ernst zu nehmen. Solche Veranstaltungen, das Gerede, den Champagner. Vielleicht auch ihn.

»War's schlimm für Sie?«, fragte er.

»Nein, warum fragen Sie?« Esther zog ihren Mantelkragen vorm Kinn zusammen, ein nasskalter Abendblas wehte über sie beide hinweg und beschoss ihre Köpfe und Schultern mit kaltem, zerschreddertem Regen.

»Nun, weil ich Sie für eine gescheite Frau halte?«

»Das ist sehr reizend von Ihnen, aber ehrlich gesagt, müssen Sie sich keine Sorgen machen, ich hatte durchaus meinen Spaß.«

»Da sind Sie sicher?« Er hob seine tiefe Stimme um eine Oktave.

»Ziemlich sicher«, sagte Esther. »Ich fand das alles äußerst vielsagend, wenn Sie verstehen, was ich meine. Besonders gut gefiel mir dieses in Watte gepackte *Ihr armen Reichen, dass Euch Eure zurückgebliebene Verwandtschaft in der Kieler Förde oder auf der Schwäbischen Alb für unfassbar mutig hält, weil Ihr es nach zwanzig Jahren gewagt habt, im Wilden Osten ein neues Zuhause zu suchen – geschenkt. Aber dass Ihr immer noch glaubt, uns Ureinwohner müsste das irgendwie beglücken, ist von so selbstüberschätzender Gesinnung, dass es einen dauern muss.«*

»Oje, Sie haben mich erwischt.« Die feinen Verwitterungslinien in Winklers Gesicht hatten im Dunkeln das Aussehen breiter Furchen angenommen, die Gefahr liefen, vom Regen gefüllt und überschwemmt zu werden. Solange dies nicht den ganzen Mann mit sich riss und davonspülte, sollte es Esther egal sein, auch wenn das Dämonische, das der Regen seinem Gesicht verlieh, nicht gerade zu ihrem Wohlbehagen beitrug. Sie musste an die Unverfrorenheit der Gastgeber denken, die nur ihn zum Abschied mit einer Flasche Roten bedacht hatten. Als sei sie unsichtbar oder derart blass, dass man sie übersehen musste. Dabei war Winkler immer nur der Einfädler und würde die Organisation des Ereignisses, das an so einem Abend ausgeheckt wurde, wieder an ihr hängenbleiben. Würde sie sich am Ende mit blasierten Assistentinnen herumplagen müssen, weil eine von dreitausend Servietten den Knick an der falschen Stelle hatte.

»Wir sehen uns im Sandbank«, hatte Winkler ihr zum Abschied am Taxi gesagt. Der Regen hatte zugenommen und sie beide fast völlig durchnässt. Nie hatte Esther ihn »im Hotel« oder »auf der Arbeit« sagen hören, immer war es der Name des Hauses selbst. Sandbank. Als würde ihm eine einmalige Entgleisung in der Wortwahl schwer angekreidet werden, als würde er jemanden verraten, dem er zu lebenslanger Treue verpflichtet war. Warum auch immer.

Die barbusige Schwarze aus Ebenholz, die Mnbouki zufolge ein weibliches Mitglied des Samburu-Stammes darstellte und die neben schweren, fast bis zur Scham reichenden Brustglocken auch ein gebärfreudiges Becken in den Raum streckte, hatte Esther auf die Fensterbank ihres Büro gestellt und nicht, wie es ihr lieber gewesen wäre, ins heimische Erkerzimmer. Mehr, als nur prächtig und fordernd dazustehen, sollte die hölzerne Afrikanerin an Esthers Erfolge im Hotel gemahnen, nicht nur sie selbst, sondern auch den Chef. Er sollte das Gefühl haben, dass er sich nicht in ihr getäuscht hatte, dass sie in jedem Fall die intelligente und anpackende Kraft war, die er in ihr gesehen hatte, als er sie anstellte in seinem Haus.

Neben Mnboukis Nackter erblühte dieser Tage

auch eine weiße Phalaenopsis, die es durch Esthers Pflegeeinsätze regelmäßig zu üppiger Pracht schaffte und den Neid zu Besuch kommender Kolleginnen aus dem Spa-Bereich schürte.

Pflanze und Nackte ergänzten sich prima und gaben der düsteren Aura von Esthers Teppichbüro ein Stück Behaglichkeit, das sie gern um das eine oder andere Detail ergänzt gesehen hätte, aber im Fordern war sie keine Heldin. Obwohl Winkler die Offenheit für Veränderungen grundsätzlich zuzutrauen war. Noch ein, zwei Jahre, in denen sie sich immer weniger entbehrlich für ihn machen würde – und sie könnte einen Anlauf wagen. Am Ende war es nur eine Frage, die er mit Nein beantworten konnte. Und bis dahin würden die Samburu-Frau und der Schreibtisch, den sie selbst mitgebracht hatte, die einzigen Stücke sein, die so etwas wie Anspruch in ihre Arbeitsräume brachten.

Normalerweise waren Dienstage im Hotel von ruhiger Sorte, Tage, die Esther Zeit dafür ließen, einmal länger mit besonders netten Stammgästen zu plauschen und deren Zufriedenheitslevel auszuloten. Oder den Magazinmarkt nach Publikationen zu durchforsten, denen man das Sandbank als Reisethema andienen konnte. Sie wünschten sich wieder mehr ausländische Privatgäste im Haus, wie zu Vorwendezeiten, als es den Anreiz der billigen Ostmark noch gab. Ausländisches Publikum war ein hervorragender Multiplikator, wenn es (im besten Fall) zu Hause in Prag, Porto oder Stockholm davon schwärmte, wie schön es bei ihnen gewesen war. Es kam wegen des Meeres, der breiten Strände und der betonburgenfreien Skyline. Und wer bot den besten Ausblick auf all das? Richtig, sie, das Sandbank. Dass die einst existenten Spitzel im Hause die Hoheit über Toilettenschüsseln, Kleiderschränke, ehelichen oder ehebrecherischen Geschlechtsverkehr hatten, schien ihm ebenso wenig empörungswürdig wie die im Amalienpark verbliebene und mittlerweile halb vom Knöterich verschlungene Leninbüste, die ihr Bürgermeister, ein Ex-Genosse, der schon bei der CDU untergeschlüpft war, als sie in Berlin noch die Mauer abtrugen, mit Blick auf zukünftige Wahlen und das Herzeleid vieler seiner Einwohner nicht hatte abbauen lassen. Sie hier oben waren nie Revoluzzer gewesen, auch 1989 nicht. Sie waren nicht Leipzig, Dresden oder Berlin, wo die Freiheit eine zu große Vorstellung war, als dass man sie nicht hätte haben wollen. Sie hier oben wollten ihre Ruhe.

Lagen an einem Dienstag wie diesem weder Stammgäste noch Magazinmarkt an, nutzte Esther den Tag, um ihre ohnehin guten Englischkenntnisse via Audio-CD aufzubessern. Nach ihrem Ehedesaster wollte sie vorbereitet sein auf die Dinge, die noch kommen könnten im Leben, auf die unverhofften besonders.

Außerdem hatte sie als Marketingchefin, zumal als

ostdeutsche, sprachlich sattelfest zu sein, eine Anforderung, die niemand an sie stellen musste, sondern eine, die sie sich selbst auferlegte.

Noch bevor Esther einen Schluck vom Kaffee nehmen konnte, den ihr Rosa nach zaghaftem Anklopfen durch die Tür gereicht hatte, klingelte auch schon das Telefon. Am anderen Ende meldete sich niemand, und Esther fiel ein, dass sie ab heute natürlich auch mit Schmähanrufen rechnen mussten, es gab da draußen auch etliche, die zum Fund des Tages, Winklers Akte, eine weniger solidarische Meinung hatten als große Teile der Crew und Gästeschaft. Sie selbst hätte sich anrufen und lautstark die *Absetzung des Stasischweins* verlangen können, immerhin hatten sie und ihre Eltern einst das ganze Überwachungsprogramm abbekommen. Die wartenden Autos vor der Tür, das angezapfte Telefon, die in Abwesenheit durchschnüffelte Wohnung.

Warum tat sie es nicht? Warum wollte in ihr kein Groll gegen Winkler aufkeimen, wenigstens kläglich? Es blieb keine Zeit, die eigene Haltung zu hinterfragen, das Telefon klingelte erneut.

»Guten Tag, hier ist Jenny Kubrick von der Meck-Pomm-Welle. Ich hätte gern ein paar Infos über Ihren Chef. Bin ich da mit der Marketingabteilung *Schrägstrich* Pressestelle des Hotel Sandbank verbunden?«

Dschosch wäre Esther lieber gewesen, schon von der Stimme her. Aber der arbeitete ja nur im Spaßsektor ihres Stammsenders, und mit ihm über unschönen Politikkram zu reden wäre ihrem annähernd amourösen Verhältnis, von dem er freilich nichts ahnte, kaum zuträglich gewesen. Dann besser Frau Kubrick, bei der schon nach zwei Halbsätzen klar war, dass die sich kaum für die Gästezahlen des Sandbank, ihre Schwedischen Wochen im Luv un Lee oder den Nachfolger des pleitegegangenen Luxusuhrenhändlers im Erdgeschoss, einen Juwelier mit Schwerpunkt Bernstein, interessierte. Offensichtlich war sie nur ein neues und noch unverbranntes »Schrägstrich« ehrgeiziges Mitglied der lokalen Pressemeute, die nun in geballter Form auf das Sandbank zukommen würde, ansonsten aber ein ziemlich zahnloser Haufen war, der sein Dasein lieber mit Gefälligkeitsberichterstattung als mit tiefgründiger Recherche legitimierte. Das tat keinem weh und ließ einen im eigenen Kaff, in dem jeder jeden kannte und jeder Angst vor irgendetwas hatte, gut dastehen. Dass unschöne Gemengelagen wie die Winkler-Akte nicht ganz unter den Tisch fallen konnten, zeigten dieser Tag und der Anruf von Frau Kubrick. Wahrscheinlich war sie unter heuchlerischen *Das ist doch reizvoll da kannst du dich beweisen*-Tiraden von den Kollegen an die Front geschmissen worden, nicht ahnend, dass den Job in Wahrheit keiner machen wollte.

»Ja, das sind Sie, Frau Kubrick, womit kann ich helfen?«

»Nun, es geht um die Pressemitteilung der BStU, wonach Ihr Chef, Frau … wie war doch gleich Ihr Name …?«

»Dankwitz, Esther Dankwitz.«

»Ja, danke, Frau Dankwitz. Also wonach der Chef Ihres Hauses doch bei der Stasi gewesen sein soll.«

Doch? Frau Kubrick, die klang wie Anfang zwanzig, war also informiert, durch welche Kanäle auch immer.

»Entschuldigung, aber was meinen Sie mit *doch*, Frau Kubrick?«

»Na ja, es gab ja seit vielen Jahren Spekulationen um diese Angelegenheit, das weiß doch, mit Verlaub, jeder hier«, flötete die mutmaßliche Radio-Nachwuchskraft.

Das weiß doch jeder hier. Mit Verlaub. Natürlich waren Esther schon frechere Frager untergekommen, und der Sinn, beharrliches Nachhaken in noch beharrlichere Freundlichkeit zu hüllen, wohl wissend, dass nur diese Art die Befragten leichtsinnig werden ließ, erschloss sich ihr schon. Doch das hier war einen Tick zu forsch für eine Zwanzigjährige.

»Aber Spekulationen sind eben Spekulationen, Frau Kubrick, das wissen Sie auch.«

»Das mag sein, aber dass es schon immer eine Akte gab, sie nur nicht aufzufinden war, ist jetzt keine mehr.«

Jungreporterin Kubrick begann Esther auf den

Geist zu gehen. So schnell schaffte das nicht mal Matschke.

»Das ist richtig, aber weder sind mir Einzelheiten bekannt, noch hat Herr Winkler selbst, den man natürlich auch hören muss, sich schon eindeutig und umfassend dazu erklärt.«

»Und wann erwarten Sie das?« Der Kubrick'sche Terrier ließ nicht locker.

»Sobald ich etwas höre, werde ich Sie davon in Kenntnis setzen.«

Den hölzernen Ton, der ihren Sätzen anhaftete, hörte Esther sehr wohl, doch im Ringkampf mit ungewohnter Bissigkeit, die zudem noch aus pubertär anmutender Kehle drang, war er das Einzige, was ihr angemessen schien.

»Was aber wollen Sie selbst, Sie als Hotel, als Antwort auf diese Nachrichtenlage in diesen Minuten von sich geben? Und irgendetwas müssen Sie doch von sich geben.«

»Im Moment können wir aber nur von uns geben, dass wir noch nichts von uns geben können«, erwiderte Esther, nun fast mit einem Quäntchen Mitgefühl für die junge Frau, die sich so tapfer hielt. »Leider kann ich Ihnen im Moment nicht mehr dazu sagen, Frau Kubrick, ich bitte Sie um Ihr Verständnis.«

»Weil Sie nicht dürfen oder nicht wollen?«

Jetzt wurde es ungemütlich, Esther schluckte.

»Ihr Biss in allen Ehren, Frau Kubrick, aber im Moment bringt er uns nicht weiter.«

»Dann würde ich sagen, dass ich einfach wieder anrufe, Frau Dankwitz, oder?«

Das klang wie eine Drohung und sollte es wohl auch sein. Esther schaute konsterniert auf den Hörer, aus dem jetzt nur noch ein Pfeifton quäkte, sie nahm abermals vom Kaffee, stand auf und schüttelte sich. Fast bereute sie, sich damals nicht auf die Position der Chefin der Servicecrew beworben zu haben, die auch vakant gewesen war und deren Inhaberin, eine nette Frau aus Berlin, jetzt unbefangen durch die Flure wandeln konnte. Warum musste ausgerechnet sie, Esther, die Verfehlungen eines Mannes kommentieren, dem sie ein besseres Lebensgefühl verdankte? Ihr war klar, dass die Kubrick nur der Anfang gewesen war. Und dass sie als Nächstes, auch wenn sie eine starke innerliche Abwehr dagegen spürte, ihren Chef erreichen musste. Ihr Adrenalinpegel schwebte weit über ihrer Schädeldecke, als sie seine Handynummer wählte. *Der gewünschte Gesprächspartner antwortet nicht.* Aus Pflichterfüllung und mit zittrigen Händen probierte sie auch seine Privatnummer, wieder nichts. Nur der Anrufbeantworter. Noch einmal hatte sie Glück gehabt.

Am Morgen nach der Begegnung mit Barmann Eric schlief Martha bis zehn, erst eine knallhelle Sonne, die ins gardinenlose Zimmer schien, konnte sie wecken. Schattenkringel tanzten auf dem weißen, gestärkten Bettzeug, in das sie sich über Nacht zurückgezogen hatte, weil aus ihrem müden und betrunkenen Kopf, selbst nachts um drei im Bad und eine Kopfschmerztablette herunterspülend, die Ahnung nicht weichen wollte, sich mit dieser Reise vertan zu haben. Sie hasste die Verstellung, die ihr das Ganze abverlangte. Die Schnauze halten, um Frieden zu haben. Dummes Zeug quatschen, um nicht anzuecken. Ärger herunterschlucken, um Streit zu vermeiden. Alles, was qualvoll war, um jeden Preis.

Pure Harmonie würde es mit Johanne nie geben, es gab auch keine Hitzewellen in der Antarktis. Ihre Habachtstellung der anderen gegenüber schien ein für alle Mal besiegelt.

Noch blinzelnd und mit dem pelzigen Geschmack des vorabendlichen Alkohol- und Zigarettenkonsums auf der Zunge, äugte Martha im Zimmer herum. Es erschien über Nacht geschrumpft, Wände und Mobiliar näher gerückt, der pastellige Farbdruck über dem Fernseher, eine sich selbstbewusst gebende Scheußlichkeit, nachgedunkelt. Bis auf ein Pärchen im Nachbarzimmer, das sich inbrünstig Tonleitern zuschmetterte und diese morgendliche Zwerchfellreizung nur mit der gegenseitigen Ermahnung *Atmen nicht vergessen* unterbrach, war nichts zu hören, und Johanne, der sich das über Jahre soldatisch vollzogene frühe Aufstehen für ihren Pharmaforschungsjob in den Biorhythmus eingesenkt hatte, war weg. Auf dem bekritzelten Zettel, der auf ihrem Nachttisch lag, las Martha: *Bin frühstücken, wollte dich nicht wecken*.

Das Ticken der Digitaluhr forderte ungnädig: *Aufstehen!*, doch Martha erlaubte sich noch eine Viertelstunde in den wohligen Ausdünstungen des Bettbezuges, der sie an die luftgetrocknete Wäsche ihrer Kindheit und an die wenigen glücklichen Tage darin erinnerte. An denen konnte sie schlafen, solange sie wollte, wenn das ihre Genesung von ihrem Nierenleiden versprach. Am liebsten wäre sie immer krank gewesen, mehr noch: sterbenskrank, denn so war der Mutter ein Quäntchen Zuneigung abzutrotzen. Einmal am Tag kam die Tochter so zu einem schnellen Kopfstreicheln, die restliche Zeit verbrachte die Mutter damit, um sie herumzuputzen.

Schon als Achtjährige hatten Marthas lädierte Nieren sie einmal jährlich ins Krankenhaus einfahren lassen. In der Ödnis all der Tage dort stellte ein kurzer Gang über den Flur eine geradezu glamouröse Unterbrechung der Gleichförmigkeit dar und war die sich anschleichende Macht eines seligmachenden Schlafes der einzige Lichtblick. Er war warm, dieser Schlaf, und eine Bedürftige wie Martha machte er süchtig, was das Wegdämmern, das Wegsein vom Wachsein betraf. So gewann sie auch die Narkosen lieb, die notwendig waren, um ihre ständig kollabierenden Nieren wieder in Gang zu bringen. Der Hang, sich in späteren Jahren dem Marihuanarauchen zuzuwenden, war offensichtlich das befriedigende Substitut für die legalen Dämmerzustände ihrer Kindheit. Deren schöner Schauer hatte immer nachgehallt und Erneuerung eingefordert.

Ihren Freunden gegenüber hatte Martha diese Sucht nach Betäubung immer zu vertuschen versucht, war aber in letzter Zeit dazu übergegangen, diese auf den eigenen übermäßigen Weinkonsum hinzuweisen, wenn sie mal wieder Blicke des Unverständnisses trafen. Auch gestern, bei Barmann Eric, vor allem aber unter freiem Ostseehimmel und mit einem duftenden Meer im Hintergrund, hatte sie sich nach ihrer Rauchware gesehnt.

Die Viertelstunde im Bett neigte sich, widerwillig schälte sich Martha aus dem weißen Damastkokon, die Beine vorsichtig auf den Teppich des Hotelzimmers setzend wie eine Schlaganfallpatientin, die nach langer Zeit des Liegens das Laufen wieder erlernen musste.

Im Luv un Lee räumten junge Kellnerinnen in Streifenblusen bereits leere Eiersalat-Schüsseln, Obstschalen und Brotkörbe von einem Büffett, das gleich etagenweise in den Saal hineinragte, als seien im Sandbank die Vielfressermassen eines Kreuzfahrtschiffes unterwegs. Um Johanne milde zu stimmen (wofür eigentlich?), hatte Martha im Zimmer nur ein paar Sachen übergeworfen und auf den Gang ins Bad und vor den Spiegel verzichtet. Der alte Kampf um den Schönheitsthron, den sie jahrelang geführt hatten, erschien ihr lächerlich, er war nur das traurige Buhlen um Aufmerksamkeit. Das Schicksal mochte ihnen zwar lieblose Eltern verpasst haben, aber diese Eltern hatten ihnen ein Aussehen mitgegeben, das ihnen Verehrung von außerhalb garantierte. Auch wenn das nicht ein und dasselbe war.

Martha entdeckte Johanne am anderen Ende des Raumes, steuerte aber zunächst die übriggebliebene Nahrung an, der es eindeutig an Extravaganz mangelte. Von einem Haus mit Geheimnis hatte sie mehr erwartet, nicht das Standardrepertoire deutscher Durchschnittshotellerie: Scheibenkäse, Döschenmarmelade, Cornflakes und laues Rührei. Ein livrierter Herr um die fünfzig, dessen Schild am Revers ihn als Restaurantchef auswies, fragte sie nach ihrer Zimmernummer und setzte mit Verve einen Haken hinter ihren Namen, als er ihn vernahm.

»Sorry, ich war noch komatös«, sagte Martha, an Johannes Tisch ankommend. Mit der Linken hielt die Schwester ihr Handy ans Ohr, mit der Rechten löffelte sie Joghurthäppchen aus einer tönernen Schale mit Blaudruck. Nur nach und nach beendete sie die eine und andere Tätigkeit und wandte sich Martha zu.

»Schon gut.« Johannes Müsli war von einer Farbe, als hätte man ihm Paprikapulver statt Zimt untergemischt. Auch die darin umherwallenden Pflaumen sahen eher aus wie Gulaschstückchen.

»Das war Ines Vorkamp gerade am Telefon, du erinnerst dich doch, sie hat leider nur heute Zeit, mich zu treffen. Was dagegen?«

»Was sollte ich dagegen haben?« Dass Johanne nun als Erste ausscherte von der Zweisamkeit, überraschte Martha.

»Dann werd ich mich ein bisschen umtun … und auslüften am Strand.«

»Genau, du wolltest doch sowieso noch diesen Eric treffen, oder?«

»Ja, sicher.«

Diese Übereinkunft hinnehmend und weitere gemeinsame Pläne umschiffend, gingen sie dazu über, den vergangenen Abend zu rekapitulieren. Barmann Eric kam dabei gut weg. Normalerweise füllten einen

Tresenkräfte in Urlaubsorten wie diesem gern mit untertourig Gepanschtem ab, zumal an einer Strandbar, in der mit schnell steigendem Pegel zu rechnen war. Doch Eric schien ein Anständiger zu sein. Ihn ohne große Sucherei gefunden zu haben deuteten sie als gutes Zeichen, dass die alte Heimat offensichtlich noch nicht gänzlich verdorben war, was Abzocke und Nepperei betraf. Auch wenn sie sich da nicht gänzlich sicher sein konnten.

Später, auf dem Weg zurück ins Zimmer und zu ihren Einzelaktionen, erfragten Martha und Johanne an der Rezeption die Öffnungszeiten des Spa-Bereiches. Sie erfuhren, dass dieser mittels einer Pipeline mit dem Strand verbunden war und sein Wasser direkt aus der Ostsee bezog. Das Angebot studierend, fragte sich Martha, inwieweit *der relaxenden Wirkung einer zweistündigen Ayurveda-Behandlung durch geprüfte Fachkräfte* hier im Hotel zu trauen war. Ihrer Erfahrung nach waren Zweifel angebracht, ob die, die da ihr Handwerk im *Namen der Sinnlichkeit* vollführten, je in Indien gewesen waren oder wenigstens einen Lehrer von dort gehabt hatten. Die meisten wohl eher nicht. Sie sah einen martialisch anmutenden Frauentrupp mit strengen Kurzhaarfrisuren vor sich, aus dessen Kitteltaschen allerhand technisches Gerät ragte, das für eine Wohlfühlbehandlung eindeutig zu spitz und zu scharf war. Auch die Ansprache der Heilungshandwerkerinnen war in

Marthas Vorstellung alles andere als sanft. Gerechtfertigte Einsprüche der Kundschaft, dass das benutzte Körperöl zu heiß oder zu kalt sei, schmetterten sie ab mit frechen Antworten wie *Das muss aber so*. Zu oft hatte Martha es selbst erlebt und war zu feige gewesen abzubrechen, wenn sich die angebotenen Massagen nur als ein Abklatsch vom Original erwiesen. Man setzte offenbar darauf, dass die Kundschaft selbst noch nie in Indien gewesen war.

Martha jedenfalls würden sie nichts vormachen können, sie hatte Ayurveda erlebt, zehn Tage auf einer Farm in Trivandrum, Kerala, sie allein zwischen den Urgewalten einer ihr bis dahin fremden, aber sehr angenehmen Kultur. Die Zeit dort hatte noch lange nachgeklungen in ihr, und nie hatte sie das Bungalowdorf an rauer Küste, das durchwirkt war mit raschelnden Bananenstauden und dem Geräusch herunterploppender Kokosnüsse, vergessen. Als eines Tages auch neben ihrem Kopf eine niederging, dachte sie daran, dass durch eine Kokosnuss zu sterben weitaus mehr Glamour hatte, als von einem Fiat Panda vor einem Berliner Supermarkt überfahren zu werden. Vielleicht auch deshalb hatte sie ihren Aufenthalt in diesem entlegenen Refugium wie einen Traum empfunden, durch den die Kolibris sausten wie Spatzen und in dem gefangene Kakerlaken – in diesen Breiten so groß wie Tennisbälle – von den herbeigerufenen Wächtern nicht erschlagen, sondern auf der Kuppe ihrer mitgeführten Sicherheitsknüppel weggetragen und fünf Meter weiter wieder ausgesetzt wurden. Martha mochte den hinduistischen Glauben, der alles Lebendige wertschätzte, weil selbst ein speckig glänzendes Insekt wie eine Schabe, das für Dreck und Verwahrlosung stand, die geliebte, inkarnierte Großmutter sein konnte.

Freundlich, aber nicht fraternisierend, weil alle darauf bedacht waren, in erster Linie für sich zu sein, hatte Martha zehn höchst kontemplative Tage in der Nachbarschaft eines Pärchens aus Birmingham und einer Deutschen aus Badenweiler verbracht. An zwei oder drei Kerzenscheinabenden waren sie sich alle einig darüber gewesen, dass Wohlstand den Leib nur verkommen ließ und dass ein gewisser (nicht qualvoller) Hunger im Leben durchaus von Vorteil war. War keine Behandlung angesagt, streunte Martha durch kleine Orte und freute sich über ausgelassene indische Großfamilien, die sie heranwinkten und ihr mit wedelnden Händen und wackelnden Hälsen zu verstehen gaben, dass sie sie als attraktiv ansahen. Gleichwohl fühlte sie sich nie frei genug, um neben den dunkelhäutigen Prinzessinnen, die täglich hier Hand an sie legten, bestehen zu können. Deren Schönheit erschien ihr überirdisch. Dicke, schwarz schillernde Pferdeschwänze ringelten sich über ihre Schultern herab, und aus karamellfarbenen Gesichtern leuchteten samtbraune Augen. Ihr Kichern –

und sie kicherten gern und viel – legte helle Zungen und schneeweiße Zähne frei, die sie bleckten wie junge Stuten.

Martha hatte sich in der Obhut dieser beeindruckenden Wesen in praktischen grünen Baumwollkleidern immer gefühlt wie eine dicke Made zwischen schlanken Staren. Und diese konnten nicht anders, als sie herumzuschubsen, mit den Schnäbeln nach ihr zu picken und gelangweilt um sie herumzuspazieren. Nur um dem Moment des Vertilgens ein appetitsteigerndes Vorspiel voranzusetzen.

Nicht, dass auch nur eine dieser Prinzessinnen ihr auch wirklich mit Herablassung gekommen war, im Gegenteil. Martha, ganz Kind ihrer Selbstzweifel, verdächtigte sich selbst als Spielball der Schönen. Da konnte auch die Tatsache, dass sie alle zur Stelle und höchst engagiert waren, als sie eines Tages nackt und bewusstlos von der Toilettenschüssel sank, weil ein Abführmittel ihren Kreislauf zum Erliegen gebracht hatte, sie nicht zutraulicher stimmen. Im Gegenteil, sie argwöhnte, dass ihre Besinnungslosigkeit ein gutmöglicher Zeitpunkt gewesen war, das therapeutische Gestampfe mit bloßen Füßen auf ihrem Magen-Darm-Trakt in wutgesteuerte Tritte umzuwandeln. Nichts, aber auch gar nichts hätte sie davon mitbekommen. Ihr war klar, dass sie am Ende auch nur eine dieser Westeuropäerinnen war, denen die Prinzessinnen zu Recht hinterheräfften, wenn sie mit diesem *Ich kenne und liebe die Dritte Welt*-Lächeln durch die Gegend schwebten.

Ohne dieses Misstrauen, das immerzu mit allem rechnete, fühlte sich Martha weltfremd und naiv. Und war es nicht so, dass die Realität allzu große Offenherzigkeit regelmäßig mit Strafe belegte? Auch Martha war auf diversen Reisen ausgeraubt und belogen worden und hatte dies den Kolleginnen der Frauenzeitschriften weitergegeben, wohl wissend, dass sie diese damit nachhaltig düpierte, arbeiteten die doch noch immer mit der These *Armer Mensch gleich guter Mensch*. Die passte einfach so viel besser zu ihrer Erste-Welt-Blattmischung aus Tofu-Rezepten, neuer Absatzhöhe und dem dreimillionsten Textaufguss von *Guter-Sex-aber-wie?* als die ganze verdammte Wahrheit. Und sie passte erst recht in die Welt ihrer Leserinnen, die für ihre Spenden an SOS-Kinderdörfer in Uganda und Simbabwe mit Fotos von ausgemergelten und traurig dreinschauenden Kindern belohnt werden wollten, nicht mit welchen, denen das Böse schon aus dem Auge sprang, weil ihnen in ihrem kurzen Dasein nie etwas anderes untergekommen war.

Meistens, wenn Martha ihrer Schonungslosigkeit freien Lauf ließ, schauten die Redakteurinnen betroffen hinter ihren Glasschreibtischen mit Lilienbestraußung hervor, von denen sich einige nur hochhievten, um sich einen grünen Tee aufzugießen oder mit den Kolleginnen auf dem Flur ausschweifend die Frage *Ein Au-pair aus China – ja oder nein?* zu diskutieren. Nicht eine wollte selbst hinfahren in die Armut und Verwahrlosung. Nicht einer wäre das Dealen mit korrupten Polizisten, das Schlafen in Erdhütten oder das stundenlange Warten in sengender Hitze zuzumuten gewesen. Das Ausputzen überließen sie lieber den Freien, unter denen sich schon qua Lebenseinstellung mehr Hasardeure und Draufgänger befanden als in gehaltssicheren Redaktionsstuben.

Johanne hatte sich nicht lange aufgehalten im gemeinsamen Zimmer, das von den Zimmerfrauen in der Zwischenzeit beeindruckend gestriegelt worden war. Sie hatte ihre Handtasche und ihren Blazer aufgepickt, noch etwas wie *Meld mich von unterwegs* gebrabbelt und war abgerauscht in Richtung Schulfreundin, ihrer Schilderung nach alleinerziehende Mutter mit Bürojob und drei Kindern. Martha überlegte, wie es sein würde, vor jemandem zu sitzen, den man zwanzig Jahre nicht gesehen und der in eine ganz andere Richtung marschiert war als man selbst.

Mehr noch als für die Bücher, die sie für die Tage an der See mitgenommen hatte und die jetzt mahnend auf einem der Korbsessel vis-à-vis ihrem Bett lagen, zog sie die Vorstellung an, sich draußen vom Wind durch die Gegend schubsen zu lassen. Sie war froh, dass sich die Sonne hielt, ihre Übergangskleidung, die sie hoffnungsfroh eingepackt hatte, konnte sich hier oben ganz schnell als voreilig erweisen. Aber zur Not würde sie sich auch eine der Decken überwerfen, die filzig in ihren Schränken lagen; bestimmt noch *Kriegsware*, aus den Anfangsjahren des Hotels.

Ein kleiner Lauf Richtung Hafen, ein, zwei Saunagänge vielleicht – das klang nach einem guten Plan. Und, nicht zu vergessen, Eric natürlich. Auch wenn postalkoholische Begegnungen oft einen seltsamen Geschmack hatten und Martha nur wenig Angriffslust verspürte, ihm Namen und Zitate aus dem Kreuz zu leiern. Sie haderte jetzt sogar mit dem Vorhaben, sich an das Sandbank heran- und eine Geschichte aus ihm zu machen. Schon lange hatte sie nichts Politisches mehr recherchiert. Getrieben von dem Drang, *das* Stückchen Einblick zu bekommen, was selbst hartgesottene Kollegen nicht bekamen, hatte sie immer wieder zu lang recherchiert, war in der Materie versunken und hatte am Ende, vor einem Konvolut aus Fakten sitzend, aufgegeben.

Aber durfte sie schon jetzt schlappmachen? In einer Stunde würde sich das Dunkel um das Sandbank vielleicht schon etwas gelichtet haben, würden sich die Konturen eines Bildes zeigen, das jetzt noch eine wabernde Masse war. Jetzt schon zu verkrampfen, war aus keiner Perspektive ratsam.

Sie ging zum Badezimmer, ihrer Schlaffheit war

nur mit einer ordentlichen Beduschung beizukommen. Als sie den Lichtschalter drückte, ergossen sich unzählige Spots über sie, und Martha musste daran denken, wie einfach es gewesen war, in so vielen Deckennischen Überwachungskameras anzubringen.

Der Blick in den Spiegel nach einer durchzechten Nacht hatte sie vor zehn Jahren noch mit mehr Freude erfüllt. Da hatte sie ein Gesicht erblickt, das sich unbeeindruckt zeigte von zu viel Maßlosigkeit in Sachen Wein und Zigaretten. In diesen Tagen brauchte es schon einige Handgriffe mehr im Bad, um diesen Zustand herzustellen. Vor allem aber brauchte es eiskaltes Wasser.

In der Dusche und mit der einzigen Perspektive, die ihr gegeben war, nämlich die von oben herab auf die eigenen Körperlandschaften, fiel es Martha schwer, sich selbst attraktiv zu finden. Ihr Dekolleté verzeichnete eindeutig erste schlaffe Areale, und ihr Bauch – schon immer eine Zone weiblicher Rundlichkeit – war noch mehr ausgestülpt. Auch mit täglichen Sit-ups ließ er sich nicht dazu bewegen, den Rückweg anzutreten. Zudem wölbten sich kleine knubbelige Verhärtungen unter der Haut ihrer Unterschenkel, die wie über Nacht gekommen waren und Martha hysterisch von Arzt zu Arzt rennen ließen, immer nur ein Lächeln und die Diagnose erntend, dass es sich dabei um gutartige, wenn auch unschöne Wucherungen handelte, die man zwar herausschneiden, aber das die Gefahr des Nachwachsens nicht bannen könnte. Der Gesichtsausdruck der konsultierten Fachleute, vor denen sie mit heruntergelassenen Hosen stand und die ihr schamlos ins Fleisch rund um die Scham griffen, als würden sie den Schlachtzustand einer Kuh ausloten, changierte dabei zwischen *Haben Sie keine anderen Probleme?* und *Müssen Sie mit so was meine Zeit verschwenden?* Sie würde damit leben müssen: Der Verfall war nicht aufzuhalten, sie hatte den Gipfel erreicht. Von jetzt an würde es nie mehr ums Erblühen gehen, die Pracht war vollends ausgebildet, die Zukunft war das Verwelken.

Mit Hilfe eines intellektuellen Denkansatzes ließ sich der Gedanke daran vielleicht noch bejahen, weil es schließlich jeden erwischte, aber bei Licht und allein und nackt unter der Dusche betrachtet, war er einfach nur ein Problem. Und zwar ein handfestes. Auch, weil sich so viel daraus ableiten ließ: das eigene Unsichtbarwerden, der eigene Tod, das Verschwinden vom Weltenrund für alle Zeiten. Die Bedeutungslosigkeit eines normalen Menschenwurms eben, wie sie einer war.

Für den kommenden Tag, so hatte sie doch noch mit Johanne abgemacht, würde eine Strandwanderung in Richtung Kutters Geest passen, ein Ausflugsziel aus Kindertagen, wo man auf eine weitere Fischmahlzeit (wenn man schon mal hier war) einkehren und zurück zu das Angebot des Kinos am Stövekamp inspizieren konnte. Das letzte Mal, dass sie zusammen einen Film gesehen hatten, mochte acht Jahre her sein, und selbst damals waren sie nicht allein gegangen, sondern mit den weißlockigen und putzigen Kindern ihrer Cousine Zimba, die besonderes Ansehen bei ihnen genoss, weil sie eine grundgütige und weiche Person und zudem eine geniale Schneiderin war. Mit Zimba teilten sie die Erinnerung an gemeinsame Sommerferien im Großelternhaus, vor allem an Tage, an denen sie in die alten Kleider der Großmutter schlüpften, die auf dem Dachboden in brüchigen Lederkoffern ruhten und beim Herausnehmen anheimelnd nach Mottenkugeln und Hausstaub rochen.

In den Großmutterkleidern führten sie improvisierte Stücke auf, und im Vorfeld dazu gab es immer wieder Reibereien darüber, wer die böse Fee sein durfte, denn zu schön war es, alle angestaute kindliche Wut, die sich anderweitig nicht entladen durfte, über eine Märchenfigur in die Welt zu entlassen. Und alle drei hatten genug davon. Immer, wenn Martha zurückdachte an diese gemütlich-schaurigen Stunden unter den alten Dachbalken, fielen ihr die Kinder in ihrem gentrifizierten Kiez ein, denen es allesamt gutgetan hätte, ihre heimelige und von jeder Schwierigkeit bereinigte Welt für eine Stunde zu verlassen und sich ein bisschen verloren zu fühlen im Reich von Kobolden und Vetteln. Aber dem beugten ihre Erzeuger vor, indem sie die Märchen nach eigenem Gusto abänderten. Keine Hexe mehr, die den Ofentod starb, kein Geißlein, das vom Wolf gefressen wurde, und kein Mädchen, das in der Kälte erfror, weil ihm die Zündhölzer ausgingen.

Eines der Großmutterkleider aus den Koffern, das Martha damals besonders mochte und das Johanne und Zimba ihr freiwillig überließen, weil sie längst eine eigene Wahl getroffen hatten, war ein aus Damast geschneidertes Cocktailkleid aus den Sechzigern. Sein sattes Smaragdgrün bildete einen guten Kontrast zu Marthas Ferienmädchenteint und ließ sie noch brauner und ihr Haar noch blonder erscheinen. Manche der Kleider hatten ausgefranste Säume, sich lösende Nähte oder Schweißflecken unter den Achseln, aber alles Angegangene war überstrahlt von der süßen Vorstellung, dass auch ihre Großmutter einmal eine junge Frau mit schwarzen Locken gewesen war, die sich in äußerst flotten Kleidern ins Theater, zu Empfängen und ins tägliche Leben begeben hatte. Auch ein Pelzmantel, wie der einer Zarin, fand sich in dieser Kollektion der Vergangenheit. Er hing auf einem Bügel in einer Kammer unterhalb des Dachbodens, wohin sich die Mädchen mit Vorliebe verkrochen, wenn sie Versteck spielten oder einfach nur unsichtbar sein wollten. Der Mantel war groß und opulent, aristokratisch und voluminös. Es hieß, er sei ein Geschenk des Großvaters gewesen, mitgebracht aus der UdSSR. Nur dass ihn die Großmutter kaum trug wegen seiner Wülstigkeit und weil er ihrer *So was passt nicht zu uns Kommunisten*-Art widersprach. Sie alle waren im Krieg fast verhungert, von den Nazis verfolgt – wie sollte sie da so ein Stück Dekadenz anlegen? In Unkenntnis bürgerlicher Lebensweise hatte sie sogar als junge Frau aus dem Roquefort, der im Carepaket aus Amerika kam, die faulen, dunklen Stellen gepolkt. Verschimmelter Käse – eine Delikatesse? Auch das hatte nicht in ihr Weltbild gepasst.

Voller Bewunderung für die Großmutter und ihre einstige Schönheit, stiegen die Mädchen in ihre Kleider und fixierten Überweiten mit Wäscheklammern und Stecknadeln. Haare wurden toupiert, Ohrclips und Plastikperlenketten angelegt, alte Stöckelschuhe hervorgekramt. Den Sitz aller Utensilien musste der Spiegel absegnen, erst dann begaben sie sich auf die Aufführungstreppe oder rannten hinaus auf die Wäschewiese, die sich hinter dem Großelternhaus befand und auf der sie tollten und tanzten, bis ein Drehwurm sie niederwarf.

Die Wäschewiese, ein Rasenstück von zehn mal zehn Metern, besäumt von vier schmalen Betonpfosten, zwischen denen sich sonst eine volle Wäscheleine spannte, war der zentrale Bolzplatz dieser Kindertage. Ein paar Schritte weiter entfernt, hinter knorrigen Apfelbäumen und wildwüchsigen Rosenspalieren, hatte der Großvater ein Schwimmbassin mauern lassen, das – obwohl eher ein Tauchbecken – ein Privileg in realsozialistischen Gärten war. In Latzhosen und mit zerfranstem Strohhütchen strich er das Becken jedes dritte Jahr mit neuer hellblauer Farbe und teilte, sobald es getrocknet und die Mädchen eingetroffen waren, eine von ihnen zur Kescher-Beauftragten ein. Dabei benutzte er Abzählreime wie *Eene meene Muh.*

Die Verliererin respektive Gewinnerin des Abzählreims (die Sicht der Mädchen darauf veränderte sich im Laufe der Jahre) erwartete ein Job, der jeweils über eine ganze Woche ging, inklusive Sonnabende und Sonntage. Welche der Cousinen auch immer nun die Aufgabe hatte, in den frühen Morgen- und Abendstunden die glitzernde Wasseroberfläche des Bassins mit dem Kescher abzuschöpfen und dabei Blattwerk und Schnaken den Garaus zu machen – sie musste ihr Bestes geben. Bei seiner täglichen Abnahme kannte der Großvater kein Pardon. Kein übriggebliebener Wasserfloh, keine Fliege, kein Lindenblütenkringel entging seinen Adleraugen. Erst wenn die Arbeit getan und alles rein war, gab er das Bassin frei zur Inbesitznahme. Nackt wie ihre Eltern, allesamt FKK-Anhänger, wollten die Mädchen dabei jedoch nicht sein. Jedenfalls nicht in ihren Backfischtagen, in denen ihre Körper begannen, an manchen Stellen anzuschwellen oder sich mit kräusellockigen Härchen zu bedecken. Genau diese Stellen sollten nicht zur allgemeinen Begaffung freiliegen, das bedeutete nur zusätzliche Verunsicherung. Zu ihrem eigenen Erstaunen wurde ihnen der Wunsch nach Verhüllung von den Eltern gewährt.

Seit den letzten Ferien mit Zimba, irgendwann Anfang der Achtziger, hielt Martha den Bassinrekord im Hin- und Hertauchen auf der Fünf-Meter-Bahn. Schon oft waren die Cousinen gegeneinander angeschwommen, bis eine blaue Lippen, die andere Atemnot bekam. Doch konnten sie nicht damit aufhören, denn der Kitzel hinausgezögerten Luftholens war eines der schönsten Ferienerlebnisse. Es war nur nötig, die Angst zurückzulassen, das Grübeln einzustellen und sich nicht zu fürchten vor dem Moment, in dem ein leichter, fieser Schwindel über einen kam. Gabe oder nicht – Martha konnte sich quälen, wenn sie wollte. Und sie wollte oft.

III.

Der Wind vorm Hoteleingang zeigte kein Pardon, er griff nach Martha wie ein rabiater Liebhaber, der sie davon abhalten wollte, ihn zu verlassen. Auch ein paar alte Damen mit festsitzenden Weißhaarfrisuren attackierte er frech. Um ihm zu trotzen, häuften sie sich zu einer Art Menschenkugel zusammen, die unter aufgekratztem Geschnatter die Planken Richtung Strand ansteuerte – noch garstigeren Windböen entgegen. Martha entschloss sich, in der Lobby zu warten und dem übergriffigen Liebhaber Läuterung zuzugestehen. Sie schaute den Weißhaarfrisuren nach, die schon fast die Düne erklommen hatten und sich in ihrer Aufgeregtheit nur wenig von Teenagern unterschieden, wenn auch in ihre Bewegungen längst die Langsamkeit des Alters gefahren war.

Eine Schar wackerer Rentnerinnen war auch das Erste, was sich unterhalb der Waggontür tummelte, als Martha zwei Jahre vor der Wende erstmalig im Westen, auf dem Lübecker Hauptbahnhof anlandete und diesen Umstand unumwunden dazu nutzte, dem mitreisenden und nichtsahnenden Vater mitzuteilen, dass sie die Rückreise nicht mehr antreten werde. Nachdem sich beide tastend aus dem Zug geschält und durch die Alte-Damen-Ansammlung hindurchgewunden hatten, die ihnen erstaunt hinterhersah und von der Martha vor allem die Erinnerung an schweres und gut riechendes Parfüm mitnahm, hatte sie sich ein Herz gefasst und noch auf dem Bahnsteig und in Hörweite der Omas gesagt, was gesagt werden musste. Darüber nachdenken wollte sie erst, wenn sie sich selbst den Rückweg abgeschnitten hatte. Und sollte alles schiefgehen und sie eine der vielen Obdachlosen werden, von denen ihre Lehrer in der Schule schaurige Bilder gemalt hatten, dann sollte es eben so sein. Hatte sie je groß am Leben gehangen?

»Das kannst du nicht machen, das ist Verrat«, versuchte es der Vater im erprobten Drohton und stellte seinen Koffer fassungslos ab.

»Man hat Vertrauen in uns gehabt, uns fahren lassen, ich warne dich, du hast kein Recht dazu.«

Kein Recht dazu.

»Aber ich möchte nicht länger eingesperrt sein.«

Martha sagte nur diesen Satz. Zwar meinte sie mehr damit als die Reiserei, aber sie wusste auch, dass dies ein Totschlagargument gegenüber dem Vater war. Bei aller Linientreue hatte auch er nie verstanden, warum die Genossen ihre Leute derart vergatterten. Auch er träumte, ohne es vor ihr zuzugeben, von Geysiren und den Rocky Mountains.

Martha hatte den Ort für ihre Offenbarung gut gewählt, am Ende des Bahnsteigs winkte schon die Verwandtschaft. Ihnen gegenüber würde er sich zusammenreißen, sie nicht anfassen, er wollte schließlich gut dastehen. Um nichts in der Welt hätte Martha zu diesem Zeitpunkt ihres Lebens zugelassen, dass er diesen Befreiungsschlag, zu dem sie hier ansetzte, vereitelte. Sie war neunzehn, und sie war entschlossen, und alle Angst, die seit ihrer Kindheit an ihr haftete wie ein siamesischer Zwilling, war erstmalig von ihr gewichen. So eine Chance auf unausweichliche Häutung, die über heftige Schmerzen zu reinem Glück führen würde, gab es nicht oft im Leben. Sie würde sich befreien können, von so vielem. Von der Familie, von Ödnis und Perspektivlosigkeit, vom Gelähmtsein auf ganzer Linie. Paris sehen, den Eiffelturm, im Pünktchenkleid und mit Kirschlippen über die Champs-Élysées laufen, Französin sein wie Romy Schneider – all das war nun mit beiden Händen greifbar.

Zu ihrem Erstaunen nutzte der Vater keinen weiteren Moment des Alleinseins mit ihr, um sie einzuschüchtern oder abzubringen von ihrem Entschluss. Vielmehr machte er, je mehr Tage verstrichen, den Eindruck, als nötige ihm ihr Entschluss sogar Respekt ab. Das verwirrte Martha mehr, als es sie bestärkte. Wobei ihr klar war, dass seine ausbleibende Wut auch dem Umstand geschuldet sein mochte, dass unter der harten Kruste seiner staatstreuen Gesinnung längst auch Zweifel keimten. Immerhin war es fünf vor zwölf, als sie nach Lübeck aufbrachen, und nicht mehr viel übrig von seinem Jugendtraum DDR.

Martha selbst konnte sich erst fünfzehn Jahre später und nachdem ihr etliche Freunde aus dem Westen versichert hatten, dass dies ein mutiger Schritt gewesen war, ein bisschen bestaunen für ihre Tat, die sie immer für eine Luxusvariante des Unternehmens Flucht gehalten hatte. Weniger bestaunte sie sich im Nachhinein dafür, dass es der Lübecker Hauptbahnhof respektive seine Obstabteilung geschafft hatte, sie so zu ergreifen, dass sie minutenlang kaum zu sich kam. Diese Farben, diese Gerüche! Fehlte nur noch, dass kleine speckbeinige Engel herumsausten und auf Schalmeien spielten. Es gab keinen Zweifel, das musste das Paradies sein. Für eine wie sie, die aus dem Land des einheitlichen Graus kam, ein nur schwer verwindbarer Schock. Und ein Grund, sich solche Zustände für immer zu wünschen. Wie hypnotisiert stand sie inmitten freundlicher Verkäuferinnen, die ihr alles zeigten und die noch nicht einmal beleidigt waren, wenn man das Ausgepackte nicht kaufte.

Und dann, wie ernüchternd, als der Tag kam, an dem sie sich in Hamburg-Eppendorf das erste Mal in einen Jil-Sander-Laden traute und prompt auf den Kopf zugesagt bekam: »Sie sind sicher, dass Sie sich das leisten können?« Das fragte sie eine hochmütige Stimme von hinten, als sie gerade eine Reihe mit Blazern durchging. Erst nach und nach lernte Martha, dass es wirklich die Kategorie »frustrierte Ehefrau mit eigener Boutique« gab, auf die sie nicht das letzte Mal gestoßen sein sollte. Wie es ohnehin passierte, dass sie schon ein paar Jahre später auf dem Lübecker Hauptbahnhof die vollgefüllten Körbe mit Orangen, Bananen und Trauben noch nicht einmal mehr wahrnahm und nur noch lächeln konnte über ihre Naivität, ein paar Jahre zuvor ein paar Südfrüchte wie eine Erscheinung behandelt zu haben. Waren sie also doch alle *Zonengabis im Glück* gewesen? Kam doch erst das Fressen, dann die Moral und schützte auch Intelligenz vor Konsumrausch nicht?

Die Papiere zur Einreise in den Westen zu bekommen war seltsamerweise einfach vonstattengegangen und vielleicht einmal mehr Onkel Kurts gutem Namen zu verdanken. Doch dann, die nervenzehrende Spannung im Interzonenzug, ihr Herz, das hochpumpte bis zum Hals, ihre Hände, die schwitzten und suppten. Nach langem Gezuckel und erdrückender Düsternis, die am Waggonfenster vorüberzog, tauchte endlich das erste Indiz für den ersehnten und befürchteten Grenzwechsel auf – andere Straßenlaternen. Eine Straßenlaterne avancierte zum Symbol ihres Wagemuts, ein Beleuchtungsgegenstand wurde zum Inbild ihres Ausbruchs.

Im Abteil hatten sich, je näher sie der Grenze kamen, seltsame Metamorphosen mit dem Vater abgespielt. In Erwartung der Zöllner, die jeden Moment kommen und sie beide filzen würden (was dann auch so geschah), erlahmte er zusehends. Dabei fürchtete er in erster Linie um das Mitbringsel für seine Schwester, deretwegen man diese Reise überhaupt nur antreten durfte: In zwei Tagen feierte sie ihren sechzigsten Geburtstag. Mit dem Geschenk für sie, einem hölzernen Barometer, lag er auf alle Fälle richtig, die Tante selbst hatte es beim letzten Besuch in der Andruschat'schen Wohnung ausführlich bewundert. Und wann hatten sie schon mal was zu bieten, das der Westverwandtschaft Respekt abverlangte? Himmel und Hölle hatte er in Bewegung gesetzt, um so ein Teil für sie zu erstehen, nicht lumpen lassen wollte er sich und sich erkenntlich zeigen für all die Pakete, die mehrmals jährlich bei ihnen eintrafen und deren Inhalt sich von denen anderer Empfängerfamilien in Erfurt oder Schwerin nicht unterschied: Kaffee, Seife, Schokolade.

Auf der Reise ruhte das Barometer in den Untiefen seines Koffers, gleich unter einer traurigen Waschtasche, in der nur Zahnbürste, Deodorant und Früchtewürfel wohnten. Neben der Waschtasche glitzerten Staniolpäckchen, eindeutig Proviantpakete – sie verströmten den Geruch von Schwarzbrot mit Cervelatwurst. Ihr Aroma ließ Martha wieder Hortkind sein, das vor dem Hausaufgabenmachen noch einmal den Deckel des Ranzens lüpfte und dort ein leicht angeschmolzenes Exemplar seiner täglichen Schulstulle fand.

Das Barometer blieb von den Zöllnern unentdeckt, vielmehr brachen sie ihre Suche schon nach kurzer Zeit ab, weil sie gerufen wurden. Vielleicht hatte es auch nie auf der Liste zur Ausfuhr verbotener Gegenstände gestanden und dem Vater lediglich für ein bisschen Theater gereicht.

Hätte er Wind davon bekommen, wie brisant die Stücke in Marthas Gepäck waren, er wäre zu sonst was fähig gewesen, selbst im Zug. Eigenhändig hatte sie, dem Rat anderer Abtrünniger folgend, Abitur- und Facharbeiterzeugnis in den doppelten Boden eines Kartons eingearbeitet, diesen mit bunten Wollknäueln bestückt und das Ganze als Mitbringsel für die West-Cousinen deklariert, die sich gewünscht hatten, dass ihnen Martha das Stricken beibrachte. Und den Wessis etwas beizubringen, das würden bestimmt auch die Zöllner gut finden.

Um gefährliche Flüsterei oder gar Verrat im Vorfeld der Reise zu verhindern, hatte Martha niemanden eingeweiht, aber darunter gelitten, sich nicht mitteilen zu können. Nur Kilian, ihren damaligen Freund, die erste große Liebe, weihte sie ein. Unter Tränen standen beide am Zug, sie zu entschlossen, um es sich noch einmal zu überlegen, er zu weich, um sie zurückzuhalten. Ein Moment wie aus einem triefenden Liebesfilm, der, weil er keine Fiktion war, unheilbare Wunden riss. Martha hoffte, Kilian würde den Mumm haben und versuchen, ihr nachzukommen. Eine naive wie gewagte Vorstellung. Für ihn fühlte es sich an, als verlasse sie ihn an diesem Tag. Vielleicht nicht für immer, aber für eine sehr lange Zeit. Keiner sprach aus, was ihm durch den Kopf ging, weil keiner wusste, was werden würde. Lieber klammerten sie sich aneinander, um das gegenseitige Zittern zu lindern. Und versuchten, ein gutes Ende zu sehen. Es war schließlich kein Gulag und keine Verbannung, in die Martha da aufbrach, in der geschlossen wirkenden Decke aus Trübsal und Trennungsschmerz gab es sehr wohl Risse, die Licht hereinließen. Und noch immer stand ihr offen, am letzten erlaubten Tag ihrer Reise das Ruder herumzureißen und wieder zu ihm zurückzufahren.

Lieber aber wollte sie hoffen, dass sie alsbald muntere Briefe schrieb, dass es ihr gutgehe, sie einen Job in Aussicht habe und und und. Im folgenden Halbjahr nach Marthas Wegbleiben ging auch viel Sehnsucht zwischen ihnen hin und her, bis er ihr eines Tages am Telefon sagte (es war frostklirrender Winter, sie war zu einer Telefonzelle geschlichen, um ungestört mit ihm reden zu können), dass er sich in Elli, ihre Freundin, verliebt habe. Martha, gut aufgehoben, aber sich einsam fühlend, heulte und schrie, flehte ihn an, ihr das nicht anzutun. Sie verließ die Telefonzelle mit gebrochenem Herzen und mit zwei Menschen weniger in ihrem Leben. Sie selbst hatte Elli gebeten, sich um Kilian zu kümmern, ihn aufzumuntern, wann immer es nötig sei.

Ein dreijähriger Liebeskummer quälte sie daraufhin, der sie jedoch in den schlimmsten Stunden nicht daran zweifeln ließ, den richtigen Schritt getan zu haben.

Die Halle des Sandbank war mit diffuser Unruhe erfüllt, beinahe so, als dringe die Wut des Windes stoßweise auch durch die Automatiktür, als erreiche seine nervöse Energie auch die Menschen, die sich vor ihm nach drinnen geflüchtet hatten. Martha hatte sich in einen Ledersessel seitlich des Eingangs gesetzt. Von der seltsamen Quirligkeit abgesehen, wirkte alles normal und nicht, als läge ein mächtiger Schatten auf dem Hotel. Ältere Herrschaften in Loden und Samt nahmen einen Kaffee an der Tagesbar, gestresste Väter checkten ihre Familien ein. Und nirgendwo schien die Möglichkeit eines drastischen Umschwungs dieses Gleichklangs zu lauern. Dann aber stiegen drei Frauen in Kostümen plötzlich die Treppe neben der Rezeption herab, das Klackern ihrer Absätze auf den Granittreppen rücksichtsvoll abfedernd.

Fast hatte ihr Auftritt etwas von dem einer Showgirltruppe, was daran liegen mochte, dass allein ihre flotte Tracht sich erfreulich von der Durchschnittsgarderobe der restlichen Statisten abhob. So sahen sonst nur Stewardessen besonders nobler Airlines aus, was entweder Zufall oder ein Trick der Hotelleitung war, um den Eindruck des Altmodischen durch entsprechend gekleidetes Humanmaterial zu entkräften.

Die Herumstehenden in der Halle staunten kurz oder länger über den Damentrupp und gingen dann wieder ihren Ansinnen nach. Die Frauen, relativ unbeeindruckt von der freudigen Aufmerksamkeit, die ihnen da entgegenschlug, begannen nach erfolgreichem Abstieg ein Gespräch, wobei eine hübsche Blondine in Marthas Alter so etwas wie die Anführerin war. Sie redete die meiste Zeit, während die anderen ihr zuhörten. Dabei ging von dem Grüppchen etwas Schweres, Geheimbündnerisches aus, und Martha dachte abermals, dass es schwer werden könnte, die Winkler-Hotel-Geschichte hinzukriegen. Die Frauen sahen nicht so aus, als nähmen sie es mit dem Herausplappern leicht – seien es Dinge dienstlicher oder privater Natur. Wer von hier oben war, dem war Redseligkeit sowieso am allerwenigsten zuzutrauen. Sie wirkten zwar allesamt offen, aber keinesfalls offenherzig. Und das würden sie erst recht auch nicht werden, wenn sich jemand als Schreiberin zu erkennen gab.

Die Anführer-Blondine kam Martha bekannt vor,

sehr sogar. Doch auf die Schnelle fiel ihr kein Name ein zu diesem Gesicht, obwohl der Teil ihres Gedächtnisses, dem die Speicherung von Nasen, Mündern und vor allem Augenpartien oblag, bei ihr überdurchschnittlich gut funktionierte. Schule, Handballverein, Junge Gemeinde? Woher waren ihr diese Züge, die etwas Slawisches hatten, bekannt, auch wenn sie nur deren junge Version besser kannte?

Sie rief alte Bilder auf, ging verbliebene Situationen durch, versuchte, Zusammenhänge zu beleben – erfolglos. Doch dann, inmitten der unguten Stimmung, lächelte die Blondine aus unersichtlichem Grund zwei-, dreimal hintereinander, und es machte klick. Die Lücke zwischen den beiden Schneidezähnen, die dabei zum Vorschein kam, wies sie eindeutig als Esther Hobrecht aus, eine Freundin aus Junge-Gemeinde-Tagen, die bei manchen nur unter dem Spitznamen *Lücke* firmierte. Aber das war eher lieb gemeint. Esther hatte zu den Mädchen gehört, die aufgrund ihres Aussehens, ihrer zurückhaltenden Art und des unabwendbaren Tragens der Farbe Rot eher beliebt waren als andere. Sie wurde in Ruhe gelassen, sowohl Jungs als auch Mädchen sahen in ihr die kleine Schwester. Esther, kleine Schwester, das reimte sich sogar.

Diese Esther hatte es schwer gehabt, weil sie an Gott glaubte und kein FDJ-Mitglied war und weil ihre Eltern auch nicht in Erwägung zogen, dies zu ändern – im Gegenteil. Vier Jahre vor dem großen Aus hatten sie einen Ausreiseantrag gestellt, dem im November 89 stattgegeben wurde. Es musste ein Schlag ins Gesicht für sie gewesen sein. Wenn also jemand daran interessiert war, dem Stasi-Spuk im Sandbank ein Ende zu setzen, dann doch sie: Esther. Oder vertat sich Martha? Setzte sie eigene Maßstäbe an? Esther wäre nicht die Erste, deren Klärungsanspruch offensichtlich nachgelassen hatte, ihre Schwester Johanne gehörte auch dazu. Aber selbst wenn diese Frau mit hundertprozentiger Sicherheit Esther war, Martha hätte ihr nicht gleich die S-Frage stellen können. Doch im Zweifel musste sie das. Natürlich würde sie Esther Diskretion zusichern, auch wenn das unclever war.

Esthers Zahnlücke war früher deshalb so eindringlich gewesen, weil sie nicht zwischen zwei langen, schlanken Schneidezähnen klaffte, sondern zwischen kurzen und breiten, und weil das dazwischen herausdrängende Zahnfleisch die Form eines Herzens hatte, wenn auch eines sehr kleinen. Weil ihre Zahnfront ansonsten aber strahlend weiß und von vollen Lippen umrahmt war, wurde das Nichtoptimale zu einem Schönheitsmerkmal.

Das Ungemütliche, das von den Frauen ausging, verstärkte sich jetzt, es sah aus, als würden sie sich dem Ende ihrer Unterhaltung nähern und jeden Moment auseinanderstieben. Martha musste schnell sein, wenn sie hinwollte. Sie erhob sich aus ihrem Ledersessel und strebte auf die Stewardesskostüme zu; dabei steuerte sie direkt die Blonde an, die als Einzige mit dem Rücken zu ihr stand.

»Entschuldigen Sie meinen Überfall, darf ich Sie kurz etwas fragen …?«

Es würde keine Zeit bleiben, das Namensschild am Revers der Blonden zu lesen. Ihr auf die Brust zu glotzen, während sie einem selbst in die Augen sah, war peinlich.

Esther wandte sich um.

»Ich würde gern fragen, ob Sie Esther Hobrecht sind?«

Das Gesicht, aus dem diese Frage kam, war freundlich, es strahlte nichts Bedrohliches aus. Es hatte nach »Hobrecht« gefragt, ihrem Mädchennamen. Daraus ließ sich schließen, dass es weder von der Presse, oder schlimmer, noch von der Stasi-Aufarbeitungszentrale war. Die Frau, die da vor Esther stand, trug einen modernen Trainingsanzug, und kleine, weiße Kopfhörer steckten in ihren Ohren, die aller Wahrscheinlichkeit nach in einem iPod in ihrer Hosentasche endeten.

»Ich bin Martha Andruschat, ich bin Hotelgast, aber zufällig stamme ich auch aus der Gegend. Leider war ich nur etliche Jahre nicht mehr hier …« Das *leider* war übertrieben, sollte ihre guten Absichten unterstreichen und Zutrauen bei der anderen erwecken.

»Klingt blöd, aber kann es sein, dass wir uns …«

Martha hielt inne, nestelte am Reißverschluss ihrer Jacke herum und versuchte Zeit zu schinden. Sie musste das Stimmungslevel der Blonden ermitteln, sie musste wissen, ob sie den Rest der Frage auch noch stellen konnte, ohne eine unangenehme Situation zu erzeugen. Man ahnte doch nicht, ob sich einer wirklich freute, jemanden von früher wiederzusehen. Sie alle hatten doch zum Teil extreme Lebensumschichtungen erfahren und konnten schon deshalb nicht – auch wenn sie wollten – die Alten sein.

Weil die andere sich noch gar nicht in diese oder jene Richtung verhielt, beschloss Martha, Abschmetterung in Kauf zu nehmen.

»Ich hatte den Eindruck, dass wir uns kennen, dass Sie vielleicht Esther Hobrecht sind, die ich aus dem Sankt-Katharinen-Kreis kenne, den es früher hier gab.«

Nun endlich fuhr Regung in die Blonde. Als sei Sankt Katharinen ein Codewort oder der Schlüssel zu einem Safe, den sie über Jahre nicht hatte öffnen können.

Esther ließ die Augenbrauen sinken. »Das könnte sein …«, sagte sie, den Rädchen in ihrem Hirn nachhörend. Wer war diese Frau, der die Mittagssonne eine gleißende Corona um die Silhouette zauberte? Mit Sankt Katharinen hatte sie einen versteckten Knopf gedrückt, dieser Lebensabschnitt war für Esther in sepiafarbenes Licht getunkt und winkte abwechselnd mit bunten, rauschhaften Erinnerungsfetzen, dann wieder mit düsteren, verschwommenen.

»Aber ich heiße schon lange nicht mehr Hobrecht, sondern Dankwitz. Und woher …, ach, natürlich, Sie, du bist …«

»… Martha Andruschat. Wir haben uns auf einer Rüstzeit kennengelernt, Mecklenburgische Seenplatte. Wir sind zusammen gepaddelt.«

»Ja, genau, aber hey, das ist ewig her. Tut mir leid, dass ich nicht gleich drauf gekommen bin, hätte ich sollen. Du hast dich nämlich kaum verändert. Immer noch so hübsch wie damals.«

Diese Reaktion erschien Martha überraschend wohlwollend, genauso wie das *du*, dass Esther so leichtfüßig eingewoben hatte ins Gespräch. Vielleicht dachte sie, etwas Zugewandtheit nachliefern zu müssen, an der sie es hatte anfangs mangeln lassen.

»Danke, selber«, sagte Martha, »und Pardon dafür.« Martha deutete auf ihre Kopfhörer, durch die noch keine Note gedrungen war und die sie jetzt aus den Ohren zog.

Ohne es näher beschreiben zu können, wusste keine der beiden Frau so recht, was sie im Moment dieser übereinstimmenden Sympathie davon abhielt, die andere zu umarmen – eine kurze, herzliche Geste, die zweifellos in der Luft lag nach diesem unerwarteten Wiederaufeinandertreffen.

Aber so schnell ließ sich nach all den Jahren die alte

Vertrautheit eben nicht fortsetzen. Vor allem Esther fühlte sich bei aller Freude doch zu sehr ihrer Rolle als Marketingchefin des Hotels verpflichtet, und diese hatte gerade viel am Hacken und wenig Lust, in noch anderen Zeiten zu stöbern als denen, die mit Winkler wieder hochgekommen waren. Außerdem war sie generell jemand, der Privates nicht vor den Kollegen ausbreitete.

Wohl auch deshalb drehte sie sich jetzt zu ihren Kolleginnen um und raunte ihnen etwas zu. Wie eine Herde misstrauischer Rehe, die ihr Leittier nicht mit der Hyäne allein lassen wollten, äugten diese, während sie von dannen zogen, zu Martha herüber. Esther war hinter dem Rezeptionstresen hervorgetreten und bedeutete Martha, ihr zu folgen. Weg von diesem Hort übersteigerter Neugier, ans andere Ende der Lobby. Am Flügel des Hotels, dem Arbeitsplatz ihres Pianisten Bielski, würde Platz genug sein, um ungestört reden zu können. Erst am Abend, Schlag sieben, würde ihr Hausmusiker hier aufkreuzen, seine Notenblätter einlegen, die Schöße seines Fracks nach hinten wegstreichen und mit Chopin beginnen.

»Und, was treibt dich her?«, fragte Esther. »Noch dazu in unser Hotel?«

Eigentlich war sie keine, die andere mit ihren Fragen auf die heiße Herdplatte setzen wollte. Aber jetzt, in angespannter Stimmung, war es ihr lieber, das Gröbste schnell zu erfassen. Auch, um sich zu beruhigen, dass keine zweite Bedrohung existierte, die ihr das Leben schwermachen würde. Außerdem hatte sie mehr als genug zu tun. Winkler musste erreicht, eine viel- und nichtssagende Antwort auf die Pressemeldung gegeben und das Besitzer-Konsortium des Sandbank angezapft werden. Würde es den Chef kippen, oder würde er bleiben können? Gab es vielleicht schon einen Kandidaten, den sie anstatt seiner inthronisieren wollten? Vor allem aber: Würden sie, die von Winkler eingestellt worden waren, zittern müssen?

Trotz des in Gang gekommenen Desasters, das höchste Priorität für sie hatte, reizte sie dieser menschgewordene Link in die Vergangenheit schon, der mit Martha wiederaufgetaucht war, auch wenn es ihrerseits noch ein paar Abwägungen dafür brauchte. Es war, wie ein lange verloren geglaubtes Portemonnaie wiederzufinden, das nicht wegen der dreißig Mark, die noch in ihm steckten, wertvoll war, sondern wegen all der Winzigkeiten, die in seinen Falten und Fächern auf Wiederentdeckung lauerten: ein zerschmirgeltes Passfoto des Liebsten, alte Kinokarten, Restaurantquittungen mit aufgekritzelten Telefonnummern, die Quittung für einen Schwangerschaftstest, Wäschemarken: ein privates, mobiles Museum mit sehr intimen Exponaten. Aber nur so lange, bis es verlorenging oder gestohlen wurde und ein neues her- und eingerichtet werden musste.

Martha war froh, sich nicht geirrt zu haben, Esther war Esther, ihr Personengedächtnis arbeitete nach wie vor gut. Auch wenn sie von sich selbst nicht wirklich sagen konnte, dass sie Bekanntschaften von früher gern reanimierte, nur weil man sich wieder über den Weg gelaufen war. Wenn überhaupt, musste es dafür einen Moment der Anstachelung geben, einen drastischen Dreh, den jemand genommen hatte. Vom Klassenclown zum Depressionsforscher – in dieser Art. Vom Mauerblümchen zur Pornodarstellerin.

Generell hielt Martha ihre Lieben für ausreichend in der Zahl, vermisste niemanden von einst über die Maßen und fand es eher müßig, mit Neubekanntschaften den langen Weg der Vertrauensbildung zu beschreiten. Auf seltsame Art und Weise waren Martha die am liebsten, mit denen man ansatzlos eng war, obwohl man sich eigentlich nur selten sah.

Auch auf dem Freundschaftssektor galt wie sonst im Leben: Es kam, wie es kommen sollte. Langjährige Gefährten fielen auf einmal ab von einem, einst verlorene wurden wieder zu einer Bank. Die Menschen änderten sich eben doch. Oder sie legten ihre Verstellung ab, die ihnen mühsam geworden war oder von der sie gar nicht wussten, dass sie sie übergezogen hatten.

Nicht immer war Martha verhalten gewesen, was neue Bekanntschaften betraf, erst in den letzten Jahren fühlte sie die eigene Umtriebigkeit nach und nach mit Lustlosigkeit durchsetzt, und raus und sich sehen zu lassen war nicht mehr Hauptantriebskraft. Das fetzige Girl mit der großen Klappe, das man ruhig auch etwas härter rannehmen konnte – es war rückzügig geworden. Am Ende hatte sie nicht mehr mitgezählt, wie oft sie sich todtraurig und verletzt nach Hause geschleppt hatte von irgendwelchen Partys und Veranstaltungen, weil alles Fröhliche nur Fassade gewesen war.

Auch ein Stück Berufskrankheit steckte in dieser Abkehr von den Menschen, die sie schon mehr in ihrer Gewalt hatte, als ihr lieb war. Der unaufhaltsame Drift ins Zynische, Abgeklärte, das Gefühl, alle Geschichten schon einmal gehört zu haben und alles zu kennen, was sich unter menschlich oder allzu menschlich subsumieren ließ. Die echte und die geheuchelte Trauer, die unterdrückte und die gespielte Scham, der wahre und der vorgeschützte Mut.

Mit Esther war das etwas anderes, ein Gemisch aus Neugier, Freude und Eigennutz. Zum einen würde sie eine Ablenkung in Sachen Schwesternschaft sein können, zum anderen Martha einen Ansatz in Sachen Winkler verschaffen – vielleicht. Dem ganzen Unterfangen Ostsee wäre noch ein Sinn gegeben, wenn sie beide – wie früher – auf gleicher Welle lägen. Doch das musste erst herausgefunden werden.

Sollte sich ihre erste Plauderei als anstrengend erweisen, würde Martha schon einen Weg finden, sich zu entziehen, auch ohne durchsichtige Ansagen wie die, sie würde sich melden, wenn sie mal wieder in der Stadt sei. Solche Unverbindlichkeit hatten nur Leute verdient, die sie erfunden hatten und von denen Martha zu ihrem eigenen Befremden schon gelernt hatte. In Zeiten, in denen man sich gut stellte mit Hinz und Kunz, weil sie einem noch mal nützlich sein könnten, hatte auch sie sich eine ausgewaschene Freundlichkeit angenommen, der es beliebte, uneindeutig zu sein, und die ihre wahre unangenehm zu überlagern begann. Zwar trieb sie dabei nicht Berechnung, sondern Gefallsucht, doch kam es auf dasselbe hinaus. Das Ergebnis war eine nonchalante Art, jemandem die Aussicht auf einen positiven Fortgang der Dinge zu geben und ihn in Schwammigkeit verrecken zu lassen. Lieber das vielsagende *Ich ruf dich an* herausposaunt als jemanden freundlich mit der Wahrheit konfrontiert: Ich werde es nie tun, ich weiß es schon jetzt.

Marthas volle Aufmerksamkeit zu wecken, dazu waren nur noch Freaks oder Schrate in der Lage, Menschen mit Knall. Nicht solche, die einen in der U-Bahn um Geld anhauten, und auch jene im Kulturbetrieb nicht, die hochgeschrieben wurden, weil sie schweinische Bücher verfassten. Alles fad, alles öde. Eher die, die im Stillen wirkten, die keine Bühne brauchten, um sich am Leben zu fühlen.

Martha selbst hatte lange geglaubt, in der Medienwelt ein Zuhause gefunden zu haben, bis ihr deren Vetternwirtschaft, Egozentrik und Undankbarkeit eines Tages vor die Füße fielen wie ein madiger Apfel. An diesem Tage hatte sie begonnen, Partys und Empfänge der eigenen Zunft zu meiden, zu lange hatte sie sich selbst beobachtet und eine künstlich verzerrte und zu laut lachende Person ausgemacht, die sich viel zu schnell dem Sog des Alkohols hingab und sich alsbald nach einem warmen männlichen Arm sehnte, an dem sie in die Dunkelheit entschwinden konnte. Die, mit denen sie losgewankt war, hatten sich tags darauf als verheiratet oder nicht weiter interessiert erwiesen, geschweige denn ein Mindestmaß an Größe und Ritterlichkeit aufgebracht. Martha ließ das am Fortbestand der Menschheit zweifeln, zumindest am Fortbestand guter Männer ohne Geltungsdrang. Mochte es im Rest des Landes noch einige mehr von ihnen geben, in Marthas Berliner Umfeld konnte man sie an einer Hand abzählen. In den Bars, Lounges und Clubs rund um ihre Wohnung saßen sie jedenfalls schon seit zehn Jahren nicht mehr.

Diese Wandlung, und ihre eigene zumal, hatte sie am Ende zu Viktor geführt, zu einem Schlag Mann, der eine Weile nicht in ihrem Blickfeld aufgetaucht war, den sie absichtslos gemieden oder gar nicht erst getroffen hatte, weil er in ihrem Kiez längst ausgestorben war und weil sie selbst lange Zeit dachte, ihr Glück nur bei einem »Kreativen« finden zu können. Er gab nicht vor, jemand zu sein, Viktor war: er selbst. Schallplattensammler, Schweinebraten-Liebhaber, Nach-innen-Lächler. IT-Spezialist in Universitätsgefilden. Einer, der Professoren und Studenten ihre Computer erklärte, sie rettete, wann immer es nötig war. Er war aufgewachsen in Schwerin, allein mit der Mutter, die immer als Stationsschwester gearbeitet und den Männern, die ihr dumm kamen, Paroli geboten hatte. Erst Jahre später, nach geschlagenen Schlachten, aber immer noch in guter Verfassung, war die Kunde vom Feminismus zu ihr vorgedrungen, und sie hatte sich gefragt, worüber sich all die Weiber, die ein Wellnessleben im Westen geführt hatten, auf einmal beschwerten und warum sie die Männer allesamt verteufelten. Als wenn man nicht wüsste, wie die wären. Durchschaubar nämlich.

Ihr Sohn war ein Frauenmann geworden, manierlich, unterstützend, zuhörend. Seine Frau durfte gern stärker sein als er, oder wenigstens draufgängerischer. Kein Grund, deswegen das Weite zu suchen. Trotzdem war er ein Kerl und wäre nicht im Traum darauf gekommen, metrosexuelle Anwandlungen zu entwickeln. Weder stand er länger als fünf Minuten vor dem Spiegel, noch trug er Strumpfhosenjeans oder dicke Tücher um den Hals. Wenn er eine Frau nicht mehr liebte, sagte er ihr das und verschwand nicht wurmhaft und feige. Er hatte nicht oft nicht mehr geliebt.

Erlahmt und verwundet auf dem Markt der Wählerischen, auf dem jeder dachte, er könne noch etwas Besseres finden, war Martha mit letzter Kraft zu ihm gerobbt, zu einem Berg, der ihr eine warme Schonung bot, damit sie heilen und zu Kräften kommen konnte.

In der Piano-Ecke war Martha Esther immer noch eine Antwort schuldig auf die Frage, was sie ins Sandbank gespült hatte.

»Ich bin mit meiner Schwester da«, sagte sie.

Den guten Schwingungen nachgebend, die jetzt von Esther ausgingen, mochte Martha ihr nicht gleich mit allen familiären Verwerfungen kommen, sie hatten andere, schönere Anknüpfungspunkte. Zum Beispiel die, auf der Paddeltour von einst ein Zelt, den nächtlichen Eimer zum Pinkeln und das Interesse am benachbarten Jungsboot geteilt zu haben – glücklicherweise jede an einem anderen Insassen.

Würde Esther noch diese osttypische Offenheit haben, die es in ihrer Generation nach wie vor gab und die es einem erlaubte draufloszureden, ohne sich jeden Satz dreimal überlegen zu müssen? Kam man an einem Rotweinabend mit Freunden wieder mal auf die vermaledeite Ost-West-Diskussion, verlachte Marthas West-Fraktion diese Tatsache gern und ritt das Argument, dass sich eine besondere Zutraulichkeit unter den Ostlern ja wohl kaum eingestellt haben dürfte, wenn so viele bei der Stasi gewesen waren. In der Tat ein Kuriosum, aber eines, das nun mal existierte.

Wenn Esther sich ihren Kern bewahrt und ihn nicht, wie alle, die sich getäuscht fühlten durch die letzten Jahre, mit einer abweisenden Hülle ummantelt hatte, würden sie beide sofort auf einem Level sein.

»Ach, wie schön, und dann treffen wir uns auch noch hier …«

Das kam ehrlich und spontan, aber noch im Moment des Herauslassens beschlich Esther Panik. Sie würde sich erst um Winkler kümmern müssen, bevor sie sich Martha zuwenden konnte. Es war unmöglich, beides unter einen Hut zu kriegen, ohne in Schwierigkeiten zu kommen.

Trotzdem sagte sie: »Sollen wir uns treffen, quatschen? Hättest *du* Lust?«

»Gern. Wann ginge es denn?«

»Da muss ich dich noch mal anrufen, ehrlich gesagt haben wir hier gerade ziemliche Turbulenzen im Haus, das kann man nicht so leicht erklären, ich bin leider sehr gefragt momentan … Aber wir finden einen Termin, und wenn es spät oben in der Luna-Bar ist, ja? Wie lange bist du noch hier? Und magst du mir deine Handynummer geben?«

»Bis übermorgen sind wir im Haus. Aber apropos Turbulenzen, ist das richtig, geht es um euern Chef? Ich habe im Radio davon gehört.«

Das war immerhin die Wahrheit. Auch wenn die Frage eindeutig zu früh kam.

»Ja, eine unschöne Sache, für uns alle hier.« Esthers Brauen wanderten wieder nach oben. Sie wollte Martha wirklich gern treffen, aber auf keinen Fall wollte sie die Sache Winkler mit ihr sezieren. Warum fragte sie überhaupt?

Martha ging indes durch den Kopf, wie sie bei allem an- und abschwellenden Rechercheeifer verhinderte, Esther zu verschrecken. Nie und nimmer sollte diese das Gefühl haben, Martha würde nur wegen Winkler auf sie zugehen. Auch wenn es durchaus ein erfreulicher Nebenaspekt war, dass die ehemalige Bootspartnerin einen schnellen Zugang zum Protagonisten der Sandbank-Eruptionen hatte. Ob Martha diesen Kontakt brauchen würde, entschied sie selbst, *mit* einem O-Ton von Winkler war die Geschichte allemal eine bessere.

Martha bat Esther um eine Sekunde Geduld, lief zum Empfangstresen und ließ sich Zettel und Bleistift geben. Zurückgekehrt, faltete sie das Papier, bis es eine gute Unterlage abgab, und schrieb ihre Nummer auf. Beim Überreichen ahmte sie einen japanischen Businessman nach, leicht nach vorn gebeugt und den Zettel mit beiden Händen emporstreckend.

Esther lächelte.

»Bitte, ich wollte dich nicht erschrecken, ich will mich nur mit dir über früher unterhalten«, setzte

Martha nach und legte ihre Hand an Esthers Schulter. Es sollte beruhigend, nicht plump herüberkommen. Ihre Erinnerungen an vergangene Tage waren natürlich wichtiger als irgendein Stasi-Kram, für den sie beide nichts konnten und der einen Wiedersehensabend wohl eher trübte. Aber musste sie deshalb ein Geheimnis aus ihrem Beruf und ihren Interessen machen? Half ihnen das weiter? Vielleicht würde Esther von sich aus das Gespräch darauf lenken. Einfach, weil auch sie einen Verräter wie Winkler dingfest machen wollte und sie sich bei Martha in guten Händen damit fühlte. Hier würde doch eine Freundin die andere nicht behumpsen.

»Ist schon gut, du kannst mich alles fragen, ob ich auf alles antworten kann, müssen wir dann sehen.«

Esther verabschiedete sich, auch sie tätschelte Marthas Schulter. Dann schwenkte sie ab und ging in Richtung ihrer Kolleginnen, die nach wie vor und mit bedepperten Gesichtern am Rezeptionstresen zusammenstanden. Ihnen den Blick zuwendend, schritt Esther an ihnen vorüber. Dabei deutete sie an, was sie als Nächstes tun würde. Sie hielt die rechte Hand ans Ohr, den kleinen Finger und Daumen abgespreizt, die restlichen Finger nach innen gerollt. Sie würde telefonieren. Müssen.

Beim Eintritt in ihr Büro stach Esther ein hellblauer Notizzettel an ihrem Computerbildschirm ins Auge, einer, wie sie Malwine Hermann benutzte, wenn etwas von besonderer Dringlichkeit war. Nicht alltägliche Botschaften wie *Den Chef zurückrufen* oder *Interviewtermin mit dem Ostsee-Kurier bestätigen*.

Zu einer Generation gehörend, die das Briefeschreiben noch nicht ad acta gelegt hatte, war der Kollegin das elektronische Versenden wichtiger Botschaften unheimlich, lieber nahm sie den Fahrstuhl, um Kollegen zu informieren, oder griff zu Telefon und Fax. Zu groß war ihre Angst, in den Untiefen des Computerkastens, dem sie nur widerwillig ihre Freundschaft hatte angedeihen lassen, könnten Dinge, auf die es wirklich ankam, verlorengehen, abprallen an Platinen oder absorbiert werden von Laufwerken und Widerständen. Nicht, dass sich diese Begriffe, die sie bei ihrem Enkel, einem fünfzehnjährigen Technikfreak, aufgeschnappt hatte, für sie mit Leben erfüllten, aber den Feind ein bisschen zu kennen konnte nicht falsch sein.

Mit dem Griff zu farblich auffälligen Notizzetteln (sie nahm hellblaue für schlechte und gelbe für gute Nachrichten) wollte Malwine Hermann Esther lediglich einstimmen auf Tatsachen, die auf sie zukamen, und Enttäuschung vermeiden. Es war ihre Art, Zuneigung auszudrücken, und Esther mochte diese Art. Sie war ihr tausendmal lieber als die falsche Anschmiegsamkeit der Spa-Tante Pastelka, die bei Esther nur auf gut Wetter machte, um an die *Complimentary*-Einladungen anderer Sternehotels heranzukommen, die auf Esthers Schreibtisch lagen und die in der Regel an Mitarbeiter des Sandbank weitergegeben wurden.

Ein gewisser Daniel Drensen bittet um Rückruf, hatte Frau Hermann, die mit Rosa zu einem frühen Mittagessen ins Luv un Lee gegangen war, mit ihrer markanten Handschrift niedergeschrieben, deren spitze und hagere Buchstaben immer den Eindruck machten, als würden sie sich heimlich nach Schnörkeln und Serifen sehnen. Malwine Hermann war ein misstrauischer Mensch, auch ohne die Erfahrung herber Verluste und Enttäuschungen. Arbeitsplatz, Einkommen, Datsche – alles noch vorhanden in ihrem Leben, und eher gefestigt und ausgebaut. Trotzdem hatte sie, wenn auch nicht lautstark, nie einen Hehl daraus gemacht, dass sie den Westen nicht gewollt hatte. Weder seine Menschen mit ihrem überbordenden Selbstbewusstsein noch seine Vorstellungen von Beflissenheit, schon gar nicht aber seine Putzmittel, die ihr rot angeschwollene Hände bescherten, so dass sie sich das alte, grau-kratzige Ost-ATA zurückwünschte.

Aber was konnte sie, eine einzige, kleine Malwine Hermann schon gegen den Lauf der Geschichte tun?

Oft hatte Esther versucht, die Hartleibigkeit der Kollegin aufzuweichen und sie zugänglicher zu machen für Unvoreingenommenheit, aber über ein kurz anhaltendes *Mag ja sein …* war es bei ihr nie hinausgegangen. Lieber hielt Frau Hermann fest an ihrem Argwohn und verließ sich auf Sachen, auf die man sich schon lange nicht mehr verlassen konnte (Auftreten, Klamotten, Dialekte). Wen sie nicht einzuordnen wusste, dem begegnete sie mit herzlicher Ablehnung. Auch bei Rosa, der Sauerländerin, hatte sie da am Anfang keine Ausnahme gemacht. Als diese ihr allerdings ein Ständchen auf der Ziehharmonika jammte, an ihrem 56. Geburtstag, und dazu »Du bist heute wie neu« von Manne Krug sang, ging auch Frau Hermann vor Überraschung in die Knie. Es erinnerte sie an gelöste Radio-DDR-Ferienwelle-Sonntage in den Siebzigern, an frische Schrippen und Marmelade. An eine Zeit, in der ihr besser war.

»Zweifünfzweinull«, sprach Esther die ersten vier Ziffern nach, die hinter dem Namen Daniel Drensen standen. Es musste sich dabei um einen Anschluss in der Altstadt handeln – außer, es war eine vom Besitzer mitgenommene Nummer, wie sie die Post jetzt zuließ und damit das kompassartige Gefühl der Einwohner einer Stadt nachhaltig zerstörte. Nummern aus gutbürgerlichen Vierteln konnten so in sozial bedenkliche Plattenbauquartiere verschleppt werden. Das musste nicht zwangsläufig den sozialen Abstieg des Inhabers bedeuten, konnte es aber. In diesen Zeiten besonders.

Zweifünfzweinull, wer konnte das sein?

Esther beschloss, noch zu warten mit dem Rückruf. Seltsamerweise hatte das Telefon seit ihrem Eintritt ins Büro noch nicht einmal geklingelt, nur das Lämpchen des Anrufbeantworters blinkte. Rechts neben dem Hellblau-Zettel von Frau Hermann lag ein Stapel Briefe, der noch durchzusehen war, irgendeine wichtige Einladung würde sicher dabei sein, auch wenn in den meisten Kuverts nur billige Werbezettel auf ihre Befreiung warteten. Für neu niedergelassene Schnellreinigungen, halbseidene Gewinngesellschaften oder die tagesaktuellen Hackfleisch-Preise bei Edeka.

Unter den Augen der Mnbouki-Statuette, die mit mildem Lächeln zu ihr herübersah und ihr Absolution erteilte, beförderte Esther Unwichtiges in den Müll.

Diesem Tabula-rasa fiel beinahe auch der golden eingefärbte Umschlag der Firma Meyerbeer zum Opfer, der sich an der Sparkassenvorteilswerbung verhakt hatte.

Den Meyerbeers, einem altmodischen und gutgehenden Auktionshaus, das auch in Immobilien machte, verdankte das Sandbank jährlich ein paar zahlungskräftige Gäste aus Übersee, die seine sonst nur spärlich goutierten Suiten buchten. Meyerbeers luden abermals zu einer ihrer Dinner-Partys mit Frackzwang in ihre Weißvilla am Kiefernweg. Es war schon verrückt, wie diese Von-und-Zu-Welten in ihren kleinen Badeort vorgerückt waren, ohne dass groß jemand wusste, wie sie im Kern aussahen. Dabei hätte es den Alteingesessenen am Ort, die das eigene, vertraute Umfeld schwinden sahen, erlaubt sein müssen, sich die Welt der Neuen anschauen zu dürfen. Nur, damit sie nicht dumm sterben mussten und erfuhren, dass ein Leben auch mit Travertinböden im Badezimmer und mit Kobe-Rind auf dem Abendbrottisch stattfinden konnte.

Esther konnte das rote Lämpchen ihres ABs jetzt nicht länger ignorieren, in ihrem Augenwinkel hatte sich sein leises Blinken zu einem unheilvollen Pochen aufgepumpt. Sie drückte die Abhörtaste.

»Esther, hallo, hier ist Daniel Drensen. Oje, ich hoffe, du kannst dich noch an mich erinnern, wir waren mal Mitschüler in der EOS am Schillerplatz. Ich war der mit der Gitarre und dem John-Lennon-Fimmel aus der Neun N. Ähm, ja, das ist alles lange her, und man hat sich irgendwie aus den Augen verloren. Schade eigentlich. Wahrscheinlich wohnst du direkt bei mir um die Ecke.«

Nach einer kleinen Pause und ein paar unentschiedenen Räusperern sprach er weiter: »Ich würde dich gern mal sprechen und habe das auch schon deiner Kollegin Hermann gesagt. Ach, und nur, um meine Hartnäckigkeit zu erklären: Es ist wichtig! Wirklich!«

Erst Martha, jetzt Daniel. Würde dies der Tag privater Wiedervereinigungen werden? Es war seltsam, dass vor allem Daniel so gar keine Rolle mehr gespielt hatte in ihrem Leben. Nicht mal über den Weg gelaufen waren sie sich in all den Jahren. Sie konnte nur hoffen, dass Winne, sollte er sich nicht zur Umkehr bewegen, auch so schnell aus ihrem System verschwinden würde.

Warum aber hatte Frau Hermann einen hellblauen Zettel für Daniels Nummer genommen? Soweit Esther wusste, war sie noch nicht als Hellseherin bekannt. Oder hatten nur die aufgeregte Stimmung im Haus und ihr schreckhaftes Wesen sie dazu veranlasst? Ob sie wollte oder nicht, Esther musste aus der Deckung kommen.

Natürlich konnte sie sich an Daniel erinnern. An seine Gitarre erst recht. Mit der auf den Knien hatte er »Woman« am Lagerfeuer geklampft und sich damit bei den Mädchen noch deutlicher ins Gespräch gebracht. Auch sie hatte ihn, obwohl vergeben, heimlich angeschwärmt, weil er gut aussah und ein Bestimmertyp war. Soweit sie sich erinnerte, war er aber, was Frauen betraf, nicht unbedingt als Verschleißer verschrien, eher als einer, bei dem man nie so recht durchsah, weil er alles im Dunkeln hielt.

So oder so, Esther war nicht erpicht darauf, ihn anzurufen. Das lag vor allem daran, dass er sicher nicht die Gitarre herausholen würde am Telefon. Ein paar späte Annäherungsversuche hätte sie sich noch gefallen lassen, aber so, wie er schon damals konditioniert war, saubermännisch irgendwie, war es gut möglich, dass er – passend zum Tage – einer der Menschen war, die zehn Kilometer vom Hotel entfernt saßen und alte Stasi-Unterlagen wälzten und die jetzt nichts Besseres zu tun hatten, als ihr wegen Winkler auf den Nerv zu gehen.

Schon lange war es ihr nicht mehr so schwergefallen, den Hörer aufzunehmen. Als sie ihren Namen nannte, begann am anderen Ende der Strippe ein großes Hallo. Daniel freute sich, einen Tick zu überschwänglich, wie sie fand, schließlich war sie keine Verwandte, deren man erst nach Jahren vergeblicher Suche wieder habhaft geworden war. Ungerührt ließ sie diese Reaktion nicht, aber an Tagen wie diesem blieb sie lieber in Habachtstellung. Besser den Eindruck vermitteln, dass man nicht leicht zu haben war – egal, für wen und wofür.

»Jaaaa, Esther, also jetzt, wo ich dich ausfindig gemacht habe ... möchte ich natürlich erst mal wissen, wie es dir geht«, sagte Daniel.

So sprach nur einer, der noch etwas aufschob, zum Beispiel den wahren Grund seines Anrufes. Es war aber auch nicht einfach, einen wirklich eleganten Übergang von verblichenen Lagerfeuerabenden zu aufgefundenen Stasi-Akten hinzukriegen. Sie mochte nicht in seiner Haut stecken.

»Gut geht's«, sagte sie. »Und selbst?«

»Auch, danke. Wir sind ja nun beide ganz schön in der Versenkung verschwunden, eigentlich ein Kunststück, sich in unserem Kaff nicht dreimal im Jahr über den Weg zu laufen.«

»Da sagst du was.« Weil Esther freundlich, aber zurückhaltend klang, ergriff Daniel die Gelegenheit, um ein paar Vertraulichkeitsbröckchen extra zu streuen.

»Aber ich wohne auch ein bisschen außerhalb, oben am Utkiek, Frau, Kinder, Doppelhaushälfte – das ganze Programm. Alles wächst und gedeiht, nur die Haare, die haben es aufgegeben.«

Esther schenkte ihm das erhoffte Lachen, in der Tat hatte sie ihn nur mit wuchernder Naturlocke gekannt. *Drense-220-Volt-Frisur* hatten sie ihn genannt, weil er eine Mähne, wild und unbändig, hatte. Sie passte gut zu der ängstlichen Bockigkeit, die sie damals empfanden, und sie passte gut zu ihren Parkern und Röhrenjeans. Zudem war sie genau das, was sich Mädchen an ihrem Freund wünschten. Etwas zum Reingreifen und Drinherumwühlenkönnen.

»So schlimm wird's schon nicht sein, oder?« Esther bemühte sich wirklich.

»Ist ja auch egal, ich hatte ja eh nie Chancen bei dir.«

»Keine Chancen bei mir? Das hab ich aber andersrum in Erinnerung«, konterte sie. »Aber du hast recht, darauf kommt es jetzt nicht mehr an.«

»Darf ich denn fragen, wie's bei dir so steht?«

»Ganz gut, ich bin allerdings allein mit meinem Sohn Ole.«

Mehr würde sie ihm auf keinen Fall erzählen, schon gar nicht, dass der Kindsvater sie verlassen hatte, weil er sich wieder zu seiner molligen und dunkelhaarigen Verflossenen hingezogen fühlte. Letztlich war Daniel ein Fremder, und Reihenhaus und Familie machten noch nicht erkenntlich, zu wem er in der Zwischenzeit geworden war.

»Ja, und ratzfatz sind die Jahre weg, und man fragt sich, was noch kommen mag.«

»Na, na – nicht so defätistisch«, mahnte Daniel, »du bist bestimmt noch immer eine sehr attraktive Frau, wenn ich das mal so salopp sagen darf, und kannst dich vor Anwärtern kaum retten.«

»Ja, so war es auch nicht gemeint, aber nett, dass du das sagst. Aber ich wette, deswegen hast du nicht angerufen, oder?«

Sie näherten sich der längst überfälligen Demaskierung. Noch immer hoffte Esther, dass alles Quatsch und Hysterie ihrerseits gewesen war und er sich nicht als der unangenehme Anrufer entpuppte, für den sie ihn hielt.

Doch Daniel fragte tatsächlich nach Winkler, einfach so. Und rückte, wie von ihr gemutmaßt, damit heraus, dass er in der Aufarbeitungsbehörde saß, seit Jahren schon. Gleich nach der Wende hatte er dort angefangen. Er gestand, schon länger die Absicht gehabt zu haben, sie anrufen zu wollen, es aber bislang nicht geschafft zu haben.

Das klang, als müsste sie das bedauern. Ging er etwa davon aus, Esther als Verbündete im Fall Winkler zu haben?

Du wirst ja sicher verstehen … Es gibt jetzt keine Zweifel mehr … Endlich haben wir ihn … Hat ja lang genug gedauert.

Ja, auch sie war bespitzelt worden, auch ihre Eltern, sie alle hatte jahrelang die Angst geplagt. Aber war nicht viel Zeit vergangen? Und gab es nicht andere Ängste jetzt? Selbst Mutter und Vater winkten längst ab, wenn die Sprache auf die alten Peiniger kam, sie schauten lieber nach vorn und genossen schon seit zwei Jahrzehnten ihr Leben in Hamburg.

»Esther, das alles ist doch sicher in deinem Sinne?«

»Ja, ja, ich hatte nur keine Ahnung, dass er überhaupt im Verdacht stand«, log sie. »Außerdem bin ich auch erst seit kurzem im Haus, und Zeitung lese ich auch erst seitdem intensiv. Tut mir leid, das sagen zu müssen, aber ich habe da wohl einiges ausgeblendet in den letzten Jahren, war immer auf … na eben auf andere Sachen fixiert.«

»Aber du mit deiner Geschichte, du musst dich doch freuen! Ich weiß noch sehr genau, was sie damals mit eurer Familie gemacht haben.«

»Freuen, ja … freuen.«

Sie versuchte Zeit zu schinden, wofür, wusste sie selbst nicht. »Ehrlich gesagt, freue ich mich, wenn mein Sohn eine Eins nach Hause bringt, das ja. Aber ›freuen‹ in diesem Fall, das passt irgendwie nicht, du weißt, so ein Fall bringt auch viel Unruhe ins Haus, und wer weiß, ob ich meine Stelle behalten kann.«

»Also mir ist kein Fall bekannt, in dem die Crew in Sippenhaft genommen wurde.«

Seine Entkräftungsversuche in allen Ehren, aber sie nervten jetzt nur. Ebenso wie sein Vorschlag am Ende ihres Gespräches, im Hotel vorbeizukommen und sich auf einen Kaffee zu treffen. Esther lehnte das unter dem Vorwand eines überfüllten Terminkalenders ab und vertröstete ihn auf demnächst. Er konnte nicht wirklich erwarten, dass sie sich fröhlich plappernd mit ihm an die Bar setzte, vielleicht noch observiert von den Kollegen, die sowieso binnen Sekunden herausgefunden hätten, wer er war.

Esther öffnete ihre Bürotür, die sie diesmal sogar geschlossen hatte, obwohl sie völlig allein im Büro gewesen war. Als solle die Abschottung geheim halten, dass hier eine saß, die von der Rache alten Leids nicht so angetan war, wie man es von ihr erwartete.

Als Frau Hermann und Rosa zurückkamen aus dem Luv un Lee, verhaltener als sonst, schauten sie erst zu Esther und gingen dann an ihre Plätze.

»Die Sache mit Winkler stimmt«, sagte Esther und überließ die Deutung ihrer sich wölbenden Brauen den beiden anderen.

»Ich hatte gerade einen alten Schulkollegen dran, der an den Recherchen beteiligt war.«

»O nein, das darf nicht wahr sein«, rumpelte es aus Malwine Hermann heraus, blitzartig schwammen ihre Augäpfel in Tränen.

Dass Frau Hermann den Chef verehrte, wusste Esther. Aber das hier, dieses plötzliche Weinen, ließ keinen Zweifel daran: Es musste mehr als nur Verehrung sein. Lange Zeit war sie seine persönliche Sekretärin gewesen, eine Vormachtstellung, die sie mit Mitte dreißig und der häuslichen Situation zuliebe für eine Halbtagsstelle aufgegeben hatte, weil sich nach zwei Kindern noch Zwillinge angemeldet hatten. Den Wechsel in die Abteilung für Sonderaufgaben, wie das Marketing-Ressort seinerzeit hieß, nahm sie nur schweren Herzens in Kauf, er beraubte sie der Winkler'schen Gegenwart und des guten Gefühls, nah dran und wichtig zu sein, wenn er mit hohen politischen Chargen zugange war. Oder, wie er es am liebsten mochte, mit südamerikanischen oder afrikanischen Staatslenkern, die genauso feierten, wie es ihm am liebsten war, nämlich mit Karacho. Die Weiber und Whisky ebenso schätzten wie einen beherzten Sprung ins Meer um Mitternacht. Nackt natürlich.

Malwine Hermann liebte ihren Vorgesetzten aber offensichtlich auch, weil er es wie kein anderer verstand, die Frauen in seinem Haus zu charmieren. Dafür fraßen sie ihm aus der Hand – bis heute. Und hielten auch gegenüber seiner schönen, aber einfältigen Frau dicht, wenn er auf einer ihrer früheren Brigadefeiern mal wieder nicht aufzufinden war und es einen Tag später im Haus die Runde machte, dass einer der Portiers ihn dabei gesehen hatte, wie er mit der üppigen, jungen Intershop-Verkäuferin das Haus verließ, im Anschlag eine Pulle Krimsekt.

Dass er ein Weiberheld war, schien Frau Winkler auszublenden, keiner konnte allerdings sagen, ob sie, das Mannequin, sich nicht selbst umgetan hatte. Nach außen war den Eheleuten nichts anzumerken, beide waren seinerzeit das gewesen, was man Vorzeigepaar nennt, attraktiv, erfolgreich und vorschützend, dass alles zum Besten stand. Esther hatte einmal Farbfotos von ihnen aus den Achtzigern gesehen, auf dem sie aussahen wie der Westbesuch.

»Was passiert denn jetzt?«, schluchzte Frau Hermann und kramte in ihrer Handtasche nach einem Taschentuch, »sie werden ihn rausschmeißen, oder?« Flehend schaute sie zu Esther herüber, als wäre sie diejenige, die etwas retten könnte. Als stünde es in ihrer Macht, die Stasi-Rechercheure der Lüge zu überführen, Winklers Entlassung zu vermeiden und die Pressemeute zum Schweigen zu bringen.

»Ich weiß es nicht, Frau Hermann, ich weiß es wirklich nicht.«

Ohne Esther fortfahren zu lassen, brach es auf einmal gänzlich aus Malwine Hermann heraus, als hätte sie nur auf einen solchen schmerzhaften Anlass gewartet, um die Dämme endlich brechen zu lassen. Sie schimpfte und schrie und bemühte die gesamte Klaviatur des *Der Westen hat doch selbst genug Dreck am Stecken*-Kanons. Esthers Einwand, dass es »den Westen« nicht mehr gab, konnte sie nicht umstimmen, auch der nicht, dass Winkler selbst noch nicht protestiert hatte, sondern offensichtlich auf Tauchstation gegangen war. Aber konnte sie, selbst befangen in diesem Fall, der Kollegin verbieten, sich Luft zu machen?

Esther verspürte den Drang, sich von der eruptiven und desaströsen Wirkung dieses Nachrichtenhammers, der sie alle an verschiedenen Stellen zu treffen schien, nicht unterkriegen zu lassen. Sie hatte einen Sohn zu Hause und war jüngst verlassen worden – das musste Baustelle genug sein. Schon um Oles willen konnte sie es sich nicht leisten, in Hysterie zu verfallen, sein Gesamtzustand würde sonst möglicherweise noch ins Bedenkliche kippen. Ohnehin hatte er sich in den letzten Monaten verschlossen wie eine Auster. Er war ein sanfter Junge. Keine Heulsuse, aber auch kein Mini-Macho, wie sie immer öfter die Schulhöfe bevölkerten und sogar gestandene und keineswegs zart besaitete Pädagogen in den Wahnsinn trieben. Weil sie spuckten und schlugen und allesamt kleine Bestien waren, die zu Hause immerzu ihren Willen bekamen und deren Eltern sich lieber die Lehrer vornahmen als die eigenen Erziehungsmethoden, die neuerdings lauteten, dass man seinem Kind ein Kumpel zu sein hatte. Und zwar: vornehmlich.

Esther gab Frau Hermann für den Rest des Tages frei und besprach sich, als sie allein waren, mit Rosa. Die junge Kollegin mochte das ganze Theater inhaltlich nicht verstehen, aber sie war klug genug, nicht zu schwätzen und sich zurückzuhalten. Rosa ging auf in ihrer Arbeit, sie ging auf an der Küste. Als hätte sie hier schon immer hingehört. Selbst der Slang der Gegend hatte sich in ihre Aussprache gemogelt, sie zog das »e« so lang, wie es nur ein Küstenmensch tat. Im Hotel bewohnte sie ein kleines Personalzimmer im zehnten Stock, hatte aber vor ein paar Tagen und nach erfolgreich bestandener Probezeit eine Zwei-Zimmer-Wohnung am Amalienpark gefunden.

Während Esther und Frau Hermann sich noch immer siezten, was Esther befremdlich fand, waren sie längst beim Du.

»Du sagst mir, was ich machen soll, ja, Esther?«

Rosa stand auf und brachte ihre leeren Kaffeebecher hinaus in die Miniküche am Ende des Flures. Über eine Glastür nahm dieser Verbindung zum Direktionstrakt auf, der ruhig wirkte an diesem Tag, beinahe ausgestorben. Eigentlich wirkte er immer so, was vor allem daran lag, dass Winkler viel ausflog und seine Crew via Mobiltelefon dirigierte. Dass es deshalb keinen Sinn ergab, gerade heute dort nach ihm zu forschen, wusste Esther. Wie überhaupt Glastüren keinen Sinn ergaben, weil versteckt und verborgen wurde wie vorher auch. Sicher noch mehr. Dabei sollte die Transparenz genau das verhindern. Neuen *betrieblichen Kommunikationsmethoden* waren sie damit gefolgt, die von der Sandbank-Belegschaft hinter vorgehaltener Hand allerdings als *neumodische Psychokacke* gegeißelt wurden. Der gläserne Angestellte sollte ihren Ruf als einst undurchsichtiges Devisenhotel wieder aufpolieren, auch wenn das lediglich die Medien verlangten.

Als Rosa zurückkam, sah sie nachdenklich aus. »Hast du den Chef eigentlich schon persönlich gesprochen?«, fragte sie Esther. »Wo ist er überhaupt?«

»Im Moment noch nicht mal für mich erreichbar. Ich muss gegenüber allen Nachfragern abwiegeln und beschwichtigen.«

»Sieh es doch so: Das ist natürlich auch eine gewisse Macht, die du jetzt hast. Sie alle wollen was von dir, scharwenzeln um dich herum und würden sonst was geben, wenn sie dich jetzt exklusiv ausquetschen könnten. Selbst wenn du, wie in diesem Falle, selber nichts weißt.«

Sie war ein schlaues Mädchen, ihre Rosa. Ganz Kind eines Systems, für das sich Esther immer noch zu blöd, weil zu naiv und gutgläubig, hielt. Sie wusste zwar nicht, was dieses grünäugige Mädchen mit seinen Chucks und den altmodischen Brillenbändern ausgerechnet in ihren Laden verschlagen hatte, aber sie wusste, dass sie Rosa mochte, sehr sogar. Es war schön und schmerzhaft zugleich, dass die Generation »Tochter« auch schon Exemplare anzubieten hatte, die bereits richtige Frauen und annehmbare Menschen waren. Und somit allemal beeindruckender als jene ihrer Geschlechtsgenossinnen heute, die immer noch auf Mädchen machten, obwohl sie nahe der fünfzig waren.

Rosa hatte sich jetzt ihr Cape übergeworfen und im Raum Wind gemacht wie ein Drachenflieger kurz vor dem Start. Sie war bereit abzuheben.

»Ich gehe schnell unsere neuen Visitenkarten holen. Die Druckerei hätte sie uns auch zugeschickt, aber sie ist gleich um die Ecke, und ich wollte mir den Laden eh mal anschauen. Bin gleich wieder da.«

Vielleicht, dachte Esther, würde Rosa eines Tages

mehr Mecklenburgerin als Siegerländerin sein. Das hatte die Wende doch zweifellos mit sich gebracht, dass Leben sich in einer Weise änderten, wie es keiner für möglich gehalten hätte. Vom Bonner Beamtensohn zum Berliner Haschisch-Studenten, von der Ehefrau eines VW-Vorstandes zur Ökobäuerin in Brandenburg, vom Führungsoffizier der Stasi zum Kontaktemacher bei der Dresdener Bank.

All die unfreiwilligen Wechsel von oben nach unten nicht mitgezählt.

Am Abend, gleich nach Johannes Rückkehr ins Hotel, waren die Schwestern schon gegen sieben Uhr ins Luv un Lee eingekehrt. Der Wind, der den ganzen Tag das Haus umlungert hatte, fuhr nun auch einen fiesen Kumpanen auf – einen zähen und andauernden Niesel. Lieber hätten sie ein weiteres Lokal im Ort ausprobiert, sträubten sich aber gegen den Gang dorthin: Er würde durch Kälte und Dunkelheit gehen.

Um ins Luv un Lee zu kommen, mussten sie nur in den Fahrstuhl steigen und abwärtsfahren. Sowohl Martha als auch Johanne waren hungrig, der Tag hatte mit denkwürdigen Geschehnissen aufgewartet. Der Umstand, sich in die abgelegten Häute eines alten Daseins zu begeben, entzog ihnen Energie.

Allein Eric wiederzutreffen an diesem Tag war von seltsamer Beschaffenheit gewesen. Er hatte nicht unfreundlich reagiert, nur seltsam stockfischig im Vergleich zum Abend davor. Als sei er gewarnt worden, den Mund aufzumachen. Der Ertrag war also nur ein kleiner, den Martha am Vormittag aus der Strandbar mitnahm, ein uninteressanter war er nicht. Denn immer wieder hatte Eric durchklingen lassen, dass es im Sandbank keine Freudenreaktionen ausgelöst hatte, was dem Chef passiert war. Die Crew schien geschlossen auf Winklers Seite zu stehen. Der Stasi-Kram war für sie zu lang her, als dass er noch relevant war, verschwindend gegen den Berg von Pluspunkten, die Winkler als Vorgesetzter angehäuft hatte. Sie konnten ihm nichts vorwerfen außer unbezahlte Überstunden und seine fortwährende Ermahnung, dass, wann immer ihm jemand durch unprofessionelles Verhalten *am* Gast auffiel, er diesen sofort aus dem Verkehr ziehen würde.

Im Gegenteil. Sie hatten ein gutes Leben bei ihm und galten im Ort als eine Art Edelangestellte. Keiner, der *nur* Friseuse, Handwerker oder Lehrer war, Sandbänkler eben. Immer umgab sie ein Flair aus weiter Welt, schicken Klamotten und fremdartigen Autokennzeichen. Keiner wollte darauf verzichten, nur weil der Chef *diese* Akte hatte.

Das Luv un Lee war noch spärlich besetzt, als Martha und Johanne ankamen. Weil Martha trotz früher Uhrzeit einen kurzen Abend erhoffte, strebte sie zügig auf einen Tisch am Fenster zu.

»Hier, oder?« Sie zeigte auf einen Zweier, versicherte sich des Einverständnisses der Schwester, und da diese keinen Einspruch erhob, setzte sie sich auf den Stuhl, der zum Empfangstresen ausgerichtet war und der als schlechtere Wahl gelten konnte, weil man von ihm aus auf einen Zipfel Strandpromenade schaute, auf dem sich Achtungsschilder, Mülltonnen und ein paar Aufsteller mit Eiscreme-Werbung häuften. Johanne hingegen würde den kitschig-maritimen Anblick von Leuchtturm und Mole genießen können.

Das Luv un Lee zog es vor, seine alten Zeiten nicht zu vertuschen, es schob sie den neuen einfach unter. Die Esoterikwelle der Neunziger war noch sehr präsent, denn auf weißen Sideboards standen Lavalampen, deren rot-orangefarbenes Geschwurbel wohl appetitanregend wirken sollte. Ein bisschen *zu viel* wirkten auch die geschoppten Stores vor den riesigen Glasfensterfronten, für die Hunderte Meter eines Billig-Brokates draufgegangen waren. Oberhalb eines bordeauxroten Tapetensockels hatte eine Foto-Galerie überlebt, eine gerahmte und signierte Bilderfront von Ost-Showbiz-Größen, ein Sammelsurium aus schlecht sitzenden Haarteilen (Made in GDR), Plastikblusen und zu grell ausgeleuchteten Poren.

Wenn auch nicht nach dem Geschmack Marthas, die Restaurants mit puristischem Anstrich bevorzugte (wie es sie jetzt zuhauf in ihrem Berliner Viertel gab, wenn auch mit nervigem Publikum), hatte das Luv un Lee allerdings genau das richtige Interieur für eine Zeitreise. Genau die Dosis Osten, die reichte, um sich für einen Moment wieder mittendrin zu fühlen.

Johanne sah verfroren und groggy aus, es schien auch in ihrem Sinne, dieses Abendessen nicht zu einer abendfüllenden Veranstaltung auszuweiten. Auch wegen des nächsten Tages, für den sie sich einen ziemlichen Ritt vorgenommen hatten, zu Fuß bis nach Kutters Geest, zwanzig Kilometer am Strand entlang. Nicht, dass sie diesen Plan jederzeit hätten umstoßen können – schließlich waren sie nicht Teil einer Reisegruppe, die mit festgezurrten Abläufen lebte. Aber das Canzeln eines gemeinsamen Vorhabens hätte nur das Aufstellen eines neuen erfordert, denn es musste Zeit umgebracht werden. Keine von beiden wollte die freiwillig angebahnte Zweisamkeit augenscheinlich verweigern, aber schon im Renault mit der aufkommenden Unbehaglichkeit der gemeinsamen Unternehmung konfrontiert, wollte sie jede wenigstens etwas aufweichen oder abkürzen.

Johanne vertiefte sich sogleich in die Karte, die eine junge Auszubildende ihnen gereicht hatte, stolz die Aufsage abspulend, dass der *Fang des Tages* eine Meeresforelle sei, die *an* Speck-Spinat-Häufchen und jungen Pellkartoffeln serviert würde.

Die Schwestern orderten zuerst zwei Schoppen Sauvignon Blanc und staunten, dass der *Schoppen* im Sandbank überlebt und in der Tat als Glastulpe mit Rebenschliff kam, die auf einem grünen, verschlungenen Stiel ruhte. In Weinanbaugebieten, und nicht nur da, waren solche Humpen *Römer*.

Martha und Johanne feixten über den Auftritt dieses alten Bekannten, viel zu schnell waren die Gegenstände ihrer Jugend verschwunden, abgeschafft von ihnen selbst, weil sie gierig wie alle anderen Ausgehungerten auf das schönere und stabilere Westdesign umgeschwenkt waren. Martha bestellte Rinderleber mit Apfel-Zwiebel-Haube, Johanne die angepriesene Forelle. Bis das Essen kam, plänkelten beide über ihren Tag, und es stellte sich heraus, dass Johanne von der alten Schulfreundin versetzt worden war. Noch in der S-Bahn sitzend, hatte sie der Anruf Ines Vorkamps erreicht, die aufgelöst von einem Schulunfall ihres Sohnes berichtete und das geplante Kaffeetrinken verschob. Daraufhin hatte sich Johanne dennoch in die alte Wohngegend aufgemacht und den Juri-Gagarin-Ring aufgesucht.

»Und, war es komisch?«, fragte Martha und stellte sich vor, selbst dort gewesen zu sein. »Was sagt das Klingelschild?«

»Alles Namen, die ich nicht kenne«, antwortete Johanne, »nur den von Rosingers im Zweiten. Aber mit denen waren wir uns eh nicht grün.«

»Stimmt, er war doch der, der seine muffigen Angelklamotten samt Wurmsammlung im Keller deponiert hatte, und sie schrie ständig nach ihren fünf Kindern aus dem Fenster.«

Gut zwanzig Minuten später näherte sich die junge, beflissene Kellnerin erneut ihrem Tisch, diesmal balancierte sie zwei dampfende Teller in ihren Händen.

»Die Leber für Sie?«, flötete sie und blickte zu Johanne. Die deutete auf Martha.

Bei den Gerichten hatte sich das Luv un Lee gegen den Mischmasch aus Alt und Neu entschieden. Wer auch immer der Küche jetzt vorstand – er oder sie war ein moderner Mensch mit modernen Ansprüchen. Frisches und à la minute Gekochtes lag da vor ihnen, nicht unbedingt das, womit im Osten zu rechnen war. Sie mochten viel Gutes eingebracht haben in die Ehe, das Geschick für gutes Essen war es nicht gewesen. Das Apfel-Zwiebel-Gekröse, das sich auf Marthas Leber türmte, duftete nach Zimt, und auf dem Kartoffelbrei, der von goldgelber Farbe war, ruhten Muskatspäne. Johanne erging es nicht anders. Ihre Meeresforelle kam mit knuspriger Haut und lag in blanchiertem Spinat mit austriefenden Speckwürfeln.

Die Wohligkeit eines warmen Essens, während es draußen nässte und dunkelte, verführte sie beide zu einem zweiten Schoppen und Martha am Ende dazu, der jüngeren Schwester kurz über die Hand zu streichen, als die gedanklich erneut in ihre Platte zurückwanderte und auf ihre Kindheits-Katze Lucie zu sprechen kam, die sie eines Tages – vom Bus überfahren – von der Straße schaben musste.

Der nächste Morgen war sonnig und der Wind zahmer, soweit es vom Hotelzimmerfenster aus zu beurteilen war. Es gab keinen wirklichen Grund, den Strandspaziergang nicht anzugehen. Martha und Johanne zogen Turnschuhe und bequeme Jacken an, und Johanne erbat sich, in der hauseigenen Boutique »Larissa«, die mit einem Dreißig-Prozent-Preisnachlass warb, noch nach einer neuen Jeans schauen zu können, die sie nach eigenen Angaben zu Hause nicht fand. Klassisch sollte sie sein und nicht – wie sie seit Jahren Mode waren und auch Martha sie trug – die Hüften freilegen. Johanne vermied auch sonst Risiken in der Schnitt- und Ornamentwahl und hätte nie etwas in einer dieser Berliner Jungdesigner-Boutiquen gesucht und gefunden, in denen Martha sich rumtrieb.

»Eine Jeans aus dem Sandbank, wie lang ist das her …«, summte Martha. Johanne reagierte verhalten, wie auf alles an diesem Morgen. Entweder wollte sie der Zottelei im engen Zimmer entkommen, oder es lag ihr etwas anderes quer – Martha würde es wahrscheinlich nie erfahren, selbst mit gezielten Fragen nicht.

Abmarschbereit im Flur stehend, hätten sie zwei Frauen auf der Flucht oder auf Expedition sein können, alles an ihnen war praktisch. Sie hatten es mit den Erdtönen, wobei Martha in Richtung Schlamm und Schokolade (dunkle) neigte und Johanne zu Kamel und Bordeaux.

»Ja, hier hält man ja vielleicht noch was von einer klassischen Klamotte, ich kann mich des Gefühls nicht erwehren. Aber natürlich kann ich mich irren. Wenn das Hotel in diesen Tagen für einiges gut ist, dann wohl für Überraschungen.«

Im Erdgeschoss angekommen, bog Johanne in Richtung Boutique ab, und Martha ging nahe der Rezeption in Stellung. Ihr fiel auf, dass sie immer weniger Ambitionen verspürte, ihre selbstauferlegte berufliche Aufgabe zu erfüllen und Winkler nachzustellen. Oder seinen nun aufgefundenen Hinterlassenschaften. Darüber hinaus bemerkte sie, dass weit und breit keine Tageszeitungen auslagen, an denen in Hotellobbys üblicherweise kein Mangel bestand, wenigstens noch um diese Tageszeit.

Auf die Schlagzeile des Tages musste man noch nicht einmal gespannt sein, aber natürlich wollte Martha sie dennoch sehen – einmal Newsjunkie, immer Newsjunkie. Diesmal hatte es eben Winkler erwischt anstatt eines Politikers, der Steuern hinterzogen, oder eines Bankers, der seine Gier nicht im Zaum gehabt hatte.

Die Sache mit den Zeitungen musste ein Versehen sein, es war seltsam, dass niemand kam und neue brachte. Oder sich andere Suchende fanden, die diesen Zustand monierten. Natürlich konnte es genauso gut sein, dass Winklers Mannen die Blätter allesamt liquidiert hatten, weil sie nichts Schlechtes über den

Chef lesen wollten. Martha sprach eine der Stewardessen an, die mit verhuschtem Gesicht vorüberglitt und sich am Ende auch nicht als Hilfe erwies. *Müssten da sein ..., kann ich im Moment nicht beantworten ..., später noch mal nachfragen ...*

Also wanderte ihr Blick über die Menschenmenge, in der sie stand: Da war ein Mann ihres Alters, mit Laptoptasche und scharfem Scheitel, der für sich und seine Begleiterin das Einchecken übernahm. Neben ihnen trieb es einem Vater die Schamesröte ins Gesicht, weil sich das Kleinkind auf seinem Arm in einen Heulkrampf verstieg und immer lauter schrie, es wolle Teddy Ume wiederhaben. *Teddy Ume! Teddy Ume!* Dieses Gewimmer wiederum schien den greisen und auf einen Stock gestützten alten Herrn daneben kaum zu tangieren, vielleicht, weil sein Hörgerät, das ihm wie ein hautfarbenes Geschwür aus dem linken Ohr wucherte, ausgestellt war – wie bei vielen Alten, die glaubten, so ein Ding nicht zu brauchen.

Jede kleine Mencheneinheit, das stand fest, war irgendwie an- oder zueinander geraten, mochte sich aufrecht lieben oder aufeinander angewiesen sein; nur sie wussten, was sie zusammenhielt – wenn sie es wussten. So viele Kreaturen, so viele Sorten von Kitt. Man konnte die Affinität zu Stummfilmen teilen, zu gegenseitigen Demütigungen, zu Käsespätzle oder Swingerclubs. Manchmal teilte man auch gar nichts und konnte nur nicht ohne einander. Hatte zusammen einen Kredit aufgenommen, den anderen vor einem heranrasenden Bus gerettet oder gleichzeitig mit dem Saufen angefangen.

Der Alte neben dem Schreikind und dem blassen, steifen Pärchen taperte zu einer Frau mittleren Alters, die seine Tochter sein konnte und die ansatzlos damit begann, ihn zu schurigeln. Wie Martha mitbekam, weil er, anstatt auf seinem Stuhl im Lobby-Café sitzen zu bleiben, allein losgetippelt war. Der Alte sah traurig aus, wie er da stand mit gesenktem Kopf und die Schimpfkanonade auf ihn niederging. Er tat Martha leid, obgleich sie sich im Klaren darüber war, dass das, was sie sah, gehörig täuschen konnte. Vor vielen Jahren mochte er ein tyrannischer Vater gewesen sein, dessen Tochter ihm jetzt, da er zusammengeschnurrt war zu einem porösen Männchen, alles Gewesene heimzahlte. Es war eine ungerechte und unfaire Einrichtung des Lebens, dass die Stimmen der Alten gerade dann brüchig, ihr Hirn gerade dann löchrig und ihre Blasen gerade dann inkontinent wurden, wenn man selbst im besten Saft stand. Was wollte die Natur einem damit sagen, dass sie ihnen gerade dann Größe und Bedrohlichkeit nahm, wenn es an der Zeit war, dass sie für die Verfehlungen ihres Lebens geradezustehen hatten?

Johannes Jeanstraum zerplatzte an diesem Morgen, sie kompensierte die Schlappe durch den Kauf eines Sport-BHs und das Probieren diverser Make-up-Nuancen der Marke Mäc, von denen dann aber doch keine in Frage kam. Schon nach einer Viertelstunde kehrte sie zurück und bedeutete Martha, dass sie losgehen konnten zum Strand. Ihre Beklommenheit schien sich gelöst zu haben, und Martha hätte schon in Anbetracht dieser Tatsache nicht weiter nach den verschwundenen Zeitungen gesucht. Sie beide lebten von der guten Laune der anderen, ihre eigene Balance hing davon ab. Nur so konnte sich jede in Sicherheit wiegen, und Sicherheit vor der anderen war das A und O.

Draußen am Strand und eine Stunde und zwei Kilometer unterwegs, stellte sich heraus, dass der Wind Zahmheit nur vorgetäuscht hatte. Er schien sogar noch anmaßender als am Tag zuvor. Er schoss zwischen den Schwestern hindurch, als gehöre jeder Molekülstrahl, der eine irgendwie geartetete Bindung zwischen ihnen darstellte, extra durchtrennt. Auf der Höhe Stövekamp stießen sie auf vier Männer, die die Verlassenheit des Strandes mitten in der Woche nutzten, um blankzuziehen und anzubaden. Einer von ihnen, ein Großer, Athletischer, grölte in Richtung seiner Kumpels, dass sie sich nicht *so haben sollten*. Dann sprintete er los. Sein Hintern wippte rasant auf und ab.

»Guter Arsch«, raunte Martha und wünschte sich, er möge noch eine Weile weiterlaufen.

»Bisschen massig«, sagte Johanne.

Bisschen massig. Bloß keine Millimeterabweichung vom Schönheitsideal, das ihnen die Frauenzeitschriften versuchten einzureden. Aber nach Ansicht Johannes konnte ein Mann fehlendes Gardemaß ja auch nicht durch Witz oder Charme wettmachen, jedenfalls keiner, der für sie in Frage kam. Auch große Nasen und Schlaksigkeit ließ sie nicht durchgehen. In ihr Beuteschema fielen Männer, *die was zu bieten hatten*, egal, in welchem Bereich. Und – Martha wurde den Verdacht nicht los – ihr dann und wann den Hintern versohlten.

Der Knackarsch machte schnell beim Lauf in die Fluten, und Martha gab es auf, ihm nachzuschauen. Johanne legte einen Schritt an den Tag, als wolle sie den kompletten Küstenstreifen an einem Tag zurücklegen.

Sexuelles Formulieren und Begehren, Frechsein und Sichgehenlassen hatte erst Viktor bei Martha wieder in Gang gesetzt; lange Zeit nur nach Anlehnung und Sicherheit suchend bei einem Mann, empfand sie sich nicht im Recht, sich obendrauf auch noch zügellosen Sex zu wünschen – auf irgendwas musste man schließlich immer verzichten.

Viktor liebte es, in der gemeinsamen Wohnung, die sie schnell gemeinsam bezogen hatten, nackt herumzulaufen, er hatte es geschafft, dieser Marotte eine herrliche Beiläufigkeit zu geben. Sein durch professionelles Schwimmen geformter Leib schimmerte immer noch unverkennbar unter einer Schicht leisen Specks und zarter, altersbedingter Hauterschlaffung hervor, zu seinem Schwanz – einer von denen, die keine Erregung brauchten, um etwas darzustellen – fühlte sie sich von Anfang an hingezogen, befühlte ihn gern und verfolgte mit nicht nachlassender Begeisterung seine Aggregatzustände.

Auch Viktors Unterarmen, seinem Nacken und dem Stück zwischen Nabel und Genital war sie verfallen und nutzte jede Gelegenheit, sich dort herumzutreiben und Witterung aufzunehmen. Wie ein hungriges Katzenjunges, das den warmen, milchgefüllten Bauch seiner Mutter betatzte, konnte auch sie sich einarbeiten in den Leib ihres Geliebten, konnte ihm neben der Leidenschaftlichen und Übergriffigen auch anschmiegsames Bündel sein. Eins, das aber immer wieder auch den schnellen, harten Fick einforderte, bei dem Haltungsnoten und eine cellulitefreie Hinterfront keine Rolle spielten, das Gefühl der Befreiung allerdings schon.

Kutters Geest stellte sich ihnen in den Weg wie ein angriffslustiger Cowboy seinen Gegenspielern im Western. Martha und Johanne hatten es verpasst, die Klippen ihres Wanderzieles rechtzeitig am Horizont wahrzunehmen, weil beide nach Hühnergöttern Ausschau und dafür den Blick auf der Strandoberfläche hielten. Ein eingeschliffenes Verlangen aus Kinderzeiten war das, als sie im Sommer fast jedes Wochenende hier verbracht hatten und erst rot wie die Krebse wieder nach Hause fuhren.

Die Hühnergötter brachten ihnen Glück, noch bevor sie sie fanden und pflückten, denn mit der Suche nach ihnen waren sie abermals außer Gefahr, sich nahezukommen – nach Hühnergöttern fahndete kein Mensch eng nebeneinander herlaufend, das ergab keinen Sinn. Der breite Strand musste auf Distanz genommen werden. Und so durchforsteten beide, nebeneinander herlaufend, jede auf ihrem Abschnitt, das Terrain. Nur ab und an schlossen sie auf und zeigten der anderen Donnerkeile und Muscheln oder ein besonders schön geformtes Stück Schwemmholz vor, um danach so schnell wie möglich wieder zurückzukehren an die eigene Sammelstelle. Der Wind, der zwischenzeitlich von ihnen abließ, stiebte ein paar Mal voraus, um kleinere Windhosen in den feinen weißen Sand zu zwirbeln. Von links tauchte unvorhergesehen eine Wolkenfront auf, die nichts Gutes im Schilde führte. Der morgendliche Wetterbericht, der den Hotelgästen im Sandbank täglich unter der Zimmertür hindurchgeschoben wurde, hatte diese Entwicklung nicht vorausgesagt, aber die Küste und ihre meteorologischen Eigenheiten, das wusste jeder, waren so unberechenbar wie Kinder in der Pubertät.

Inmitten des properen Kiefernwalds, der auf der herannahenden Steilküste wuchs, leuchtete ein Bungalow auf, ein Imbiss oder eine Kneipe, eindeutig aus alten Zeiten stammend. Weder Martha noch Johanne konnten sich an ihn erinnern, aber sie wünschten sich, dass er geöffnet und schwarzen Tee im Angebot habe, Milch anstatt Kaffeesahne und vorzugsweise etwas Honig.

Sie bestiegen die steile Holztreppe, die sich an der Klippe zu ihm hinaufhangelte und die sie trotz immer noch vorhandener Sportlichkeit ins Keuchen brachte.

Aus der Hintertür des Imbisshäuschens, das den erwartbaren Namen »Mandy's Futterluke« trug, schoss eine Frau in weißer, angegangener Kittelschürze; sie war füllig und schimpfte vor sich hin. An den Enden ihrer Arme schaukelten zwei prallgefüllte Müllsäcke, aus denen weiße Flüssigkeit rann. Die Frau beeilte sich, beide Tüten in den Container zu werfen, der nur knapp in den abgezirkelten Hof passte; das fiepende Handy in ihrer Schürzentasche ignorierte sie.

Dampframmiger Auftritt, dachte Martha und sah der kleinen Dicken nach: Wie sie da so vom Container zum Bungalow zurückstapfte, das angegraute Kraushaar zu einem Dutt weit oberhalb des Nackens gedreht, den Michelin-Männchen-Hals mit einer kurzen breiten Goldkette behängt, unter der eine noch rosige OP-Narbe hervorlugte, sah sie ihrer eigenen Mutter sehr ähnlich, die in jungen Jahren lichten Momente gehabt hatte, vor allem im Erscheinungsbild. Welche Verbitterung ihr das Herz verschlossen hatte, darüber hatte sie nie geredet, aber natürlich gab es diese, und den Gerüchten nach war es auch bei ihr der Vater gewesen, der für Blessuren verantwortlich war. Sie verkapselte sich und exte jeden aus ihrem Leben, der es wagte, die falschen Fragen zu stellen oder Kritik zu üben, die eigenen Kinder inklusive. Je öfter sie sich dieser Entledigungstechnik bediente, umso schlechter ging es ihr selbst und umso rascher wuchs das Geschwür in ihrem Magen.

Weil sie aber die Verquickung beider Dinge gar nicht erst in Erwägung zog, würde sie so lange unbequeme Menschen aus ihrem Leben pfeffern, bis sie aufgrund fortgeschrittener Schwäche eines Tages nicht mehr in der Lage dazu war. Gefühle der Rührung und Zuneigung vermochte sie sowieso nur noch Cortie, ihrem sabbernden Cockerspaniel, entgegenzubringen, der aufgrund einer fortschreitenden Arthritis nicht mehr in der Lage dazu war, sein Geschäft im fünf Minuten entfernt liegenden Park zu verrichten: Er kam gleich in den Rabatten vor der Haustür zur Sache.

Würde Cortie eines Tages in die ewigen Jagdgründe fahren, und das würde er vermutlich bald (da konnte die Mutter noch so sehr in die Verlängerung seines Siechtums investieren), würde ein Drama ungeahnten Ausmaßes losgehen. Nervenzusammenbrüche, Selbstmordversuche, Heulwochen – die ganze Leidenspalette einer Frau, die nur eine Liebe als die wahre wahrnahm – die zu einem Tier. Die Corties dieser Welt stellten Herrchen und Frauchen nie in Frage, da mochten sie die größten Verbrecher der Weltgeschichte sein. Selbst der Tod des eigenen Ehemannes würde sich gegen den von Cortie klein ausnehmen.

Die Dicke hatte Marthas Gruß nicht erwidert, nur grimmig geschaut, und als die Schwestern den Imbiss betraten, trafen sie auf weiteres knurrendes Personal: Einen bulligen Mann mit Baseballkappe, der sich hinterm Tresen zu schaffen machte.

Nur drei Stehtische gab es, einer davon war besetzt von zwei Männern mit Schmidtmützen, Latzhosen und rotglühenden Wangen, womöglich Fischer. Sie beugten sich über eine Jumboversion Currywurst mit Pommes und schauten Martha und Johanne an wie zwei, die *nicht von hier waren.*

Auf einer Tafel war mit Kreide das Angebot von Mandys Laden geschrieben, es fanden sich dort die üblichen Verdächtigen: Bockwurst, Bratwurst, Pommes, Buletten.

Martha bestellte zwei Bratwürste und Tee mit Milch beim Bulligen, nach Honig fragte sie lieber nicht.

Die Fischer kippten ihr Bier und sezierten in breitestem Platt den häuslichen Krach zwischen einem gewissen Heinz und einer gewissen Inge, der skandalöse Ausmaße angenommen zu haben schien und bei dem es den Schlagwörtern zufolge um Heinzens außereheliches Interesse an einem prallen Busen namens Babsi ging.

Jetzt bemerkte auch Johanne, dass die Dicke, vermutlich die Inhaberin Mandy, ihrer und Marthas Mutter ähnelte. Das war seltsam, sie vermied es sonst, alles auf den Tisch zu bringen, das mit den Eltern zu tun hatte, schon um sicherzugehen, dass es ruhig zwischen ihnen blieb. Warum tat sie es jetzt?

»Cortie musste schon wieder operiert werden.«

Martha fand, dass sie die Augen verdrehte, als sie das sagte, wenigstens leicht.

Musste schon wieder operiert werden, das war der blanke Hohn. Zum Glück hatten sie Cortie, zum Glück konnten sich Familiengespräche immer um ihn, das Wetter oder um die abblätternde Farbe im Waschkeller drehen, um Dinge, die die Welt nicht brauchte. Martha schon gar nicht. Trotzdem hatte sie sich selten getraut, solche Runden vorzeitig zu verlassen. Was hatten sie alles getan, um den Eindruck einer intakten Familie zu vermitteln, obwohl sie nur die Abneigung füreinander zusammenhielt.

Die dicke Mandy brachte den Tee – mit Kondensmilch und Zucker.

Dass die Mutter ein übersteigertes Interesse am

Fortleben ihres Hundes hatte, war klar, aber warum unterstützten auch alle anderen in der Familie diese Augenwischerei und ließen sie in dem Irrglauben, dass sie der Natur ein Schnippchen schlagen und Cortie retten könnte?

»Ich fahr bald mal hin«, sagte Johanne nach einer Pause. »Sie ist immerhin unsere Mutter.« *Sie ist immerhin unsere Mutter* – das konnte Martha nicht unkorrigiert stehen lassen. Es war *das* Totschlagargument, *die* zum Himmel stinkende Killerphrase. Martha stierte auf die Schlieren, die der Zucker in ihrem Glas Tee zog.

»Ja, sie ist *immerhin* unsere Mutter. Nur dass sie besser keine Kinder gekriegt hätte, jedenfalls nicht so jung und nicht in der Hoffnung, dass sie sich dadurch besser fühlen würde. *Das* ist ja wohl gründlich schiefgegangen.«

»Wenn du das so sehen willst, bitte.« Johanne, sich seltsam windend, rückte heraus aus der Stehtischnähe, der in einem Laden wie Mandys nicht zu entgehen war.

»Ja, das will ich so sehen. In meinen Augen war sie eine herausragende Opportunistin. Weißt du nicht mehr, wie sie immer sagte: *Warte, bis euer Vater nach Hause kommt,* und ihn erst anstachelte, uns zu verdreschen? An unserer Angst hat sie sich geweidet! Wir waren doch nur bessere Bedienstete für sie, nicht Kinder, die auch spielen wollten und sollten, nicht Töchter, die ihren Herzschmerz bei ihr abladen durften. Jetzt sag bitte nicht, du hättest das vergessen.«

Erschrocken und froh zugleich, sich nicht länger zurückgehalten zu haben, erwartete Martha jetzt einen Vulkanausbruch, den finalen Countdown, das große Schlachten. Es blieb aus. Johanne kam ihr mit Eisigkeit.

»Von mir aus, aber irgendwann muss doch mal gut sein, oder?« Sie schaute provozierend, es war nicht das großes Schlachten, aber es war möglicherweise der Versuch dazu.

»Nichts lieber als das.«

»Und, entschuldige, warum tust du es dann nicht? Du bist doch intelligent.«

Ein Lob von Johanne, Martha würde es sich im Kalender eintragen. »Weil wir vielleicht unterschiedliche Menschen sind? Weil ich es mit dem Verdrängen vielleicht nicht so habe wie du? Und weil auch ein bisschen Einsicht seitens unserer Mutter dazugehört? Aber wie ich sie kenne, sitzt sie wahrscheinlich bräsig auf ihrem Sofa und hält mich für die Böse, Herzlose. Reicht ja, dass der Alte ein paar Eingeständnisse gemacht hat.«

Die Fischer hatten abgelassen von der unglaublichen Story um Heinz, Inge und Babsi, die viel bessere schien gerade hier, in Mandy's Futterluke, abzulaufen. Auch die Dicke und der Bullige hatten ihre

Kramerei hinter dem Tresen beendet und legten – Zwiebeln pellend – ein Ohr an den Gastraum.

»Ich finde, für jemanden, der *soooooo* gelitten hat, bist du aber ziemlich gut drauf.«

»Nur weil ich auf *dich* nicht verschüchtert wirke, heißt das noch gar nichts. Du kennst mich nicht, ich kenn dich nicht. Wir sind keine Vertrauten, Johanne. So ist das nun mal!«

Ihre Bratwurst, die glotzenden Fischer, die ganze unangenehme Situation, die hätte vermieden werden können, wenn sie mit der Schwester nie hierhergefahren wäre, all das wühlte Martha auf, und wider ihren Vorsatz wurde sie laut, kamen ihr die Tränen und kotzte sie ihre ganze Verzweiflung mitten auf einen schmierigen Stehtisch in Mandy's Futterluke.

Johanne verdrehte die Augen.

»Okay, wir können gern zum Generalangriff übergehen, wenn du willst. Ich weiß jedenfalls genau, wann du wieder Interesse an unseren Eltern zeigen wirst, nämlich dann, wenn sie hinüber sind. Dann stehst du bestimmt auf der Matte.«

Fehlte nur noch ein patziges *Pah!* Johanne warf ihr Kinn zackig von unten nach oben, eine Geste, die zeigen sollte, dass es ihr ernst war und sie um nichts in der Welt einlenken würde.

Noch ein falscher Satz von ihr, und Marthas Wut würde in Raserei umschlagen. »Das ist schön, dass gerade du so denkst, die im Gegensatz zu mir immer die Hand aufgehalten hat. Und ob ich also auf der Matte stehen werde, schon um dir und deinem Alleinvertretungsanspruch einen Strich durch die Rechnung zu machen und um einmal im Leben etwas von den Alten zu kriegen, was vielleicht halbwegs wertvoll ist. Auch wenn die Zahl dieser Dinge überschaubar sein dürfte.«

»Dann mach, wie du meinst. Ich jedenfalls werde an dieser Stelle aussteigen, ich weiß sowieso nicht, was mich dazu bewogen hat hierherzukommen, *mit dir*!«

Ohne innezuhalten, warf sich Johanne ihre Jacke über die Schultern, die sie zuvor über den Stehtisch-Hocker gelegt hatte, knallte einen Fünf-Euro-Schein auf den Tisch und verließ, ohne sich noch einmal umzusehen, den Raum. Im Leben hätte Martha sie nicht aufgehalten.

Und obwohl sie beinahe so etwas wie Befriedigung empfand, dass der Verstellungsreigen mit der Schwester wieder einmal aufgebrochen war, fürchtete sie doch die Konsequenzen.

In ihrem Zimmer in der dreizehnten Etage fand Martha eine Notiz von der Schwester vor: *Bin in der Sauna, Johanne. Fahre morgen.*

Martha ließ jedes einzelne Wort sich setzen und forderte daraufhin von sich selbst souveränes Reagieren, eine Handreichung, die *ohne* Einknicken auskam. Mit Herzklopfen würde sie in der Sauna aufschließen und Bereitschaft signalisieren, dass Zoffereien wie bei Mandy nicht zwangsläufig wieder zu einer Eiszeit zwischen ihnen führen mussten. Sollte es trotz dieser guten Absicht zum erneuten Aufwallen des Streites und dem Entstehen beidseitiger Eingeschnapptheit kommen, würde auch sie auf ihrer Meinung beharren, die Mutter und die gesamte verkorkste Familie betreffend.

Martha schälte sich aus ihrer Strandkluft, stopfte ihre Sachen in ein Fach des Zimmerschranks und schlüpfte nackt und kaltfleischig in ein Paar Tennissocken und den hellgelben Bademantel, den die Zimmerkräfte freundlicherweise zum Anwärmen an die Rippenheizung im Badezimmer gehängt hatten.

Sich in diesem Frotteegewand durch das Haus zu bewegen war kein Affront gegen die anderen Gäste, sondern eines dieser internen Hotelrituale, die man schon kurz nach der Ankunft lernte. Immer wieder sah man im Haus Bademantelmenschen über die Flure huschen, sie fuhren sogar mit einem im Fahrstuhl und bedampften mit ihrer Hitze die Spiegel dort.

Die Saunalandschaft war nur spärlich besucht um diese Zeit. Die meisten Hotelgäste saßen bereits zum Abendessen im Luv un Lee oder zappten sich durch die Programme des Hotelfernsehens. Das Auffinden von Johanne würde keine schwere Angelegenheit sein. Mit einem Handtuch um die Hüften betrat Martha den Saunatrakt. Mit einigem Entsetzen registrierte sie weiß-blaue Kachelwände, die in Entspannungsoasen wie diesen nun wirklich mehr als überholt waren. Überhaupt machte hier wenig auf »Wellness« im Sinne von sanften Farben, sphärischer Musik oder modernen Liegen. Aus den Schwitzkammern duftete es nach Latschenkiefernöl, eine noch immer gesunde Aufgussvariante, die mittlerweile aber von so sinnlichen Kollegen wie Heublume-Honig oder Ingwer-Orange Konkurrenz bekommen hatte. Dass nicht mal diese hier Anwendungen fanden, kam beinahe einer Unterlassung gleich.

Einzig und allein die Glastüren der verschiedenen Saunen konnte man als *state of the art* bezeichnen, durch die der Finnischen sah Martha Johanne sitzen. Ihrem Aggregatzustand nach war sie kurz davor, die Transpirationshaft zu beenden, sie wechselte von der mittleren zur unteren Bank. Martha wollte ihr den Zug überlassen, heraus- und auf sie zuzukommen.

Um das Fußbecken herum saßen drei Männer, in deren Unterhaltung es um den Vertrieb von Autowaschanlagen nach Osteuropa ging und die einen ziemlich aufgedämpften Eindruck machten. Sie waren rot wie gekochte Krebse, und ein Hauch von Wodka dünstete ihnen aus den Poren. Allem Anschein nach waren sie Handelsvertreter, die vor Ort zu tun und auf Firmenrabatt im Hotel eingecheckt hatten.

Am linken Oberarm des mit Abstand jüngsten

prangte ein Tattoo, ein japanisches Schriftzeichen. Im Gegensatz zu seinen älteren Kollegen, deren ebenso gealterten Geschlechtsteile zwischen ihren weit gespreizten Beinen lagerten wie erstickte Molche, trug er unterhalb seines ansehnlichen Brustkastens ein brav verknotetes Handtuch und lächelte scheu, als Martha ihn anschaute.

Seinen Blick noch erwidernd, wurde ihr schlagartig mulmig, denn Johanne trat aus der Finnischen Sauna. Familiäre Verwerfungen, so banal sie auf andere, streiterfahrene Menschen wirken mochten, lösten in Martha immer noch eine Generalangst aus, und die produzierte nur Bilder des Grauens. Verstoßung, Niedertracht, Verlust, das Ende des Lebens. Auf keinen Fall Hoffnung, dass sich die Dinge wieder richten könnten.

Nie war bei ihnen nach »fünf Minuten« wieder alles gut wie in anderen Familien, die durch Liebe verbunden waren, wenigstens durch einen Grundstock davon. Bei ihnen konnten fünf Minuten Jahre, Jahrzehnte dauern, und manch einer war gestorben darüber.

»Hey«, sagte Johanne, die tatsächlich, wenn auch langsam, auf sie zukam und der Schweißperlen von der Stirn auf die Oberlippe tropften. Aus der Überraschung heraus und bevor ihr wieder einfiel, dass ja Krieg zwischen ihnen herrschte, lächelte sie und schien erstaunt, dass Martha hier auftauchte. Ein paar

Worte mehr waren ihr diese Tatsache allerdings nicht wert, sie schlappte zum Tauchbecken, erkletterte die oberste Stufe, streifte das Handtuch ab und glitt ohne ein Fünkchen Zurückhaltung ins Eiswasser. Ihr lautes Juchzen ließ selbst die drei Männer von ihren Autowaschanlagen abkommen. Verwundert schauten sie in die Ecke des Bades, in der ein rotglühender Frauenkopf im Tauchbecken auf und ab hüpfte und seltsame Laute von sich gab.

Seit Jahren hatte Martha Johanne nicht mehr nackt gesehen und war dem entsprechend perplex: Johannes Scham war vollständig rasiert, kein Härchen mehr. Dabei war sie eine der letzten Ostmädels gewesen, die zum Achsel- und Beinhaarrasieren übergegangen war. Keinen Schimmer hatten sie beide von solchen Sachen gehabt, fast unrecht kam es ihnen vor nach all den Jahren Natur pur, in denen ihnen ganz selbstverständlich die Schamhaare aus den Bikinihosen quollen. Ihre Liebhaber hatten sowieso mehr Wert auf feurige denn auf haarlose Geliebte gelegt, aber auch das schien sich mittlerweile geändert zu haben.

Martha selbst hatte nach ihrer Ankunft im Westen relativ schnell zum Epilierer gegriffen, auch aus Anpassungswillen. Aus heutiger Sicht konnte sie es kaum noch nachvollziehen, dass es Zeiten gab, in denen sie zu viel Fell an verschiedenen Körperstellen unästhetisch fand. Sie konnte keinen Reiz darin entdecken, zwischen den Schenkeln wieder Mädchen zu sein, drumherum aber eine reife Frau mit ersten Falten. Dass Männer diesen Kahlschlag gut fanden, bezweifelte sie ebenso, wem also nutzte dieser Trend, der auch in ihrem Berliner Fitnessstudio so inflationär geworden war?

Nur zwei, drei junge Frauen hatte Martha gesehen, an denen ihr diese Intimrasur gefallen hatte, der Rest schien damit nur die Aufwertung des eigenen besorgniserregenden Gesamtzustandes vornehmen zu wollen, was insofern lächerlich war, als dass besagte Damen ihrem Verfallsdatum schon reichlich nahe waren.

Johanne schraubte sich aus dem Tauchbecken und kam auf die Schwester zu.

»Machst du noch einen Gang?« Martha versuchte es neutral anzugehen.

»Weiß noch nicht.«

Mehr gab es nicht von Johanne, die sich sorgfältig in ihr Badehandtuch einwickelte und dem Ruheraum entgegenstrebte, hinter dessen Glastür zwei opulente Fici benjamini offenbar das Gefühl von Reinheit und Sauerstoffzirkulation verbreiten sollten. Dafür waren sie noch weniger geeignet als die Yuccapalmen im Nassbereich, aber das machte nun auch schon nichts mehr. Das gesamte Ambiente: Nichts für moderne Wellness-Jünger, die sich vor allem in minimalistisch ausgestattete Umgebungen wünschten und nicht in kleinteilig oder gar künstlich bestückte. Künstlich waren sie alle schon den ganzen Tag über in ihrem Job, in ihren Beziehungen, da durfte es in der knapp bemessenen Zeit darüber hinaus ruhig etwas *authentischer* zugehen. Ein Ausdruck, der auch nur deshalb wieder in Mode gekommen war, weil das, was er beschrieb, kaum noch vorhanden war. *Willst du was gelten, mache dich selten.* Ihre Großmutter hatte noch immer die besten Sprüche draufgehabt.

Die Sofort-Duzerei aus Ostzeiten schien es im Sandbank nie gegeben zu haben, oder Winkler, der Weltmann, hatte sie abgeschafft; von Anfang an sprach er Esther mit Sie und Vornamen an.

Obwohl es ihr gutes Recht gewesen wäre, hätte sie es ihm nie gleichgetan mit *Sie* und *Friedrich*, das war ihr zu intim, zu sehr verkörperte er eine Respektsperson. Auf den Fluren des Hotels firmierte er unter *Il Cheffe,* und alle Kellnerinnen (außer den ganz jungen) im Luv un Lee rissen sich darum, ihm sein Mittagessen bringen zu können, wenn er in ihrer Restaurantküche auftauchte. Rauschte er an diesen – meist unberechenbar gehaltenen Tagen – heran und setzte seinen graumelierten Haarschopf wie eine Markierungsboje erst auf der Treppe, dann im Servicebereich, später in der Küche, dann war Aufruhr im Haus, als würde Hollywood auftauchen.

Winkler war sich seines Popstar-Status bewusst, er zelebrierte ihn nicht über Gebühr, gefiel sich aber auch darin. Dass Menschen privat und dienstlich trennten, ging ihm ebenso wenig in den Kopf wie die

Tatsache, dass sie einen Job in seinem Hause kündigten, weil sie etwas *Neues, etwas Eigenes* probieren wollten. Was, bitte schön, sollte das sein? Kreti und Pleti bedienen, anstatt bei ihm im Luv un Lee eine prominente Verlegerwitwe, ein paar chilenische Ex-Olympioniken oder einen gecasteten Fernsehstar? Selbst wenn sie nur die B-, C- oder D-Promis hatten, sie hatten immerhin welche.

Nach dem euphorisierenden Gespräch mit Martha war Esther im Hinterzimmer der Rezeption auf eine aufgewühlte Mannschaft gestoßen. Ein dickes, angsttriefendes Fragezeichen schwebte im Raum und über den Kollegen, und selbst Esther hatte sich nicht in der Lage gefühlt, beschwichtigend auf sie einzuwirken. Eine Marketingfrau, die selbst nicht reden konnte und mochte – das war in diesen Tagen unhaltbar. Welche Gründe hätte sie nennen wollen? Andererseits: Warum rief Winkler nicht an, konnte sie das nicht erwarten? Sich zu verkriechen, womöglich noch in seinem Bungalow im Bauhausstil, passte nicht zu ihm. Was konnte man ändern in einem Haus, das zwar schön, aber nicht die Lösung war? Noch zu Ostzeiten hatte er es sich bauen lassen, natürlich strandnah. Qua guter Beziehungen zum Rat der Stadt hatte er zu verhindern gewusst, dass piefige Nachbarn mit Jägerzaun, Walmdach und Trockenblumenkränzen ihm zu nahe kamen. Er hatte nichts gegen einfache Leute, gegen einfachen Geschmack schon. Jeder, der sein Haus nach ihm baute, hatte Abstand zu halten.

Wie sollten sie, Winkler und Dankwitz, weitermachen mit dieser Wunde im Fleisch? Wie die Geschmeidigkeit ihres Arbeitsverhältnisses, das seinerseits immer zutraulicher geworden war, beibehalten?

Sie könnte sich höchstens krankmelden oder Ole vorschieben. Als Alleinerziehende konnte so etwas immer passieren. Vielleicht war es auch gut, ihre Mutter anzurufen und sie um Rat zu bitten, aber was sollte das für einer sein? Ihre Eltern, bescheiden von einer Rente lebend, waren froh, dass sie wieder Arbeit hatte, aber würden sie auch froh sein, dass sie sich entschlossen hatte, Winkler nicht zum Teufel zu wünschen? Dass ausgerechnet er eine Ausnahme bleiben sollte, dafür würde sie Mutter und Vater kaum gewinnen können, auch wenn diese für sich selbst beschlossen hatten, das Unrecht, das ihnen widerfahren war, zu verabschieden, sich nicht aufzuhalten mit dem Hassen. Und dann: Wie konnte eine Presseerklärung formuliert sein, die nicht zu viel sagte und doch einer Pflichterfüllung nachkam? Noch nie hatte Esther dergleichen schreiben müssen, es würde jetzt ganz allein auf sie ankommen. Sie nahm sich einen Stift, sie rückte Papier zurecht.

Die Vorwürfe, mit denen sich der Chef unseres Hauses konfrontiert sieht, stellen scharfe Anschuldigungen dar.

So was in der Art? Oder war das zu viel Empörung?

Herr Friedrich Winkler möchte sich zu diesem Zeitpunkt noch nicht äußern, wird es aber nach erfolgreicher Prüfung der Anschuldigungen tun. Oder sollte sie nehmen: *nach Abwehr der …?*

Sie notierte und strich, schrieb weiter und verwarf erneut. So musste es sein, wenn man einem hochrangigen Politiker den Rücken freihielt, der ständig am Rand eines Rücktritts schwebte, weil sein Ressort ein mit Fallen gespicktes war.

So oder so würde sie bleiben und warten müssen. Auf seinen Anruf, auf ein Zeichen.

Und dann war da noch Martha. Esther konnte sich nach sechs mit ihr treffen. In der Luna-Bar könnte sie während eines Plauschs mit der alten Bekannten weiterhin darauf warten, dass etwas vom Concierge hochkam: ein glücklicher Dreh, der erwartete Anruf, oder noch besser: ein gutes Ende.

Sie suchte den Zettel, den Martha geschrieben hatte, eine Handynummer stand darauf, sollte sie es jetzt schon wagen? Eben erst hatte sie der Aufgetauchten gegenüber noch beklagt, heftig eingespannt zu sein. Würde es nicht unglaubhaft klingen, wenn sie nun doch recht schnell ein Treffen vorschlug? Noch dazu in ihrer Bar? Würde die andere denken, Esther würde es nur hinter sich haben wollen? Oder es – andererseits – nicht erwarten können? Es war falsch, wie man es machte.

Johannes Abschied war keiner von der dramatischen Sorte gewesen, die es in früheren Jahren zwischen ihnen gegeben hatte. Da waren noch Türen geflogen und Flüche ausgestoßen worden; diesmal hatten sie sogar so etwas wie eine Umarmung versucht, wobei sich ungelenk nur ihre Schulterpartien berührten und sie es vermieden, der anderen in die Augen zu sehen. Aber das mochten Übersprungshandlungen sein. Als Martha hinter der Tür den Pling des Fahrstuhls hörte, der Johanne nach unten, in ein Taxi und in den Zug nach Berlin brachte, erfreute sie sich an der Einsicht, dass sich nicht nur schöne Dinge im Leben abschliffen, sondern auch unangenehme. Bei allem Zorn war es nun wirklich nicht so, dass Martha die Schwester brauchte. Nur der Gedanke, dass in der Vergangenheit die Chance verpasst worden war, zu einer sich wohlgesinnten Einheit heranzuwachsen – der hatte sie immer wieder traurig gemacht.

Allein im Zimmer und in unausgegorener Stimmung zwischen Johannes Abgang und dem Treffen mit Esther, war Martha nach Viktors Trost zumute.

Sie wählte seine Nummer, sonnabends um diese Zeit saß er meistens noch über seiner Zeitung. Mit einem Bier in ihrer Küche vor der freigelegten Backsteinwand, die ihnen ihr Vormieter hinterlassen hatte. Martha vernahm mit Genugtuung sein liebes, brummiges »Na?«, es umhüllte sie warm wie ein Schal.

»Kannst du gerade?«

»Erzähl, Puppe, was gibt's?«, raunzte Viktor-Bär in den Hörer.

»Ich vermiss dich, ich will nach Hause, es ist alles nach hinten losgegangen hier. Johanne ist vorhin gefahren.«

Viktor seufzte wie ein über Jahre Eingeweihter, der an der Sache nicht viel ändern konnte.

»Soll wohl irgendwie nicht sein mit euch beiden. Nimm es nicht so schwer, manche Sachen muss man einfach lassen und nicht so viel dran herumbasteln wollen. Guck mich an …«

Schon hatte er sie, sie musste lachen.

»Daran ändert sich auch nichts, wenn man zusammen an die Ostsee fährt. Das zu wissen macht es erträglicher«, fuhr Viktor fort.

»Du hast ja recht.« Martha wurde weich. »Aber das hast du ja meistens, das macht die Sache mit dir auch so schrecklich …«

»Und was willst du jetzt machen?«

»Dich verlassen, was sonst?«

»Aua, muss das sein?«

»Ja, du tust mir viel zu gut, als dass ich es aushalten könnte.«

Viktor trank einen Schluck und raschelte tatsächlich mit seiner Zeitung.

»Und, wie geht's jetzt weiter bei dir?«

»Ich bleib noch, solange gebucht ist. Erstens ist es herrlich am Meer, das hatte ich schon ganz vergessen, und zweitens habe ich noch eine Bekannte von früher wiedergetroffen, sie ist hier Pressefrau oder so, und wir wollen noch auf ein Glas gehen. Kann aber auch sein, dass sie absagt. Doch auch dann bleibe ich noch. Sie hat offensichtlich ziemlich viel Stress. Und hier herrscht auch ganz schöne Hektik überall. Alles so unruhig, so aufgescheucht. Nicht unbedingt die Gäste, aber das Personal. Wer weiß, vielleicht kommt ja ausnahmsweise mal wieder ein Staatsgast vorbei, und sie haben gerade Tischdeckenmangel«, stichelte Martha. Mit der Wahrheit und Winkler würde sie Viktor erst behelligen, wenn sie wirklich etwas in die Hand bekam und die Sache auch für sie Fahrt aufnahm.

»Hatten die doch bestimmt nie, oder? Als Devisenschuppen?« Viktor ließ sein keckerndes Lachen von der Leine, das sie unter allen Lachen dieser Welt wiedererkennen würde.

»Nee, natürlich nicht. Hier gab's keinen Mangel an nix. Schon gar nicht an Spitzeln, soviel ich weiß.«

Ein paar Tage vor ihrer Abreise aus Berlin hatte sie mit Viktor noch einen gemeinsamen Abend gehabt, und Martha war ihm gegenüber – und weil er danach gefragt hatte – ins Detail gegangen, was die alte Kindheitsgegend an der Ostsee betraf. Viktor hatte – auch da die Lage im Kühlschrank nichts anderes hergab – seinen legendären Sauerkrautauflauf für sie beide gezaubert und einen Riesling geöffnet. Sie hatten *gekocht*, wie es heute wieder betont wichtig hieß. Sicher, das Wort erfreute ich seit Jahrhunderten eines angestammten Platzes im Duden, und es gab keines, das das Zubereiten einer warmen Mahlzeit besser umschrieb. Aber allein die Wichtigkeit, mit der es beschwert worden war, und die Manieriertheit, mit der auf einmal wieder Kartoffeln geschält, Sushi-Stränge gerollt oder eine Mousse au Chocolat angerührt wurde, stieß sie einfach nur ab. Auch das bedeutungsschwangere *Wir kochen heute zusammen* auf die Frage, was einer am Abend machte, erschien ihr unerträglich, als wäre das gemeinsame, gemütliche Zusammenhocken vor gefüllten Tellern ein Riesending. Wenn, dann doch höchstens eine schöne Nebensache. Was würde als Nächstes exponiert, um die Welt zu retten? Zusammen baden? Sich die Beschwerdebriefe vorlesen, die man schrieb?

Auch deshalb liebte es Martha, zu Viktors Mutter zu fahren. Die duldete keinen weiteren Schnippler und Quatscher neben sich in der Küche, benutzte noch Soßenbinder und Mayonnaise und versammelte um ihre deftige und glutenhaltige Hausmannskost eine dankbare und gesellige Runde, der alles Angestrengte und Artifizielle fehlte.

Jemand klopfte an auf Marthas Handy. »Du, Babe, diese Freundin ruft an, von der ich dir erzählt habe, ich geh mal ran, ja? Und meld mich wieder.«

»Mach, ich bin hier.«

Martha, noch anschmiegsam wegen Viktor, nahm Esthers Anruf entgegen. Auch weil sie Gewissheit haben wollte, ob dem gescheiterten Schwestern-Ausflug noch ein sinnvoller Tagesordnungspunkt hinzuzufügen war neben Joggen am Strand, Lesen und Schlafen. Und sich umhören. Und tatsächlich, Esther fragte sie nach einem Treffen. Um kurz nach sechs in der Luna-Bar. Sie müsse sowieso länger und standby bleiben im Hotel, könne aber in dieser Zeit genauso gut ein Kaltgetränk mit Martha nehmen. Beide hielten das für eine gute Idee.

Ganz oben, in der siebzehnten Etage.

Es war kurz vor fünf, als Winkler zurückrief. Er erwischte Esther in der Toilette, als sie sich gerade die Strumpfhose über die Schenkel rollte. Drei Jahre hatte sie dank guter Pflege durchgehalten, jetzt, in der Eile und mit zu hastigem Griff, versenkte sich ein abgebrochener Fingernagel im feinen Gewirk und hinterließ unterhalb des Knies ein Loch, aus dem heraus sofort die ersten Maschen rieselten.

»Mist«, zischte sie an der Sprechmuschel vorbei und ließ sich samt Telefon auf den Klodeckel sinken. Zu viele Kollateralschäden, dachte sie, diese Akte machte zu viel kaputt. Trotzdem fühlte sie sich, als müsse *sie* Entschuldigendes vorbringen. Winkler wirkte streng, anders als sonst.

»Esther, ja, hier ist Friedrich, bitte entschuldigen Sie die Verspätung meines Anrufes, es ging nicht eher. Und um es kurz zu machen, ich werde mich jetzt zu den Tatsachen, die Sie schon kennen, nicht groß äußern. Bis zur Klärung der Dinge werde ich auch nicht ins Sandbank kommen. Und für die Presse: Kein Kommentar von mir dazu in dieser Angelegenheit. Ich weiß, das wird niemanden befriedigen, und sie werden es Ihnen schwermachen, aber ich vertraue da ganz auf Ihre Kompetenz. Es reicht mir, dass vor meinem Haus seit zwei Tagen der Ostsee-Kurier und andere schlimme Gesellen herumlungern.«

Trotz laxer Ausdrucksweise zum Ende hin klang Winkler nicht nur streng, sondern auch beleidigt. Esther behagte das nicht, für ihre ehrlich empfundene Loyalität hätte sie lieber einen reuigen, zumindest unsicheren Chef erlebt, nicht einen, der das Sichtbarwerden einer Verfehlung aus der Vergangenheit (die er ihnen scheinbar bis an das Ende seiner Tage vorenthalten wollte) auch noch als Zumutung empfand. Sie hielt – auch wenn sie sich das nie zu sagen getraut hätte – etwas Demut für angebracht.

»Ja, natürlich.« Fürs Erste brachte sie nicht mehr heraus. Ihr Blick ruhte adleräugig auf der Laufmasche, sie würde Rosa (Inhaberin eines Kosmetiktäschchens mit kofferartigen Ausmaßen) nach Nagellack fragen müssen, um das Elend zu stoppen. Schade, dass es den kauzigen Kunststopfer am Puschkinplatz nicht mehr gab, der ihnen zu Ostzeiten die guten West-Strumpfhosen gerettet hatte, aber auch die von Esda. In unnachahmlicher Fummelarbeit hatte er alle laufenden Maschen wieder eingefangen und nur den Hauch einer Naht hinterlassen. Auch Mottenfraß in Pullovern aus reiner Wolle machte er so gut wie unsichtbar, solange die Löcher Kirschkerngröße nicht überschritten. Der Mann war ein Genie gewesen, ein Zauberer, kein Mensch wusste, was aus ihm geworden war. Schade, dass alles so *Wegwerf* war heutzutage.

»Wissen Sie denn … haben Sie eine Ahnung, wie es mit Ihnen und dem Sandbank weitergeht …?«

»Ich kann nichts dazu sagen.« Winkler klang ferngesteuert.

»Aber wollen Sie nicht wenigstens …?«

»Nein, will ich nicht, Esther«, schnitt er ihr das Wort ab.

Vielleicht war diese brüske Art Ausdruck seiner Verunsicherung, sie konnte via Telefon kaum einschätzen, was in ihm vorging.

Seinen Abschied vom Haus, den Angestellten, dem »Jemand-Sein« hatte er sich garantiert anders vorgestellt nach all den Jahren.

Ob er wusste, dass sie gar kein Interesse hatten, ihn der Akte wegen zu ächten? Esther beantwortete sich diese Frage mit einem Ja. Winkler wäre nicht Winkler, wenn er nicht längst Wind davon hätte. Nicht umsonst hatte er es unterlassen, sie darauf anzusprechen, er wusste längst, dass sie auf seiner Seite waren.

»Okay, habe verstanden, und … äh … ja, es tut mir leid, wirklich. Sie wissen, wir alle sind Ihnen sehr dankbar für das, was Sie für uns getan haben.«

»Ich muss jetzt Schluss machen«, sagte Winkler und war weg.

Esther war es recht, das aufbrandende Tütüüüüüüüt vom anderen Ende der Leitung war ein gern genommener Schlusspunkt. Dennoch horchte sie der Stimme in ihrem Handy nach wie der eines strengen, gehassliebten Lehrers, der einem eine ungerechte Standpauke gehalten hatte und – Widerspruch nicht duldend – die Szene verließ.

Esther erhob sich vom zugeklappten Klodeckel und strich mit der Linken ihren Rock glatt, dessen Saum sich zum Glück über das Loch in ihrer Strumpfhose schob; zum Unsichtbarmachen des Malheurs aber reichte es nicht. Das Handy in ihrer Rechten hätte sie am liebsten zu Boden geschmissen und darauf herumgetrampelt. Sie war wütend auf ein Stück abgegriffenes Plastik, das klein und grau zu ihr heraufschaute und noch immer von düsterer Unheimlichkeit umbrandet war.

Und sie? Was hatte sie gerade getan? Sie hatte einem vermeintlichen Stasi-Spitzel (allein ihn so zu bezeichnen fiel ihr schwer), von dem sie noch nicht einmal wusste, wie schlimm das Ausmaß seiner Dienste gewesen war, die Absolution erteilt! Sie hatte alle Schweinereien gegen ihre Eltern, die deshalb jahrelang unter Schlaflosigkeit gelitten hatten, abgenickt. Hatte sie wirklich?

Esther war froh, in diesem Moment allein zu sein, noch immer auf der Toilette, wahrscheinlich dem besten Platz dafür. Rosa war nach dem Visitenkartenholen auf Rundgängen im Haus unterwegs, der Presse gegenüber stellten sie sich weiterhin tot – was vielleicht die beste Art war, dem Sturm zu begegnen.

Die Sache aussitzen, dazu schweigen – war das nicht allgemeine Taktik überall geworden? Jeder konnte sicher sein: Morgen trieb man eine andere Sau durchs Dorf. Warum sollte das nicht auch für sie, ihr Hotel und ihr Ostseekaff gelten? Warum sollte nicht sie, Esther Dankwitz, auch einmal im Leben eine egoistische Seite hervorkehren? Warum sollte nicht auch sie umkippen können, wenn es täglich alle anderen taten? Politiker, Künstler, Gewerkschaftsbosse. Denen wurde schließlich auch verziehen.

Vorm Badezimmerspiegel stehend, amüsierte Martha der Gedanke, sich für eine alte Bekannte herzurichten, die in der Vergangenheit eher durch ihre Vorliebe für Zottelhaare, sackförmige Parkas und die ewiggleiche Jeans aufgefallen war; Röcke schienen in Esthers Welt nicht existiert zu haben, in Röcken war sie nie gesichtet worden. Überhaupt war sie für Mädchenkram nicht zu haben gewesen. Immer umflorten sie ein paar Einheiten Ernsthaftigkeit zu viel, immer dimmten alle die eigene Rede ab, sobald sie sich näherte. Umso verwunderlicher, sie hier so anzutreffen, so flott und weiblich, der komplette Gegenentwurf zur Esther von einst.

Martha kam die Diskussion wieder in den Sinn,

die sie geführt hatten, als sie sich morgens im Zelt – seinerzeit auf der Paddeltour – die Wimpern tuschte. Keine Schminke auf dem Wasser, hatte Esthers Blick gesagt und dabei verkannt, dass Martha damit keineswegs den natürlichen Geist dieses Ausfluges untergraben wollte. Das Einswerden mit dem Wasser, das Kochen und Schlafen unter freiem Himmel. Mit dieser Aufhübschung hatte sie es lediglich auf die Jungs abgesehen, die in der Überzahl mitfuhren und mit denen sie sich endlich, ohne elterliche Überwachung, abgeben konnte. Außerdem waren Wimpern das Einzige, was sie an Fraulichem hervorhob. Lippen, Wangen, Busen – das alles war noch jungfräulich und in ebensolche Baumwolle gehüllt. Sechzehn war sie gewesen und hatte das erste wahre Freiheitsgefühl ihres Lebens gehabt, weit weg von den Reglementierungen im Juri-Gagarin-Ring. Ungestüm wie ein junges Fohlen, das erstmalig auf die Wiese darf, hatte sie diese Tage auf den Seen mit ihresgleichen ersehnt, es hatte Riesenkräfte gebraucht, überhaupt die Erlaubnis dafür zu bekommen. Fast hätte sie es nie zu den anderen in die Boote und auf eine Tour geschafft, die bis heute wie ein Super-Acht-Film in ihrem Kopf abgespeichert war. Bilder von stoppligen Weizenfeldern, Lagerfeuern und Badevergnügen – gehüllt in spätnachmittägliches Goldlicht, das diese Erinnerung mit dem unvermeidlichen Sehnsuchtslack versiegelte. Das heitere und sexuell aufgeladene Miteinander ihrer Wasserwandergruppe in diesem Sommer hatte sich tief in Marthas Gene gesenkt, hier war sie in Sicherheit gewesen, unter jungen Leuten, die Hesse und Remarque lasen wie sie, Tagebuch führten und mit denen sie noch vor der Abfahrt das erste wirklich aufwühlende Kinoerlebnis in ihrem kleinen, harmlosen Ostalltag geteilt hatte – Miloš Formans *Einer flog über das Kuckucksnest.*

Jahre hatte Martha gebraucht, um diesen Film zu verdauen. Später fragte sie sich, inwieweit der Tag, an dem McMurphy in ihr Leben trat, ihr Männer- und Weltbild und schließlich auch ihre Kino-Obsession geprägt hatte. Sie vermutete: nachhaltig.

All diese Ereignisse würden sie und Esther mit Sicherheit herausholen und betrachten wie ein schon lange nicht mehr befühltes Fotoalbum. Allein dafür lohnte es sich, das schwarze Wollkleid anzuziehen, das wegen seiner Zeitlosigkeit zu einem Favoriten in Marthas Kleiderschrank geworden war und die Position einer Lebensklamotte innehatte.

Noch hing es, geschützt und gehalten von Klarsichtfolie und Drahtbügel des letzten Reinigungsbesuches, an der Flurgarderobe des Hotelzimmers. Aber gleich würde sie es überstreifen und in Richtung Fahrstuhl gehen.

In der Luna-Bar, ausgestattet mit Panorama-Blick und grandios erhaltenem Siebziger-Jahre-Interieur, das jedem Retro-Freund die Tränen in die Augen getrieben hätte, wurde um kurz vor sechs vom Kaffee-und-Kuchen- in den Abendmodus umgeswitcht. Ein paar letzte Kaffeegäste, die sich noch nicht losreißen konnten von der Sicht auf weite Strandlandschaften, pickten letzte Tortenkrümel auf. Die Vorsaison war die beste Zeit für Weite-Liebhaber, die Alleinspaziergänge am Strand dem großen Brüten vorzogen, das hier in ein, zwei Monaten einsetzen und dem Ort über Wochen eine stabile Brise aus Frittenfett- und Sonnencremegeruch bescheren würde. Aus verwaisten Hallen würde es grell ausgeleuchtete Tanzsäle machen, in denen gegen Mitternacht fremde Haut schweißig aneinanderklebte.

Martha setzte sich an die Bar und bestellte Wein.

Wie auf Geheiß spielte beim ersten Schluck die schnauzbärtige Hotelcombo auf, die versuchte, ihr fortgeschrittenes Alter mit schillernden Paillettensakkos und gegelten Haaren zu kaschieren. Dabei vergaßen sie, dass Geheimratsecken nichts so sehr liebten wie Haargel, um ihr erfolgreiches Wachstum auszustellen.

In der Mitte von *Fly me to the moon* betrat auch Esther den Raum, ein paar Köpfe drehten sich nach ihr um. Sie trug noch ihr Arbeitskostüm, dessen sattes und pudriges Türkis ihr hervorragend stand, aus ihrem Haar, das sie im Nacken zusammengeschlungen hatte, seilten sich ein paar Strähnen ab. Ein beeindruckender Auftritt, auch wenn er nicht verhehlen konnte, dass sie müde war, abgekämpft. Das Lächeln, mit dem sie sich auf Martha zubewegte, wirkte leise.

»Schön, dass du dir schon was bestellt hast«, begrüßte sie die Paddelpartnerin von einst. »Die liebe Kollegin Marisa ist nämlich ein Profi auf ihrem Gebiet.«

Im Bruchteil einer Sekunde orderte Esther denselben Wein wie Martha, setzte sich auf einen freien Barhocker und ritt ihn so elegant wie eine Comtesse den Damensattel. Nicht nur ihr Äußeres, auch ihr Wesen schien über die Jahre Lockerung erfahren zu haben. Nichts unangenehm Entfremdetes war an ihr, nichts, was einen schon am Anfang zurückrudern ließ. Allerdings, hatte die alte Esther damals nicht jeden Tropfen Alkohol verwehrt, als abends in den Zelten die Flaschen entkorkt wurden? Würde die junge Esther der heutigen dabei zuschauen, wie diese beherzt den Wein ansetzte, den ihr Marisa mit Aplomb hinstellte, sie wäre schockiert.

Es konnte aber auch wirklich nicht schaden, einen Kleinen sitzen zu haben, wenn sie sich gegenseitig gleich ihr Leben erzählen würden, und darauf würde es ja hinauslaufen. Sie würden es da, wo nötig, in Watte packen und ansonsten versuchen, chronologisch vorzugehen; keine würde die andere langweilen wollen.

Ein paar Anschub-Promille würden sicher auch die letzte Versteifung lockern, die nach so langen

Jahren automatisch mit am Tresen saß. Die jeweils andere würde immer das Bild der Jüngeren anlegen und einen schnellen Abgleich zur Jetztzeit vornehmen. Ob man dabei gewann oder verlor, würde keine von beiden sagen. Dennoch konnten sie sich an diesem Abend optimale Zuhörer sein: Sie waren nicht eng aneinander dran, und allein die Tatsache, dass sie in verschiedenen Städten wohnten und diesem Zusammentreffen vielleicht kein weiteres folgen würde, konnte ihr Gegenüber – ohne dass es eine Gefahr darstellte – sogar zum Geheimnisträger werden lassen.

»Warum haben wir uns eigentlich aus den Augen verloren?«, fragte Esther nach etwas Einstiegsgeplänkel, in dem es darum ging, wie lange sie hier arbeitete und dass sie – nun alleinerziehend – mit Ole ganz in der Nähe wohnte. Auch Martha hatte ihre Daten durchgegeben, ihr freies Texten, Viktor, die Kinderlosigkeit. Zu ihrer Überraschung fragte Esther nicht nach, wie es die meisten reflexartig taten und erstaunt waren, wenn man verneinte. Es war schon krank: Man konnte jahrelang als Single vor sich hin rotten und am Ende homosexuell werden, man konnte auch bis weit in seine Fünfziger den Berufsjugendlichen mit immer jünger werdenden Gespielinnen geben, aber keine Kinder zu haben, das löste immer noch Entsetzen aus.

»Warum wir uns aus den Augen verloren haben?«,

versuchte Martha Esthers Frage nach dem abhandengekommenen Kontakt aufzunehmen. »Weil die Zeiten dafür gemacht waren, würde ich sagen.«

»Stimmt. Wir hatten alle mit uns selbst zu tun.« Esther optimierte ihren Comtesse-Sitz auf dem Barhocker, Martha nahm vom Wein.

»Und findest du, dass es sich gelohnt hat, das Mit-sich-selbst-zu-tun-Haben?«

Eine schwere Frage für den Anfang, Martha hoffte auf Esthers Gelassenheit.

»Na ja, was heißt *gelohnt*? Das kann doch jeder nur selber sagen. Ich jedenfalls bin zufrieden, mit Abstrichen natürlich. Leider war ich auch länger arbeitslos, und das war demütigend. Wie du dich ja vielleicht noch erinnerst, bin ich auch nie ein DDR-Fan gewesen.«

»Ja, und deshalb habe ich mich damals auch ziemlich geschämt. Mein Vater Genosse – und zwar nicht zu knapp, und dann wir beide in einem Boot. Dass ihr mich überhaupt mitgenommen habt!«

»Vielleicht war es ja nur wegen deines Onkels. Der ist ja berühmter als je zuvor. Hast du Kontakt?«

»Er will keinen. Wollte er ja nie. Du weißt schon, die Künstler.«

Das musste reichen zu Onkel Kurt. Mehr war nicht da. Sie konnte weder richtig angeben mit ihm noch sich ausführlich über ihn beschweren. Er hatte ihr die Nahrung dafür versagt.

Die Situation seinerzeit im Kanu schien Esther nachträglich also nicht zu schocken.

»Was konntest du denn für deinen Vater? Oder hat er dich etwa auf uns angesetzt?« Beide Frauen lachten.

»Nein, um Gottes willen«, sagte Martha, »ihm ist einiges zuzutrauen, aber Stasi, nee, ich denke, das wüsste ich. Wenn er eines nicht kann, dann lügen oder etwas zurückhalten.«

Das kurze Gefühl des Ertapptseins stellte sich bei Martha ein, wie immer, wenn die Stasi-Frage aufkam und niemand drauf zu fragte, obgleich er es gern getan hätte: *Warst du dabei?*

Nicht mal die, die eine reine Weste hatten, fragten andere. Hatten es nie getan und würden es auch in Zukunft nicht tun. Vielleicht, weil man sich ersparen konnte, belogen zu werden.

Manchmal, selbst heute noch, taumelte diese Frage im Raum wie eine klebrige, schwarze Fliege. Und Martha selbst fiel sofort in einen Verteidigungsreflex, wenn jemand wissen wollte, warum sie als junges Ding schon in den Westen fahren durfte, wo dieses doch nur Rentnern erlaubt war. In Marthas Ohren hörte sich alles, was sie darauf antwortete, immer nach einer Entschuldigung an, die nicht angebracht war, machte sie doch noch nicht vorhandene Zweifel an ihrer Aufrichtigkeit erst möglich. Andererseits: Es hatten einfach zu viele dreist gelogen und sogar Erinnerungsverlust vorgetäuscht, was ihre Einwilligung zum Aushorchen betraf. Und wer schämte sich schlussendlich dafür? Leute wie Martha, die noch nicht mal angesprochen worden waren, auch wenn immer bezweifelt wurde, dass es solche Ausnahmen gab.

Im Kern – ob erzwungen oder nicht – blieb das Dabeigewesensein für Martha schnöder Verrat. Und war von Grund auf zu verabscheuen.

Martha hoffte, dass Esther wusste, dass sie schon immer auf ihrer Seite gewesen war. »Ich weiß, für dich ist dieses Thema nicht so leicht, oder? Ihr seid ja auch überwacht worden damals, wegen eures Ausreiseantrages …«

»Ja, aber ist ja alles gut ausgegangen am Ende, die Bitterkeit hält sich in Grenzen. Zum Glück vergisst man Schlechtes schneller als Gutes.«

Es lag ihr auf der Zunge zu sagen, dass sie das lebende Beispiel dafür war. Sie verkniff es sich. Ihr Umgang mit Winkler ging niemanden etwas an, nicht einmal Martha, die unter Umständen vielleicht sogar Verständnis für sie gehabt hätte.

»Kann man so was denn überhaupt verarbeiten«, fragte Martha, die sich ein Herz fasste, »ist man nicht sein ganzes Leben voller Hass gegen diese Idioten, die einem das Leben so zur Hölle gemacht haben?«

Das mit dem Verständnis konnte Esther also abhaken. »Ja, aber ich will mein Leben nicht mit Hass verbringen. Vergessen werde ich diesen Mist bestimmt nie, aber er beschäftigt mich nicht mehr. Da haben sich andere Dinge in den Vordergrund geschoben.«

Schon wieder, absichtslos, ein falscher Zungenschlag, beinahe eine Flunkerei. Was hatte sie denn die letzten Stunden auf Trab gehalten und fast an den Rand eines Nervenzusammenbruches gebracht? Was wuchs sich gerade zu einer mittleren Katastrophe aus? Und was würde sie vielleicht wieder in den Zustand zurückstoßen, den sie am meisten fürchtete? Nämlich den, ohne Job, ohne Aufgabe, ohne Anerkennung zu sein?

»Wenn du keine Lust hast, darüber zu reden, also wirklich, wir müssen nicht …«

Esther sah aus, als beschliche sie Unbehagen, sie sprach zwar immer noch freundlich und zugewandt, sackte aber auf dem Barhocker immer mehr in sich zusammen – die Comtesse im Damensattel hatte sich auf und davon gemacht.

»Das ist weniger Lust als die lange Erkenntnis, dass man seinen Frieden damit machen sollte. Es nutzt einfach nichts, immerzu zurückzuschauen. Wahrscheinlich kommt es vielmehr darauf an, solche Schmerzpunkte seines Lebens – und gerade, wenn sie nicht mehr rückgängig zu machen sind – einfach ruhen zu lassen. Nicht verschweigen, nicht verdrängen, aber ruhen lassen. Nur so stellt sich Linderung ein, weißt du?«

Und ob sie das wusste, nichts anderes verlangte die Sache mit Johanne. »Meine Schwester ist heute abgereist, und auch wenn sich das mit deiner Geschichte nicht wirklich vergleichen lässt, *ruhen lassen* ist in unserem Fall auch die beste Lösung.«

»Tut mir leid, das wusste ich nicht. So schlimm?«

»Bei uns gibt's nur schlimm, das ist es ja leider. Ich werde akzeptieren müssen, dass es wohl nichts mehr wird mit uns. Also jedenfalls nicht so etwas Inniges, wie ich es mir wünsche. Und ich muss einfach aufhören, das schade zu finden. Und zu denken, dass es ihr nicht genauso geht.«

Martha erörterte ihre Version der Schwesterngeschichte mit allen Empfindlichkeiten und Fettnäpfen, und auch Esther hielt nicht mit ihrem persönlichen Waterloo hinterm Berg, das man in ihrem Fall auch *Winnelou* hätte nennen können. Sie lachte, als sie das sagte.

»Aber wer ist mit seinen Geschwistern schon gut Freund?«, wollte sie von Martha wissen und beantwortete die Frage selbst. »Ich glaube, die wenigsten.«

»Ich habe mir jedenfalls vorgenommen, die ganze Sache zu betrachten wie ein Bild, das ich in seiner Komposition grauenhaft finde und das ich auch bei jedem Umzug wegschmeißen will, es dann aber nie übers Herz bringe, weil es tausend Gründe gibt, es nicht zu tun. Wie geht es deinen Eltern denn eigentlich heute, haben sie alles gut verkraftet?«

Esther, die sich schon erlöst wähnte vom unleidigen Thema, nahm wieder Haltung auf dem Barhocker an und machte sich klar, dass Martha nicht ahnen konnte, warum sie diese Fragen so lustlos abtat.

»Sie sind nach Hamburg gezogen, zu Verwandten, und von dort auch nicht mehr zurückgekommen. Mein Vater hat bei der evangelischen Kirche gearbeitet, Mutti unterrichtete Cello am Konservatorium. Heute reisen sie viel, am liebsten nach England. Sie lieben Shakespeare und sind ganz verrückt danach, sich in diesen ländlichen Cottages herumzutreiben, die alle so herrlich hutzli-putzli sind.«

»Klingt gut.«

In der kleinen Pause, die entstand, wog Martha ab und entschied sich, Winkler direkt anzusprechen.

»Darf ich dich trotzdem fragen, was es mit der Akte eures Chefs auf sich hat?« Was sollte sie machen, das interessierte sie nun einmal mehr als die Tatsache, ob im Sandbank auch Amerikaner eincheckten. Oder wann sie ihr Spa im Hause endlich auf Vordermann brachten. »Im Sandbank war er ja auch bestimmt nicht der Einzige. Dass hier stasitechnisch 'ne Menge los war, das hatte sich doch früher auch herumgesprochen.«

»Ich war aber nie hier, ob du es glaubst oder nicht.«

»Nicht mal im Intershop oder in der Broilerstube? Da ist doch jeder mal hin mit der Familie … Und die Disco? Haben wir uns da nicht mal getroffen?«

Esther schüttelte den Kopf. »Nein, tut mir leid, ich war da nie. Hört sich im Nachhinein vielleicht ein bisschen peinlich an, ist aber so. Ich war ja eher die Gesangskreis-Tante und höchstens mal hotten auf einer Fete. Ins Foyer bin ich nur einmal allein. Hab mich am Pförtner vorbeigemogelt, einmal in die Vorhalle und zurück. Wollte mir angucken, was alle so toll fanden. Meine Eltern wissen das bis heute nicht.«

»Herrlich.« Martha winkte nach Marisa. Es war Zeit für einen neuen Wein und ein bisschen Kontrollverlust. Und Barfrau Marisa würde das Ihre dazu tun, daran ein bisschen mitzuwirken – eine hübsche, kleine Hinterhältigkeit in einem Haus, das es schon früher darauf angelegt hatte, die Zungen seiner Gäste zu lockern.

»Der Portier von damals ist übrigens noch immer im Hause, nicht zu fassen, dass ich mal Angst vor ihm hatte«, sagte Esther.

»Aber wie ist das, mit deiner Geschichte in so einem Hause zu arbeiten. Wie kommst du damit klar, dass dein Chef unter diesem Verdacht steht?«

Der neue Wein für sie beide – von Marisa blitzschnell serviert – ließ Martha Hoffnung schöpfen, Esther würde wenigstens so viel erzählen, dass es für eine kleine Geschichte reichen könnte. Was sie vorhatte, damit konnte sie später noch herausrücken. Ohne Esthers Zustimmung ging sowieso gar nichts.

Esther indes wünschte sich alles auf Anfang und

zurück in ein leichtes und gefahrloses Frauengespräch, in dem man Dinge auf den Tisch packte, mit denen die andere auch zu tun hatte. Sie wollte raus aus einer Zwickmühle, in der sie absichtslos saß. Wäre die alte Freundin doch nur schon vor ein paar Wochen aufgetaucht, als noch alles gut im Hotel und in ihrem Leben war.

Wie sollte sie Martha wieder wegbekommen von der Akte? Sie hatte früher für Zeitungen geschrieben, wie sie sagte, da wusste man nie.

»Na, erst mal wissen wir nur, dass jetzt eine Akte gefunden wurde, und wie wir darauf reagieren, das entscheidet sich in den nächsten Stunden.«

Das war nicht die Antwort, die Martha hören wollte. Sie hatte eine Verbündete erwartet, die die Freude daran teilen wollte, dass einer der Bösen von einst gefasst war – auch wenn es sich dabei um ihren Chef handelte.

»Aber privat, freust du dich denn gar nicht oder empfindest so etwas wie Genugtuung?«

»Ja, also weißt du …«

Als wäre es bestellt, vibrierte Esthers Telefon. Sie deutete an, dass es wichtig sei, sie rangehen müsse.

Martha demonstrierte Höflichkeit und drehte sich weg in Richtung Tanzfläche. Dort lockerten ein paar Anzugmänner ihre Schlipse und bestellten per Handzeichen Bier bei Marisa; die Paillettencombo war bei Nat King Coles *Unforgettable* angelangt.

Esther sprach nicht viel, sagte nur immer wieder *okay,* ansonsten nahm sie auf, was der Anrufer ihr mitteilte.

»Gut, ich komme gleich.«

Für Martha fühlte es sich nach einer Pleite an, als Esther sich anschickte zu gehen.

»Tut mir leid, aber ich hatte es ja angedeutet, dass ich standby bin, jetzt muss ich leider hier Schluß machen. Meine Kollegin will mir etwas von einer Belegschaftsversammlung berichten, die für morgen Vormittag einberufen wurde und die wir noch vorbereiten müssen. Du weißt schon, wegen der Sache.« *Wegen der Sache.* Warum sagte sie nicht: »Wegen Winkler, diesem Schwein.« Und warum war es plötzlich so, als sei binnen Sekunden eine unsichtbare Mauer zwischen ihnen gewachsen?

Diese Gedanken erschwerten die Konzentration auf das, was Esther sagte in diesem Moment. Dass sie, Martha, bitte nicht böse sein solle, aber Pflicht Pflicht sei. Dass sie, Esther, nicht versprechen könne, noch mal zurückzukommen. Aber dass man sich doch morgen früh noch einmal treffen und die Adressen austauschen könnte.

Eine zackige Rezeptionistin klingelte Martha aus dem Schlaf, sie wünschte einen guten Morgen und erinnerte an die Auscheckzeit. Zeitgleich nahm Martha, noch eingerollt in ihre Bettgruft, das Piepen ihres Handys wahr – eine SMS.

Zu neugierig, ob es im besten Falle Viktor oder im zweitbesten Esther war, sah sie nach – Johanne schrieb. »Im Übrigen sehen unsere Eltern keinen Grund, auf dich zuzugehen. Gruß, J.«

»Na, das ist ja was ganz Neues«, prustete Martha und warf ihre Schlappen, die sie vom Boden aufgenommen hatte, in Richtung Fenster, wo sie ein paar Flickflacks über die Auslegeware machten.

»Das scheint dich ja richtig zu freuen, Schwester, so umgehend, wie du es mir mitteilst.«

Der Wuttopf meldete sich, sie spürte es warm werden in der Magengegend, es war keine wohlige Wärme; diese hier drückte und enthielt explosionsartige Ingredienzien.

Darauf antworten würde sie nicht, zu schweigen hieß, nichts verkehrt zu machen, zu schweigen war erlernte Fähigkeit. Die Alten hatten es ihnen vorgemacht, immer wieder.

Sie stand auf und duschte ein letztes Mal im Bad mit den tausend Winkeln. Noch einmal ging sie auf den Balkon, noch einmal blickte sie auf das große graue Tuch. Um diese Zeit des Tages gab es nur wenige weiße Broschen, der Schiffsverkehr würde erst gegen Mittag zunehmen. Dafür war das Möwentheater auf dem Vordach des Luv un Lee bereits voll im Gange.

Während Martha packte, spielte sie mehrere Möglichkeiten durch, wie die nächsten Stunden sich im Sandbank für sie gestalten könnten. Nicht alles hing allein von ihr ab, das wenigste eigentlich. Würde sie Esther noch treffen und ihr die verpassten Aussagen vom Abend zuvor entlocken können? Oder war es sinnvoll, sie ganz herauszulassen und lieber auf andere Angestellte, andere Gäste zuzugehen?

Ansonsten blieb nur der Weg nach Hause, allein im alten Renault. Gern fuhr sie ohne die geräuschempfindliche Johanne, die auf dem Hinweg sogar versucht hatte, die Nachrichten leiser zu stellen. Auch das Passieren der alten Platte – gefiel ihr besser allein. Eine geradezu auffällige Sehnsucht hatte sie entwickelt nach Stunden, in denen sie nicht sprechen, auf niemanden reagieren oder – Königsklasse des Daseins – nicht denken musste. Das allein war die reine Kunst, die schwierigste zumal. Ebenso tat es gut, *nicht* jemand sein zu müssen. Die aufmerksame Geliebte, die patente Kollegin, die aufnahmewillige Freundin. Es war ihr zunehmend anstrengender geworden, unter Menschen zu sein, eine Tatsache, die sie aus frühen Jahren nicht von sich kannte, in denen sie wild durch die Weltgeschichte gestiebt war. Diese Wesensveränderung hatte sie weder vorgehabt noch angestrebt, sie hatte sich ihrer ermächtigt. Wie erste Altersflecken, deren Heranreifen man nicht sah und die eines Tages an Hautstellen prangten, die tags zuvor noch in Ordnung gewesen waren. War das nachlassende Kraft oder nur die folgerichtige Entwicklung einer, die sich zu viel aufgerieben hatte am Leben?

Was immer gleich unten in der Halle passieren würde, Martha nahm sich vor, es anzunehmen, wie es kam.

Mit der Fahrstuhltür öffnete sich der Gegenkosmos zu ihrem Zimmer, in dem es ruhig, geradezu besinnlich gewesen war, die richtige Stimmung, um Abschied zu nehmen vom Meer. Hier, in der Lobby, drängten sich Menschen, es war laut, es herrschte Aufruhr. Keinesfalls waren das hier nur Gäste; Martha fiel die Betriebsversammlung wieder ein, wegen der Esther am Abend zuvor gegangen war.

Was die Menschen riefen und was auf ihren Plakaten stand, die sie hochhielten und in die Luft über der Menge stachen wie Soldaten ihre Bajonette, hätte sie nicht schrecken dürfen. Eine Pro-Winkler-Bewegung stand hier zusammen und forderte die Rehabilitierung des Chefs. Der geballte Unmut über die Beschädigung einer Instanz, die ihnen lieb war. Wohl noch nie hatte eine Hotellobby im Land einen derart politischen Aufmarsch erlebt.

Martha versuchte sich durch die Masse zu schieben, gen Rezeption, vielleicht hatte Esther eine Nachricht für sie hinterlassen, vielleicht würde Martha sie einfach anrufen. Beides war hinfällig, als sie sich umdrehte, um ihr Portemonnaie aus der Seitentasche ihres Koffers zu fischen. Da stand sie, gleich neben zwei aufgebrachten Kollegen – Esther.

Ihre spontane Freude, Martha zu sehen, erstickte binnen Sekunden, wie am Vorabend, als Martha die falschen Fragen gestellt hatte. Ihr zusammenstürzendes Gesicht war die natürliche Reaktion einer, die wusste, dass sie ihr Vis-à-vis in diesem Moment enttäuschte.

Weil es unmöglich war, im Geschiebe und Gejohle der Leute ein Gespräch anzufangen, das sämtliche Verwirrung über ihr Treffen in der Luna-Bar gestern und Esthers Teilnahme an dieser Kundgebung heute hätte bereinigen können, standen sie sich wortlos und wie eingefroren gegenüber. Martha hoffte, dass Esther sie wie am Tag ihrer Begegnung zur Seite nehmen und sie an einen ruhigen Platz, zum Flügel des Pianisten oder sonst wo hinführen würde. Sie hoffte umsonst.

Darum war sie es, die sich zuerst aus dieser Starre löste, Esther anlächelte, ein lautloses »alles Gute« formulierte und sich der Rezeption zuwandte, wo sie bezahlen und dann fahren würde. Weg aus dem Sandbank, weg von alten und neuen Geschichten, die keiner mehr verstand. In den Minuten, in denen sie sich durch die Massen zum Tresen fräste, hoffte sie, dass Esther noch einmal kommen, sie aufhalten und etwas sagen würde. So etwas wie *Ich kann nicht anders, Ich werde dir alles erklären* oder *Nimm es hin, so ist es nun mal.* Doch Esther kam nicht. Im Gegenteil, sie war sogar verschwunden, als Martha sich noch einmal nach ihr umdrehte.

Wer war sie, um urteilen zu können?

An der Rezeption fertigte eine einzelne Kraft abreisewillige Gäste und verwirrte Neugierige ab, trotz des Geschiebes um sie herum versuchte sie, Freundlichkeit zu wahren. Sie nahm sich sogar Zeit, Martha nach Berlin zu fragen. Es war schon rührend, wie einen die Leute anfassten, wenn man aus der Hauptstadt mit ihrem neuen Nimbus kam. Als hätten alle per se dort ein aufregendes Leben, heile Familien und keinen Grund, der Vergangenheit nachzutrauern.

Martha war froh, zu diesem Zeitpunkt und an dieser Stelle etwas aufzugeben, was schon Johanne und sie und nun auch Esther und sie nicht weitergebracht, geschweige denn glücklich gemacht hatte.

Es fühlte sich an, als würde sich etwas Schweres

von ihr lösen und sich zeitgleich pulverisieren, so dass nichts zum Betrachten und Hinterfragen mehr übrigblieb.

Die Rezeptionistin fragte nach ihrer Kreditkarte und zog sie durch das Lesegerät. »Danke, Frau Andruschat, dass Sie das Sandbank gewählt haben. Sie waren zufrieden mit Ihrem Aufenthalt bei uns?«

Dank

Ich danke allen, die Geduld mit mir hatten und mir Mut gemacht haben.